에볼루션 맨

THE EVOLUTION MAN

로이 루이스 글 · 호조 그림 · 이승준 옮김

코쿤아우트

인물관계도

바냐 삼촌

에드워드의 형. 항상 에드워드를 비난하며 인간은 나무 위에서 사는 것이 가장 자연스럽다고 주장한다.

밀드레드 숙모

바냐 삼촌의 아내. 뚱뚱하고 어수룩하며 불을 유난히 좋아한다.

오스왈드

에드워드의 첫째 아들. 부족 최고의 사냥꾼.

어니스트

에드워드의 둘째 아들. 이 소설의 화자이자 항상 생각에 빠져 있는 철학자.

그리젤다

어니스트의 아내. 매우 민첩하고 똑똑하다.

팝

세 아줌마 중 한 명. 남편이 보아뱀을 먹다 죽었다.

매기

세 아줌마 중 한 명. 남편이 사자에게 물려 죽었다.

넬리

세 아줌마 중 한 명. 남편이 성난 코뿔소에게 받혀 죽었다.

아버지(에드워드)

과학자. 조금이라도 더 빨리 진화하고 싶어 해 언제나 여러 연구를 하고 있다.

어머니(밀리센트)

아버지의 성향을 잘 이해하고 있으며 사사건건 부딪히는 아버지와 아들들 사이를 중재하려 한다.

이안 삼촌

항상 여행을 떠나 집에 잘 없는 삼촌. 여행에서 돌아와 아버지에게 다양한 정보를 준다.

안젤라 숙모

이안 삼촌의 아내. 성격이 발랄하다.

알렉산더

어니스트의 이복동생. 예술적 재능이 뛰어나 동굴 벽화를 그리기도 한다.

윌버

에드워드의 셋째 아들. 아버지와 함께 진보를 추구한다.

엘시

어니스트의 여동생. 어니스트와 결혼을 약속한 사이였으나 그리젤다의 오빠들에게 납치된다.

윌리엄

에드워드의 다섯째 아들. 개, 돼지, 사슴 등 어린 동물을 길들이려 노력한다.

1

북풍이 매섭게 불어올 때면 거대한 빙하가 남하하고 있는 게 느껴졌다. 그럴 때마다 우리는 비축해둔 장작더미와 나뭇가지를 동굴 앞에 쌓아두고 맹렬하게 불을 피웠다. 앞으로 빙하가 아프리카에 닿을 만큼 내려오더라도 충분히 버틸 수 있을 것이다.

규석의 날카로운 부분을 이용하면 팔뚝 굵기의 삼나무 가지쯤은 십 분 안에 자를 수 있었다. 그럼에도 큰 장작불을 유지할만한 땔감을 계속 공급하는 것은 쉬운 일이 아니었다. 그나마 코끼리와 매머드들이 자기들의 상아 힘을 시험하느라 나무들을 갈기갈기 찢어놓곤 했기 때문에 우리는 어렵지 않게 장작을 구할 수 있었다.

이런 경향은 특히 원시 코끼리들 사이에서 두드러졌는데, 왜냐면 이들은 아직도 진화하는 중이라 자기들의 신체 변화에 관심이 많았기 때문이다. 그에 비해 더 진화한 매머드들은 육상에서 한창 잘 나가던 때라 진짜로 화가 나거나 암컷들 앞에서 힘자랑하고 싶을 때만 나무를 들이박았다.

그래서 우리는 짝짓기 철이 되면 매머드 떼를 따라다니며 땔감을 쉽게 모을 수 있었다. 여의치 않을 때는 풀을 뜯고 있는 매머드의 뒤통수에 돌멩이를 던져야 했다. 운 좋게 매머드를 정통으로 맞히면 나무가 엄청나게 생겨 한 달쯤은 땔감 걱정 없이 살 수 있었다.

하지만 그 집채만 한 녀석들을 다루는 방법을 잘 알더라도 뿌리째 뽑힌 바오바브나무를 집까지 끌고 오는 건 꽤나 힘든 일이다. 바오바브나무는 장작으로 쓰기는 좋지만, 워낙 부피가 커서 불이 붙으면 멀찌감치 물러나 불을 쬐어야 했다. 역시 지나치면 모자라니만 못한 법이다. 그래서 우리는 날씨가 꽤 추워져서 킬리만자로와 루웬조리*의 만년설이 어느 정도 아래로 내려왔을 때만 불을 지폈다.

날씨가 맑고 추운 겨울밤에는 불꽃이 별까지 날아올랐다. 물기가 남은 생나무 장작은 쉭쉭 소리를 냈고, 바싹 마른 나뭇가지들은 탁탁 소리를 내며 불타올랐다. 우리가 피운 모닥불은 그야말

• 콩고민주공화국과 우간다 국경 부근에 있는 5,100미터 높이의 산. 현재는 휴화산 상태이고 정상 부근은 만년설로 덮여 있다.

로 동아프리카 지구대˙ 위에서 올린 봉화 같았다.

지표면이 차가워지면서 겨울이 다가올 때, 또는 어깨가 쑤시면서 축축한 여름 우기가 시작될 때쯤이면 바냐 삼촌이 우리를 찾아오곤 했다. 정글을 오가는 짐승들의 소리가 잠잠해지면 삼촌이 나뭇가지 사이로 휙휙 지나오는 소리를 들을 수 있었다. 그러다가 가끔 사람 무게를 견디지 못한 나뭇가지가 우두둑 부러지는 소리가 나면 삼촌의 나지막한 욕설이 뒤따랐다. 아예 악을 쓰며 욕을 퍼붓는 소리가 들리면 삼촌이 나무에서 떨어졌다는 것을 알 수 있었다.

우여곡절 끝에 동굴에 도착한 삼촌은 모닥불 곁으로 비틀거리며 다가왔다. 삼촌은 엄청난 거구였는데, 네모난 머리는 떡 벌어진 털북숭이 어깨 사이에 파묻혀 있었고, 팔은 워낙 길어서 땅바닥에 질질 끌릴 정도였다. 또한 눈은 벌겋게 충혈되었고, 위아래 입술은 바깥쪽으로 말려 있었는데, 이는 삼촌이 송곳니를 입 밖으로 드러내려고 입술을 마는 습관 때문에 그렇게 된 것이었다. 그래서 삼촌의 얼굴을 보면 분명 기분이 좋지 않을 때도 입가에는 항상 억지 미소를 띠고 있는 것처럼 보였다. 어린 시절에는 삼촌의 그런 모습이 너무나 무서웠다. 하지만 나이를 먹어 가면서

˙ 두 개의 평행한 절벽으로 둘러싸인 좁고 긴 골짜기. 동아프리카 지구대에는 아프리카 최고봉인 킬리만자로 산을 포함한 여러 화산이 있고, 오스트랄로피테쿠스와 같은 원시 인류의 화석들이 많다.

나는 그런 삼촌의 다가가기 힘든 모습 뒤에는(나중에 알았지만, 이것 때문에 삼촌도 고충을 겪고 있었다) 친절하고 다정한 면모가 숨겨져 있다는 사실을 알게 되었다. 삼촌은 늘 무화과나 노간주나무 열매를 가지고 다니면서 나에게 주곤 했는데, 내가 무서워서 머뭇거리면 애들은 자신의 험상궂은 외모를 보면 당연히 그럴 만하다며 너그럽게 봐주었다.

하지만 아버지와 얘기할 때는 상황이 완전히 달라진다. 처음에 삼촌은 동굴로 들어와서 우리에게 인사를 하는 시늉만 하고 밀드레드 숙모에게도 고개만 살짝 끄덕이고는 추워서 새파래진 손을 모닥불에 들이댄다. 그리고 이내 손이 녹으면 마치 코뿔소가 고개를 숙이고 뿔을 들이밀며 돌진하듯 길쭉하고 매서운 집게손가락으로 아버지를 맹렬히 몰아붙였다. 그러면 아버지는 소나기처럼 쏟아지는 맹공을 잠자코 받아주면서 삼촌의 마음이 풀릴 때까지 기다렸다. 이윽고 삼촌이 조금 누그러져서 타조알이나 야자열매를 먹고 있으면 아버지도 슬슬 반격에 나섰다. 아버지는 부드러우면서도 반어적인 감탄사를 쓰면서 삼촌의 공격을 받아넘겼다. 때로는 본인의 과오를 흔쾌히 인정하는 동시에 그런 과오에서도 배울 점이 있다고 말해 삼촌이 어안이 벙벙해지게 만들기도 했다.

비록 가치관이 달라서 일평생 티격태격해 온 두 사람이지만, 나는 아버지와 삼촌이 마음속으로는 서로를 깊이 신뢰하고 있었다고 생각한다. 두 분 모두 각자만의 확고한 원칙을 가진 원시인이라서 자신의 신념을 철저히 고집하며 살았고, 그런 원칙은 모든 면에서 대립했기 때문에 다툴 수밖에 없었을 것이다. 아버지는 삼촌이 인류의 진화 방향을 완전히 잘못 판단하고 있다고 확신했고, 삼촌도 마찬가지로 아버지를 그렇게 평가했다. 이 때문에 아버지와 삼촌은 끝까지 각자의 소신대로 살아갔다.

이처럼 가치관은 달랐으나 두 사람은 언제나 변함없이 친분을 유지했다. 비록 말다툼을 하면 목청이 커지기는 했지만 그렇다고 주먹다짐까지 가는 경우는 절대 없었다. 늘 삼촌은 화가 나서 씩씩거리며 돌아갔지만 시간이 지나면 어김없이 다시 찾아오곤 했다.

외모와 성격이 전혀 닮지 않은 두 사람이 처음으로 심하게 말다툼했던 주제는 '추운 밤에 불을 피워도 되는가' 하는 문제였다. 당시 나는 온몸을 비틀며 주변에 닿는 모든 것을 먹어치우던 그 붉은 물체에서 멀찍이 떨어져 앉아 상황을 지켜보고 있었다. 아버지는 놀랄 만큼 태연자약하게 그 녀석에게 먹이를 주고 있었다.

여자들은 한곳에 모여 앉아 서로의 이를 잡아주며 담소를 나누고 있었다. 어머니는 언제나 그렇듯 그들과 약간 떨어져 앉은 채 젖을 뗀 아기들에게 먹일 이유식을 만들며 생각에 잠긴 우울한 눈빛으로 아버지와 불을 쳐다보고 있었다. 그때 갑자기 바냐 삼촌이 나타나더니 재앙을 경고하는 예언자처럼 위압적인 목소리로 말하기 시작했다.

"동생아, 네가 결국 대형사고를 치고 말았구나! 이런 일이 머지

않아 일어날 거라고 짐작은 했지만 그래도 네가 그 정도로 무모하지는 않을 줄 알았다. 그런데 내 생각이 틀렸어! 내가 잠깐이라도 주의를 소홀히 하면 넌 그새를 못 참고 또 멍청한 짓을 한단 말이다. 이번에 한 짓도 마찬가지야! 에드워드야, 난 형으로서 너와 너희 가족이 잘못될까 봐 걱정돼서 그러는 거야. 그동안 내가 너한테 하지 말라고 몇 번이나 말했냐. 제발 말 좀 들어! 지금이라도 늦지 않았으니까 그만두란 말이다. 제발 그만……."

바냐 삼촌은 일장 연설을 늘어놓다가 숨이 가쁜지 말을 다 끝내지 못했다. 그러자 아버지가 재빨리 말을 가로챘다.

"근데 형은 잘 지냈어? 오랜만에 봐서 반갑네. 이리 와서 몸 좀 녹여. 그동안 어디서 지냈어?"

바냐 삼촌은 짜증스럽다는 듯이 몸을 비틀며 말했다.

"어디긴 어디야, 그냥 이 근방에서 지냈지. 요즘에는 열매나 풀뿌리를 찾기가 어렵더라고. 내가 주식으로 먹는 것들인데."

"맞는 말이야."

아버지가 맞장구치며 말했다.

"아무리 봐도 간다우기*가 시작된 것 같아. 요즘 들어 비도 안 오고 날씨가 건조하더라고."

"그렇지만 절대로 먹을 게 없는 정도는 아니야."

• 기원전 270만 년~1만 년 사이에 일정 간격을 두고 발생했던 건조기후 시기. 다우기-간다우기-다우기 패턴으로 발생했다.

삼촌이 급하게 말을 이었다.

"요령이 있으면 숲에서도 충분히 먹을 걸 찾을 수 있어. 내 나이쯤 되면 먹는 거에도 신경을 많이 써야 하거든. 그래서 분별력 있는 영장류답게 먹을 걸 찾으러 좀 먼 콩고 지역까지 갔었어. 거기에는 진짜 우리 모두가 먹고도 남을 만큼 음식이 아주 많더구나. 그런 곳에서는 너처럼 육식동물 행세를 하며 고기를 뜯어 먹을 필요도 없어. 무슨 말인지 알겠냐?"

"그건 말이 좀 심한 것 같은걸."

아버지가 항변하듯 말했다.

"아무튼 난 어제 콩고에서 돌아왔다."

바냐 삼촌이 이야기를 계속 이어나갔다.

"언제라도 너희 집에 들를 생각이었어. 그런데 어젯밤, 뭔가 잘못되었다는 것을 알았지. 분명히 이 지역에는 화산이 11개 있었는데, 그게 갑자기 12개가 되었어. 이게 말이 된다고 생각해? 난 이런 골치 아픈 일이 생긴 배후에 네가 있을 거라고 짐작했어. 그래도 내 예상이 틀린 게 아닐까 헛된 희망을 품은 채 발걸음을 재촉했지. 그런데 역시 내 예상이 한 치도 어긋나지 않았더구나. 아예 집구석에 화산을 들여놓다니! 넌 이번에 진짜 대형사고를 쳤어, 알기나 해?"

아버지가 씨익 웃으며 말했다.

"정말 그렇게 생각하는 거야, 형? 그러니까, 이게 그 정도로 중

대한 사건이라는 거지? 나도 그런 생각이 들긴 했지만 아직 확신할 정도는 아니거든. 물론 인류의 진화에서 중요한 역할을 하는 사건이긴 하지만 이걸 정말 대형사고라고 볼 수 있을까?"

아버지는 두 눈을 치켜들고 이마에 주름을 지으면서 절망에 빠진 모습을 익살스럽게 표현했다. 그것은 곤란한 상황에 맞닥뜨렸을 때 볼 수 있는 아버지 특유의 표정이었다.

"이게 평범한 사건인지 대형사고인지는 내가 알 바 아니다. 애초에 내가 네 속내를 어떻게 알겠냐. 하지만 적어도 네가 주제넘은 짓을 하고 있다는 건 분명해. 다시 한번 말하지만 이건 너무나 자연에 어긋나는……."

"물론 자연에 어긋나는 짓이지. 그렇지?"

아버지가 흥겨운 듯 말을 받았다.

"그런데 말이야, 우리가 석기를 쓰게 된 후부터 동물 같던 우리의 생활 속에 인공적인 요소가 들어왔어. 어쩌면 거기서부터 우리는 이미 '자연스러움'에서 벗어난 게 아닐까? 불을 쓰는 건 단지 거기서 한 걸음 더 나아간 거에 불과한 거지. 생각해 보면 형도 석기를 쓰니까……."

"그건 이미 했던 얘기잖아."

바냐 삼촌이 말했다.

"온당한 범위 내에서는 도구나 인공물을 써도 자연법칙에 어긋나지 않아. 거미들은 거미줄을 도구로 써서 먹잇감을 잡고, 새들은 우리보다 둥지를 훨씬 잘 만들지. 그리고 원숭이들도 싸울 때 코코넛을 무기처럼 던진다고. 너 기억 안 나? 원숭이들이 네 머리통에 코코넛 던진 거 말이야. 혹시 그것 때문에 네 머리가 이상해진 게 아닌가 싶구나. 그뿐 아니라 불과 몇 주 전에는 고릴라 떼가 코끼리 몇 마리를 막대기로 흠씬 두들겨 패는 것도 봤어. 그게 말이 되냐? 다른 동물도 아니고 코끼리라니!

여하튼 나는 다른 동물처럼 반들반들한 자갈 몇 개 정도를 도구로 쓰는 건 용납할 수 있다. 그거에 너무 의존한다거나 필요 이상으로 개조하지 않는 선에서 말이지. 나도 그렇게 꽉 막힌 사람은 아니라 그 정도까지는 해볼 생각이 있어. 그런데 지금 이건 차원이 다른 문제잖아! 위험부담이 너무 커서 모든 이들에게 영향을 줄 수 있어. 심지어 나도 안전하지 못해! 네가 잘못해서 숲을 태워버리기라도 하면 난 대체 어디로 가란 말이냐?"

"형, 내가 볼 때는 그런 일까지는 생기지 않을 거야."

아버지가 말했다.

"그게 정말이냐? 그럼 진지하게 묻겠는데, 그 녀석을 제대로 다룰 수 있다는 거냐?"

"뭐, 그럭저럭 다루는 편이지. 그럭저럭 말이야."

"그럭저럭이라니 그게 무슨 말이냐? 다룰 수 있거나 없거나 둘 중 하나여야지. 얼렁뚱땅 넘어갈 생각하지마. 그건 그렇고 불을 끌 수는 있는 거지?"

"먹이를 주지 않으면 알아서 꺼져."

아버지가 해명하듯 말했다.

"에드워드야, 내 말 잘 들어. 넌 네가 직접 끝내지도 못하는 일을 시작한 거야. 뭐? 먹이를 주지 않으면 알아서 꺼진다고? 저 녀석이 자기 스스로 먹을 것을 찾아낼지도 모른다는 생각은 안 해봤냐? 그렇게 되면 넌 대체 어떻게 할 거지?"

"아직 그런 상황은 한번도 발생하지 않았어."

아버지가 말했다.

"오히려 저 녀석이 안 꺼지도록 유지하는 게 더 어려워. 특히 비오는 밤에는 거의 뜬눈으로 지새워야 하거든."

"그렇다면 내가 여기서 진심 어린 충고 하나 할까? 더이상 저 녀석이 타오르게 내버려 두지 말란 말이야, 알겠어?"

바냐 삼촌이 말했다.

"저건 언제 터질 지 모르는 폭탄 같은 존재야. 그나저나 대체 언제부터 불을 다루기 시작한 거지?"

"대략 한 달 전부터."

아버지가 말했다.

"그런데 있잖아, 불은 정말 끝내주는 도구야. 그야말로 무궁무진한 가능성을 가지고 있다고. 저것만 있으면 정말 다양한 일을 할 수 있다니까! 난방에 쓰게 된 것도 대단하지만 그것보다 훨씬 더 많은 일을 할 수 있어. 얼마나 많은 곳에 적용할 수 있는지 아직 나도 잘 모를 정도야. 일단 불에서 나는 연기를 예로 들어볼게. 믿기 힘들겠지만, 저것만 있으면 파리나 모기가 주변에 얼씬도 못해. 물론 불은 다루기가 좀 어려워. 가지고 다니기도 쉽지 않지. 게다가 저 녀석은 식욕이 왕성해서 계속 먹이를 줘야 해. 그리고 성질도 더러워서 조심성 없이 다루다가 몸에 닿으면 굉장히 아프기도 하지. 그렇지만 불은 정말 유용한 녀석이라 잘 쓰기만 하면 앞으로 정말 엄청난……."

그 순간 갑자기 바냐 삼촌이 고함을 지르면서 한 발로 펄쩍펄쩍 뛰었다. 나는 아까부터 삼촌이 빨갛게 달아오른 불씨 위에 서 있는 것을 흥미진진하게 지켜보고 있었다. 삼촌은 아버지와의 논쟁에 너무 몰입한 나머지 그 사실을 전혀 모르고 있었다. 그러다 보니 살갗이 타는 냄새가 나도록 알아차리지 못했고, 불은 삼촌의 발등까지 올라왔다.

"으아악!"

바냐 삼촌이 괴성을 질렀다.

"에드워드, 이 망할 놈아! 불이 날 물어뜯었잖아! 네가 그토록 자랑하던 불의 유용함이 고작 이런 거냐? 내가 아까 한 말이 맞지? 결국에는 이 녀석이 너희 모두를 먹어치워버릴 거다! 너는 지금 폭발한 화산 위에 앉아 있는 거나 마찬가지야! 오늘부터 너하고 인연을 끊을 거다. 너뿐만 아니라 네 가족도 얼마 못 가 멸종할 거야. 넌 이제 끝장이라고! 난 숲으로 돌아간다. 이번엔 네가

도를 넘어도 한참 넘었어. 너도 공룡들과 똑같은 운명을 맞이하게 될 거다!"

삼촌은 절뚝거리며 숲속으로 들어가 버렸다. 하지만 그 후에도 최소 15분 동안 삼촌이 고통에 신음하는 소리를 들을 수 있었다.

"아무리 봐도 도를 넘은 건 내가 아니라 형인 것 같은데 말이야."

아버지는 잎이 무성한 나뭇가지로 장작불 주변을 조심스럽게 쓸면서 어머니에게 말했다.

2

이런 일이 있었는데도 바냐 삼촌은 몇 번이나 다시 찾아와 아버지에게 경고하곤 했다. 보통 춥거나 비가 오는 날 밤에 찾아오는 경우가 많았다. 그러는 동안 우리의 불 다루는 솜씨는 점점 더 나아졌다. 하지만 삼촌은 여전히 못마땅한 모양이었다. 우리는 삼촌에게 불을 끄는 방법과 하나의 불을 뱀장어 토막 내듯 여러 개로 자르는 방법, 그리고 마른 가지 끝에 불을 옮겨 붙여 휴대용으로 사용하는 방법 등을 직접 보여주었다.

이런 실험들이 아버지의 세심한 감독하에 이루어졌음에도 불구하고 바냐 삼촌은 코웃음을 치며 아버지를 계속 비난했다. 삼촌은 식물학과 동물학만 과학으로 인정했기 때문에 거기에 불이 관련된 물리학이 포함되는 것을 절대 용납하지 않았다.

하지만 우리는 불을 다루는 일에 금세 익숙해졌다. 물론 처음에는 여자들도 서툴러서 불에 덴 적이 많았고, 어린아이들도 불 때문에 죽다 살아난 적이 몇 번 있었다. 그러나 아버지는 누구나 시행착오를 거쳐야 제대로 배운다고 생각했다. 한번은 한 아기가 불붙은 딱정벌레를 움켜잡았다가 뜨거워서 비명을 지른 적이 있었는데, 그때 아버지는 보란 듯이 이렇게 말했다.

"불에 한번 데어봐야 불의 무서움을 아는 법이지."

확실히 맞는 말이었다.

결과적으로 이런 것들은 우리가 불로 얻는 이득에 비하면 사소한 해프닝에 불과했다. 우리 가족의 생활 수준은 이전과 비교할 수 없을 정도로 높아졌다. 불을 얻기 전에는 선택권이 많지 않았다. 물론 나무에서 내려와 석기를 쓰게 되기는 했지만 그 외에는 별로 달라진 게 없었고, 자연 속 모든 동물들이 우리를 적대하는 것처럼 느껴졌다. 명목상 지상 동물이 되긴 했어도 궁지에 몰리면 여전히 잽싸게 나무 위로 피해야 했다. 아직도 식사의 상당 부분을 열매나 풀뿌리로 충당해야 했고, 단백질을 보충하기 위해 살찐 유충을 먹는 것도 마찬가지였다. 예전보다 커진 체격을 유지하려면 고열량 음식이 절대적으로 필요했지만 원체 구하기가 어려워 우리는 만성적인 영양 결핍에 시달렸다.

우리가 원래 살던 숲에서 떠난 중요한 이유 중 하나도 열량이 높은 고기를 섭취하기 위해서였다. 초원에는 고기로 먹을 만한 동물들이 아주 많았지만, 문제는 이들이 모두 네발짐승이라는 것이었다. 우리가 먹을 수 있다고 판단한 녀석들만 해도 들소, 말,

임팔라, 오릭스, 누, 영양, 가젤, 얼룩말 등 종류가 엄청나게 많았다. 하지만 두 발로 걸어 다니면서 네발 달린 짐승을 쫓아가는 것은 정말 멍청한 짓이었다. 그뿐만 아니라 애초에 사람 키높이의 풀로 가득한 초원에서 사냥감을 보려면 두 발로 서지 않을 수 없었다. 설사 얼룩말처럼 큰 사냥감을 잡더라도 그놈이 발길질하며 몸부림을 치면 어쩔 도리가 없었다. 운 좋게 다리를 저는 짐승을 만나더라도 뿔로 공격당하면 위험할 수 있기 때문에 여럿이서 돌팔매질을 해야 간신히 잡을 수 있었다.

결국 여러 명이 모여야 제대로 사냥을 할 수 있는데, 이를 위해서는 충분한 양의 식량을 규칙적으로 공급해주어야 했다. 이게 바로 경제학적으로 처음 등장한 악순환의 구조다. 짐승을 한 마리라도 사냥하려면 사냥에 참여할 인원이 여러 명 필요한데, 이를 유지하려면 정기적으로 사냥감을 꽤 많이 잡아와야 한다. 이 조건을 충족시키지 못하면 식사를 제때 할 수 없으니 기껏해야 3~4명 정도의 인원만 유지할 수 있는 것이다.

그래서 우리는 쉬운 사냥감부터 시작해 점차 숙련도를 높여나갔다. 먼저 토끼나 너구리처럼 돌멩이 하나로도 잡을 수 있는 녀석들부터 사냥했고, 그다음으로는 뱀이나 거북, 도마뱀처럼 배경지식이 좀 있어야 잡을 수 있는 동물들에 관심을 가졌다. 일단 잡기만 하면 작은 사냥감들은 돌칼로도 비교적 쉽게 자를 수 있다. 인간은 육식동물처럼 큰 송곳니가 없어서 사냥한 짐승의 가장 맛

있는 부위를 씹어 먹기가 어렵지만, 돌로 잘게 찢어서 으깨면 과일을 먹는 데 특화된 어금니로도 충분히 먹을 수 있었다. 이와 반대로 부드러운 부위는 맛이 썩 좋지는 않았다. 하지만 온종일 두 다리로 걸어 다니느라 배고프고 지친 데다가, 예전보다 커진 두뇌에 에너지를 공급하기 바쁜 우리로서는 찬밥 더운밥 가릴 여유가 없었다. 연한 부위가 치아에도 무리를 주지 않고 소화도 잘되었기 때문에 결국 우리는 그런 걸 주로 먹거나 아예 육질이 연한 짐승들을 사냥하는 걸 더 좋아하게 되었다.

요즘 세대 사람들은 우리가 불이 없던 시절에 음식을 소화하느라 얼마나 고생했고, 그것 때문에 어떤 이들은 죽기도 했다는 사실을 잘 모를 것이다. 번번이 소화불량에 시달리다 보니 사람들은 점점 성질이 까탈스러워졌다. 과거의 원생 인류들이 늘 시무룩한 표정을 짓고 있는 것도 그들이 음침하거나 흉포해서 그런 게 아니라 식후에 속이 쓰려서 그랬을 확률이 높다. 아무리 천성이 밝은 사람도 매번 위염을 앓다 보면 성격이 점점 망가지기 마련이다. 우리가 단순히 나무에서 내려옴으로써 '자연에 더 가까워졌기 때문에' 아무리 맛이 없고 질긴 음식이라도 다 먹을 수 있었을 거라고 생각했다면 그건 엄청난 오산이다. 오히려 식단이 대부분 과일로 이루어진 순수 채식주의 식성에서 잡식성으로 옮겨가는 것은 아주 고통스럽고 힘든 과정이다. 원래 먹지 않던 것을 먹으면 입맛에도 안 맞고 소화도 되지 않아 끊임없이 고통을 견뎌야 하기 때문이다. 가혹하게 자기관리를 하면서 이 자연이라는 서열 세계에서 다른 동물들보다 조금이라도 앞서가야겠다는 강한 의지가 있어야 이 과도기를 잘 넘길 수 있었다. 물론 가끔 달팽이나 송아지 창자처럼 뜻밖의 별미를 구하는 날도 있었지만 늘 산해진미만 먹을 수는 없는 법이다. 일단 잡식을 하기로 했으면 말 그대로 '뭐든지' 먹는 법을 배워야 한다. 그리고 당장 다음 끼니를 어떻게 때울지 고민되는 상황이라면 일단 지금 먹고 있는 것부터 남김없이 먹어치워야 한다. 우리는 어릴 때부터 이런 규칙에 따라 엄격한 가르침을 받으며 자랐다. 만약 이런 상황에서 "엄마, 난 두꺼비 고기는 먹기 싫어!"라고 했다면 그때는 귀싸대기를 맞아도 할 말이 없었다.

"몸에 좋은 거니까 남기지 말고 다 먹어라."

어릴 때부터 우리는 이런 말을 귀에 딱지가 앉도록 들었다. 물론 맞는 말이다. 자연은 놀라운 적응력을 가지고 있어서 원래 우리가 못 먹던 것들도 잘 소화할 수 있게 계속 우리의 소화기관을 단련시켰다.

육식에 익숙해지는 과정에서 우리는 늘 기름지고 소화하기 힘든 음식들을 씹어야 했고, 그러면서 날고기 특유의 비릿함도 감내해야 했다. 사자와 표범, 늑대, 악어 같은 육식동물들은 식사할 때 고기가 부드럽든 질기든 그저 잘게 찢어서 꿀꺽 삼키기만 하면 그만이다. 하지만 우리는 그런 식으로 음식을 먹는 게 불가능했다.

"백 번 씹고 나서 삼켜라."

이 말도 어릴 때부터 지겹도록 들었는데, 이 말을 무시하면 틀림없이 배탈이 날 수 있다는 오랜 경험에서 나온 가르침이었다.

날고기가 아무리 역해도 불이 없던 시절에는 우선 입에 넣고 충분히 살핀 다음에야 먹을 수 있었다. 물론 일단 배가 고파야 이런 것도 먹게 되는 법이지만 우리는 늘 배가 고팠기 때문에 먹는 데는 아무 문제가 없었다. 그래서 우리는 사자나 검치호*들을 무척 부러워했다. 그놈들은 매번 아무렇지도 않다는 듯 사냥감을 쉽게 때려눕히고 거기서 나온 고기를 마음껏 먹었다. 그것도 제일 맛있는 부분만 골라 먹고, 절반이 넘는 고기는 하이에나와 독수리들이 먹게 내버리고 갈 정도였다. 그래서 우리에게 제일 중요한 일은 사자가 사냥할 때마다 주변에서 지켜보고 있다가 그놈들이 식사를 마치고 가면 재빨리 남은 고기를 차지하는 것이었다. 도끼와 짱돌과 몽둥이로 무장했기 때문에 적어도 독수리나 하이에나와 대등하게 맞설 수 있었지만, 이건 그놈들에게도 생사가 걸린 문제라 고기를 차지하려고 치열하게 싸운 적도 많았다. 또 공중에서 맴돌던 독수리들이 어딘가로 내려앉을 때 재빨리 쫓아가면 뜻밖의 진수성찬을 얻는 경우도 있었다. 하지만 그런 식으로

---

* 약 1만 년에서 4천 년 전 지구상에 살았던 거대한 고양잇과 동물. 인류 확대로 먹이가 부족해지면서 결국 멸종했다.

남은 고기를 얻어먹으려면 항상 맹수들 주변을 맴돌고 있어야 한다는 게 가장 큰 문제였다. 그것도 그놈들이 제일 배고플 때 말이다. 자칫 잘못하면 저녁밥을 얻어먹으려다 저녁밥이 될 수도 있는 노릇이어서 늘 위험부담이 너무 컸다.

그건 정말 위험한 도박이었다. 사자를 만나도 하이에나들은 재빨리 도망갈 수 있고, 독수리도 날아가버리면 그만이다. 하지만 우리처럼 나무에서 내려온 굼뜬 영장류들은 항상 긴장한 상태로 초원을 돌아다녀야 했다. 그래서 위험한 걸 싫어하는 사람들은 볼품없이 작은 동물들을 사냥하는 것만으로도 유지할 수 있는 소규모 공동체를 이루며 사는 경우가 많았다. 잘 먹어서 덩치가 크고 모험심이 강한 사람들은 분명 사자나 검치호, 표범, 치타, 스라소니 같은 맹수들을 따라다니며 그놈들이 남긴 고기를 포식했을 것이다. 위험천만한 일이었지만, 위험보다 대가로 얻는 고기가 더 중요하다고 생각하는 사람들은 어차피 맹수들이 평소 먹던 고기에 질리면 언제라도 영장류를 노릴 수 있으니 위험한 건 마찬가지라고 주장했다. 물론 맹수들을 따라다니면 그놈들의 습성에 대해 잘 알게 되니 문제가 생겼을 때 더 침착하게 대처할 수 있다. 진짜 위험해져도 이미 준비된 상태라 재빨리 피할 수도 있는 것이다. 특히 중요한 일은 사자가 배고플 때와 배고프지 않을 때를 아는 것인데, 이것만 잘 알아도 희생자 수를 절반 이하로 줄일 수 있었다.

어떤 사람들은 오히려 사자가 사냥할 때 인간이 괜히 옆에서 얼쩡거리는 바람에 사자가 사람까지 잡아먹기 시작했다며 비난했다. 하지만 사자가 잡은 고기를 얻어먹던 사람들은 이런 의견에 강하게 반대했다. 특히 상위 포식자에게 붙어사는 기생충이라는 경멸적인 표현을 들으면 엄청나게 화를 냈다. 그러면서 적어도 자기들 덕분에 우리는 맹수들에 대해 정말 많은 것을 알게 되었고, 이런 배움은 인류의 발전에 크게 도움이 되었다고 힘주어 말했다. 물론 이런 점은 인정해야 한다고 생각한다.

이처럼 맹수에게서 뭔가를 얻어낼 수는 있었다. 하지만 완력으로는 절대로 그들을 당해낼 수 없었고, 애초에 그럴 엄두도 나지 않았다. 맹수들은 만물의 영장이며 세상은 그들의 뜻에 따라 움직이고 있었다. 그들이 먹이사슬 정점에 군림하고 있어 인구도 일정하게 유지되었는데, 이에 대해서 우리가 할 수 있는 일은 여태까지 해왔던 일들을 전부 실패로 치부하고 나무로 다시 올라가는 것 외에는 거의 없었다.

하지만 우리가 믿고 따르는 아버지가 일이 계획대로 착착 진행되고 있다고 확신하고 있었기 때문에, 바냐 삼촌 같은 경우를 제외하면 나무로 돌아갈 생각을 하는 사람은 거의 없었다. 아버지는 시간이 지나면 분명 인간에게 유리한 상황이 올 거라며 차분하게 기다렸다. 우리는 커다란 두개골이 감싸고 있는 두뇌에서 나오는 지성의 힘을 믿었다. 현재의 난관을 헤쳐나가기 위해서는 그것밖에 믿을 게 없었기 때문이다.

또 한편으로는 튼튼한 두 다리를 가지려고 노력하는 것도 잊지 않았다.

"우리라고 못 할 건 없어."

아버지가 줄곧 하던 말이다.

"100미터를 10초에 완주하거나 사람 높이의 가시덤불을 뛰어넘는 건 노력하면 충분히 할 수 있잖아! 가속도가 붙은 상태에서 팔뚝 힘만 받쳐주면 한 나뭇가지에서 다른 나뭇가지로 쉽게 건너뛸 수도 있다고! 그 정도 실력만 있으면 위기에 처해도 열 번 중 아홉 번은 무사할 수 있을 거다."

아버지는 직접 시범을 보이면서 이런 주장을 입증하기도 했다.

물론 이런 게 도움이 되기는 했지만, 고양잇과 맹수들이 여전히 먹이사슬 정점에 있는 상황에서 생길 수밖에 없는 근본적인 문제들까지 해결해주지는 못했다. 그중 하나는 주거 문제였다. 여자들은 누구나 아늑하고 따뜻할 뿐 아니라 무엇보다도 습기가 차지 않는 집에서 아이들을 양육하기를 원했다. 따지고 보면 이런 조건에 맞는 곳은 동굴뿐이었다. 인류의 유년기는 갈수록 늘어나고 있는데, 연약한 어린애들을 오랜 기간 제대로 보호하려면 동굴 말고는 딱히 만만한 장소가 없었다. 또한 인류가 태어나서 자립하기까지 교육 기간이 꾸준히 늘어나고 있었는데, 이것은 다른 동물에게서는 찾을 수 없는 인간만의 특징이었다.

나무 위로 올라가 가지가 갈라진 곳에 자리 잡으면 비교적 안전하기는 하지만 거기서 잠을 자려면 나뭇가지에 걸터앉아 가지를 꼭 붙잡고 있어야 한다. 해본 사람은 알겠지만 이런 자세로 자면 무지하게 불편하다. 침팬지들도 자다가 악몽을 꾸면 나무에서 떨어질 때가 있는데, 이렇게 꿈속에서 떨어지는 듯한 불길한 느낌이 나서 눈을 떠 보면 그게 꿈이 아니라 바로 현실이었다.

  특히 여자들은 한 명 이상의 아이를 몸에 안고 있어야 했기 때문에 나무 위에서 자기가 더 힘들었다. 설상가상으로 여자들의 가슴에 털이 자라지 않게 되면서부터 아이들은 본능적으로 뭔가를 붙잡으려는 습성을 점점 잃어버렸다. 그래서 여자들이 아이들을 안고 나무 위에서 잠을 자는 건 갈수록 어려워졌다.

  물론 지상에 보금자리를 만드는 방법도 있다. 보금자리를 만드는 것은 동물들 사이에서는 흔한 습성인데, 그런 습성이 없더라도 새들이 하는 것을 보면 쉽게 배울 수 있다. 대나무나 야자수 잎처럼 필요한 재료가 있으면 작은 보금자리쯤은 몇 시간 이내에 만들 수 있다. 그리고 주거공간을 넓히고 싶다면 며칠 동안 나뭇가지들을 모아서 나름대로 그럴듯한 움막을 지을 수도 있다. 그런 공간이 있으면 밤에도 팔다리를 뻗고 잘 수 있다. 하지만 그런 움막에서는 몸집이 작은 표범이 덮쳐도 막아낼 수 없고, 느닷없이 소나기라도 오면 속수무책으로 맞을 수밖에 없다. 그러니 아무리 조심스럽게 나뭇잎으로 보금자리를 가리고 덤불로 은폐하더라도 운이 없으면 비를 맞아 류머티즘에 걸리거나 맹수의 습격으로 자녀를 잃을 수밖에 없는 것이다.

여자들은 누구나 동굴을 원한다. 아무리 작은 동굴이라도 머리 위에는 천장, 등 뒤에는 거대한 바위가 있고, 입구가 좁기만 하면 맹수가 침입했을 때 입구를 온몸으로 가로막아 자녀들을 보호할 수 있다. 그런 다음 동굴 입구를 큰 나무둥치로 막고, 동굴 높은 곳에 움푹 파인 공간이 있으면 거기에 아기를 숨길 수도 있다. 또 식품을 저장하는 창고로 쓸 수도 있을 것이다.

물론 사자나 곰이나 검치호 같은 동물들도 우리처럼 동굴을 좋아한다. 하지만 이 지역 동굴 개수는 한정되어 있으니 어차피 경쟁은 불가피하다. 동굴은 거의 비어 있지 않고 온갖 종류의 동물들이 번갈아가며 점령한다. 하지만 뱀을 제외하면 어떤 동물도 다른 동물과 동굴을 공유하려 하지 않는다. 그리고 사자나 표범이 동굴을 차지하고 있으면 우리는 그곳을 넘볼 생각조차 할 수 없다. 운 좋게 우리가 먼저 동굴을 차지했더라도 맹수들이 그곳을 노리면 순순히 짐을 싸서 떠날 수밖에 없다.

이처럼 어쩔 수 없는 상황인데도 여자들은 매번 불평을 늘어놓았다. 불평도 적당히 하다가 그만두는 게 아니라 거의 앵무새처럼 했던 소리를 하고 또 했다. 여자들이 평소에 하는 대화 중 거의 절반은 동굴에 관한 것인데 보통 이런 식이었다.

"예전에 살았던 그 아담한 동굴 기억나? 남자들이 흉악한 곰을 못 막아서 쫓겨나기 전까지는 거기서 잘 살았는데."

"옆 동네에 가면 아늑하고 널찍한 동굴이 많대. 남자들이 우리 입장을 조금만이라도 이해해주었으면 진작 들어가 살 수 있지 않았을까? 거기서 사는 사자도 몇 마리 안 되니까 그냥 다른 지역으로 몰아내면 될 텐데."

"늘 돌로 연장을 만들어야 한다는 핑계만 대지 말고 주변을 좀 둘러봤으면 좋겠어. 그럼 사자 없는 빈 동굴 하나쯤은 금세 찾아낼 수 있을 텐데."

"지금 우리가 사는 이곳은 동굴도 아니야. 진짜 너무 열악해. 고작 벼랑에서 살짝 튀어나온 바위 밑 은신처일 뿐이잖아. 비가 오면 자꾸만 들이쳐서 밤새 아기들 기침 소리 듣느라 속상해 죽겠어."

물론 밤 시간대에는 춥고 배고프고 비에 젖는 경우가 많았던 건 사실이다. 그리고 어둠 속에서 사자가 다른 짐승을 덮칠 때 내는 울음소리나 들개 무리가 사냥감 냄새를 추격하면서 사납게 짖는 소리가 들려오면 우리는 더럭 겁에 질리곤 했다. 보잘것없는 작은 바위 아래(성가시게도 이런 곳에는 꼭 얼음장처럼 차가운 물이 흐르고 있다) 몸을 기댄 채 웅크리고 있으면 맹수들이 점점 가까이 오는 소리가 들렸다. 그러면 여자들은 얼른 어린아이들의 몸을 감쌌고 남자들은 돌도끼나 막대기로 무장했다. 심지어 아이들까지 돌멩이를 움켜쥐고 싸울 태세를 갖췄다. 맹수들은 점점 더 가까이 다가왔고, 그러다 갑자기 습격당한 사슴의 애처로운 비명이 들리면 우리는 아직 우리 차례가 아니라는 것을 알고 안도의 한숨을 내쉬었다.

그리고 나서 한두 시간 정도 눈을 붙이고 나면 또다시 맹수들의 사냥이 시작되었다. 어두운 풀숲 쪽에서 번득이는 눈들이 우리를 노려보고 있는 게 느껴졌다. 그것들은 잠깐 반짝였다가 그냥 지나가기도 했고, 때로는 우리가 막대기로 어설프게 엮어서 세워놓은 울타리를 향해 천천히 다가오기도 했다. 이 울타리는 우리의 은신처를 보호하는 용도로 만들어졌는데, 이것 때문에 맹수들이 공격해 올 때 돌멩이를 던지고 막대기를 휘두를 수 있는 약간의 시간을 벌 수 있었다. 하지만 맹수들은 이내 거대한 대포알이 날아오는 것처럼 우리를 덮쳤다. 놈들은 이글거리는 눈빛으로 아가리를 크게 벌리고 승리감에 도취되어 계속 으르렁거렸다. 그러면 우리도 함성을 지르면서 일제히 맞서 한바탕 혈투가 벌어졌다. 우리는 마구 돌멩이를 던지고 막대기를 휘둘렀다. 맹수들은 아가리를 쩍 벌리고 칼날처럼 날카로운 발톱으로 순식간에 우리의 허벅지와 복부에 상처를 입혔다. 결국 맹수들은 우리를 피투성이로 만들어놓고 돌아갔는데, 그제야 정신을 차리고 보면 어린아이 하나가 사라지고 없었다.

발톱과 이빨을 가진 맹수와 지능을 가진 인간의 대결은 이렇게 끝났다. 때로는 정면으로 공격해온 맹수들을 물리친 적도 있었고, 또 어떤 경우에는 간발의 차이로 놈들의 발톱이 닿지 않는 바위틈에 숨어 약이 잔뜩 오른 녀석들에게 할 말 못 할 말 다 섞어가며 온갖 욕을 퍼붓기도 했다. 어떤 때는 몰래 침입했던 녀석이 우리가 던진 돌멩이에 대가리를 정통으로 맞고 휘청거리며 내빼기도 했다. 그리고 또 한번은 우리를 습격한 검치호를 돌멩이로 때려잡아 그 자리에서 잡아먹은 적도 있었다. 그놈은 다른 곳에서 싸우다가 송곳니가 부러진 상태였는데 우리를 만만하게 생각했던 모양이다.

하지만 마땅한 방어벽도 없이 노출된 채 번득이는 눈빛으로 으르렁거리는 맹수들의 습격에 맞섰던 그 악몽 같던 밤의 기억은 지금도 내 머릿속 깊이 박혀 있다. 이런 상황이 벌어지면 주변 소리에 귀를 기울이며 무작정 기다리는 수밖에 없었다. 그러다 보면 입은 바싹 마르고 배는 고프고, 심장은 요동치고 허벅지에는 힘이 잔뜩 들어가기 마련이었다. 최악의 경우에는 며칠 동안 한숨도 못 자고 뜬눈으로 밤을 지새워야 했는데, 마치 맹수들이 서로 짜고 차례대로 우리를 습격하는 것처럼 느껴졌다. 결국 남자들은 싸우다가 현장에서 즉사하거나 중상을 입고 죽어갔다. 나중에는 남자들의 수가 너무 줄어 어린 남자애들까지 싸움에 나서야 했다. 그런데도 적들은 무자비하게 계속 몰려왔다.

한번은 아버지도 없는데 밤에 맹수들이 쳐들어왔고, 그다음 날 아침에 돌아온 아버지는 간밤에 벌어졌던 살육의 현장을 둘러보았다. 아버지의 얼굴은 피로에 찌들어서 잿빛으로 변했고 큰 슬픔으로 잔뜩 일그러져 있었다. 그날 아버지는 한마디 말만 남기고 다시 숲속으로 들어가 버렸다.

"오늘 밤에 돌아오마. 내가 해야 할 중요한 일이 있다."

어머니는 깊은 한숨을 내쉬며 평소에 구급용으로 쓰려고 모아두었던 허물 벗은 뱀가죽과 나뭇잎으로 동생의 어깨에 생긴 끔찍한 상처를 감싸주었다. 간밤에 우리는 막내 여동생 페피타를 잃었다.

하지만 날이 저물었는데도 아버지는 돌아오지 않았다. 해질녘이면 아버지는 늘 울타리를 다시 세워 무너지지 않게 보수했고, 먹을 것이 풀뿌리와 열매밖에 없어도 일단 배를 채워둬야 한다고 말했다. 또 돌도끼의 상태를 점검하고 막대기를 날카롭게 깎았다. 그런 아버지가 없다는 게 무엇을 의미하는지 우리는 잘 알고 있었다. 아버지는 성난 매머드를 만났거나 실수로 악어를 밟아서 변을 당한 게 분명했다. 우리는 지친 몸을 이끌고 아버지가 항상 시켰던 일을 하기 시작했다.

마침내 밤하늘에 초승달이 떠올랐다. 그리고 오늘도 어김없이 우리 주위로 불길한 예감이 스며들었다. 맹수들은 이글거리는 눈빛으로 우리를 노려보며 주변을 계속 어슬렁거렸고, 달을 바라보며 우리를 잡아먹을 수 있게 도와달라는 듯 우뚝 서 있었다. 그러다가 정 안 될 것 같으면 다른 곳으로 가서 사냥감을 찾아 헤매다

다시 우리가 있는 곳으로 돌아왔다.

　그때 나는 정체불명의 외눈박이 짐승이 저 멀리서 다가오는 것을 보았다. 비몽사몽간에 발견한 그 괴물은 마치 이마에 활활 타는 화산을 올리고 거침없이 걸어오는 거대한 도마뱀 같았다. 그 괴물은 친절하게도 우리를 통째로 집어삼켜 고통에서 해방시켜줄 것 같았는데, 확실히 자기보다 작은 짐승들을 압도하면서 계속 우리 쪽으로 다가왔다. 괴물의 형체가 점점 커졌고 불은 더욱 밝아졌다. 그 괴물은 사자나 표범들이 가장 맛있는 부위를 차지하기 전에, 혹은 굶주린 늑대들이 떼 지어 몰려오기 전에 우리를 꼭 잡아먹고 말겠다고 작정한 것 같았다. 이윽고 밀림의 온갖 맹수들이 울타리 주위에 모여든 것처럼 보였을 때 그 정체불명의 짐승은, 의외로 작고 호리호리한 갈색의 그 두발짐승은 우리 한가운데로 뛰어들어와 칠흑 같은 어둠 속에서 환하게 주위를 밝혔다. 놀랍게도 그 괴물은, 손을 높이 치켜든 우리 아버지였다. 아버지의 손에 들린 그것, 나뭇가지 위에서 맹렬하게 타오르며 저 먼 밀림까지 기세를 떨치던 그것은 바로 불이었다.

3

다음 날 아침, 아버지는 온몸이 너덜너덜해진 우리를 데리고 유혈이 낭자한 바위 은신처를 떠나 그 지역에서 가장 좋은 동굴로 갔다. 동굴 입구에는 높이와 폭이 각각 5미터 정도인 아치 모양의 멋진 구조물이 있었고, 그 위에는 들장미 덩굴이 커튼처럼 늘어져 있었다.

동굴 앞은 볕이 잘 드는 평평한 바위라 그 위에서 불을 피우거나 다 같이 모임을 하곤 했다. 동굴 옆은 작은 삼나무 숲이고 사시사철 냇물이 흐르고 있어 물을 마시기도 편하고 목욕을 하거나 생활 쓰레기를 버리기에도 아주 좋았다.

동굴 내부는 공간이 꽤 넉넉했다. 중심부로 들어가면 높이가 10미터도 넘었지만 천장이 아치 형태라서 폭은 좁은 편이었다. 여기서부터 양쪽으로 작은 동굴이 수없이 뚫려 있었고, 그중에서도 움푹 팬 곳은 개인 공간으로 쓰기에 적합했다. 그리고 동굴 끝에는 산꼭대기로 바로 연결되는 좁은 통로가 뚫려 있었다. 아버지와 어머니는 예전보다 훨씬 편리해진 주거환경을 흡족한 표정으로 둘러보았다.

"이제야 여자들도 좀 사적인 공간을 가질 수 있겠네."

어머니가 말했다.

"휴식 공간으로 쓰면 좋겠지."

아버지가 동굴의 좁은 길목을 들여다보며 말했다.

"여기서 더 개선될 여지도 충분해. 물론 지금은 박쥐들이 좀 있지만, 잡아먹는 건 시간 문제야. 박쥐고기가 냄새는 좀 나도 영양은 제법 풍부하거든. 안쪽에 있는 밀실은 언젠가 그 뭐냐, 포도주 저장실로 쓸 수 있을지도 모르지. 안 그래?"

"그 앞에는 조개무지*로 쓸 만한 공간도 충분하지."

어머니가 말했다.

"당신 말이 맞아. 이 동굴은 우리에게 안성맞춤이야."

아버지가 동의했다.

원래 이 동굴은 오랫동안 곰 가족이 살던 곳이었다. 그런데 우리가 곰들을 몰아내려고 당당하게 동굴에 입성하자 녀석들은 깜짝 놀라 우리를 멍하니 쳐다보았다. 아마도 저녁밥이 제 발로 걸어 들어오는 줄 알았을 것이다. 안으로 들어선 아버지가 갑자기

---

* 원시인들이 조개나 굴 등의 패류를 먹고 버린 껍데기가 쌓여서 이루어진 선사시대 유적.

곰들을 향해 햇불을 확 던졌다. 졸지에 봉변을 당한 곰들은 혼비백산해서 동굴 밖으로 앞다투어 뛰쳐나갔고, 불에 그슬린 녀석들의 털 냄새가 동굴 안에 자욱하게 퍼졌다.

곰들 중 대장인 브랑*은 인근 지역에서 제일 성질이 더러운 폭군으로 유명했다. 그 녀석이 우리를 향해 사납게 달려들었다. 하지만 우리가 한 손에는 돌도끼를, 다른 손에는 활활 타오르는 햇불을 들고 방어 태세를 갖추자 그놈은 우리가 더는 만만한 먹잇감이 아니라는 것을 바로 깨달았다. 브랑은 우리 쪽 진영에서 연기가 위협적으로 뿜어져 나오는 것을 보고 문득 걸음을 멈췄다. 그의 부하들은 대장이 섣불리 덤벼들지 못하고 으르렁거리기만 하는 모습을 멍하니 바라보았다. 바로 그때, 우리 진영에서 햇불 하나가 미사일처럼 날아 올라가 브랑의 양미간에 정통으로 꽂혔다. 여기서 사실상 승패는 결정되었다. 얼굴에 불이 붙은 브랑은 주둥이를 앞발로 때리고 눈물을 흘리면서 굴욕적인 모습으로 퇴각했다. 그러자 나머지 곰들도 그를 따라 일제히 달아났다.

"이겼다!"

우리는 환호성을 지르면서도 그 사실이 믿기지 않았다.

"우리가 곰을 이겼어!"

---

* 동화나 우화에 나오는 곰에 흔히 붙이는 이름. 중세 프랑스 문학의 대표작인 《여우이야기》에 등장하는데, 주인공인 여우에게 매번 속아 넘어가는 미련한 캐릭터로 묘사된다.

"물론 우리가 이겼지."

아버지가 말했다.

"자연이 언제나 육체적으로 힘센 자들의 편만 드는 것은 아니야. 오히려 기술적으로 앞서있는 자들의 손을 들어줄 때도 있지. 지금은 그게 바로 우리야."

아버지는 경고하는 듯한 눈빛으로 우리를 바라보며 말했다.

"난 방금 '지금은'이라고 말했다. 한 번 이겼다고 자만하지 마라. 우리는 아직 갈 길이 멀어. 어쨌든 일단은 이 멋진 동굴에 정식으로 입성하자꾸나."

이렇게 해서 우리는 성공적으로 이사했다. 이번 동굴은 우리가 전에 살던 그 어떤 동굴보다 훨씬 넓고 아늑했다. 곰들은 그 후에도 여러 번 되돌아왔다. 특히 아버지가 사냥을 나갔을 만한 시각에 많이 찾아왔다. 하지만 우리 동굴 앞에서 불이 기세등등하게 타오르는 것을 보고는 더는 가까이 오지 못했다.

사자나 표범도 우리 동굴을 노리고 몇 번 온 적이 있었다. 그러나 타오르는 불을 멀리서 지켜본 다음 '어차피 저 동굴은 살기가 불편할 거야'라는 식의 자기 위로를 남기고는 애써 태연한 척 물러갔다. 그런 속내를 모를 리 없는 우리는 뒤에서 그들을 마음껏 비웃어주었다.

"언젠가는 말이다."

아버지가 말했다.

"저 녀석들이 우리 옆으로 와서 제발 따뜻한 불 좀 쬐게 해달라고 부탁하는 날이 올 거다."

"그러면 우리는 '저리 꺼져, 이 아무짝에도 쓸모없는 놈들아!'라고 소리치겠죠."

오스왈드 형이 말했다.

"글쎄다."

아버지가 생각에 잠긴 얼굴로 말했다.

"어쩌면 몇 가지 조건을 걸고 허락해줄지도 모르지."

"그럼 난 새끼 고양이를 기를래요!"

막내 윌리엄이 기다렸다는 듯이 끼어들었다.

"애한테 헛된 희망을 심어주지마."

어머니가 핀잔하듯 말했다.

그 당시만 해도 우리 가족은 인원이 그리 많지 않았다. 아버지가 산에서 불을 구해오기 전에 계속 맹수들의 습격을 받으면서 숫자가 많이 줄었기 때문이다. 동굴에 자리를 잡았을 때의 인원은 열 명이 조금 넘는 수준이었다. 어머니는 여자들의 리더였는데, 어머니 외에도 기혼 여성이 다섯 명 더 있었다.

밀드레드 숙모는 누구보다 뚱뚱하고 어수룩했다. 사냥할 때 동물에게 돌을 던져서 맞추는 걸 본 적이 없을 정도로 명중률도 형편없었다. 원래는 바냐 삼촌과 같이 살았는데, 삼촌은 숙모가 돌팔매질은 고사하고 나무도 제대로 못 탄다는 것을 알고는 헌신짝처럼 버렸다. 그런 밀드레드 숙모는 불을 유난히 좋아했다. 거기에는 그만한 이유가 있었다. 불을 어떻게 쓰고있나 보려고 바냐 삼촌이 가끔 우리를 찾아오곤 했는데, 그때마다 둘이 아직 커플인 것처럼 행세할 수 있었기 때문이다.

발랄한 성격의 안젤라 숙모는 아버지의 동생인 이안 삼촌의 짝이었다. 삼촌에 대해서는 우리도 어릴 때부터 많이 듣기는 했는데 늘 장기 여행으로 집을 비워 정작 얼굴을 본 적은 한 번도 없었다. 그렇다고 삼촌이 편지를 보낼 수 있는 상황도 아니고, 너무 오랫동안 집에 돌아오지 않았기 때문에 엄마를 비롯한 아줌마들은 다 삼촌이 죽었다고 생각했다. 하지만 안젤라 숙모만큼은 이안 삼촌이 언젠가 돌아올 거라고 철석같이 믿고 있었다. 모임에서 삼촌 얘기가 나오기라도 하면 숙모는 입버릇처럼 말했다.

"그이는 머지않아 꼭 돌아올 거야. 몇 달이고 몇 년이고 집을 비워서 속을 썩이는 양반이지만 그래도 착한 사람인걸. 맘 같아서는 나도 같이 다니고 싶지만 요놈의 심장이 웬수지 뭐야."

숙모는 걸핏하면 심장박동이 빨라지는 증세로 고생하고 있었다.

그래도 안젤라 숙모는 기다릴 사람이 있으니 형편이 나은 편이었다. 매기 아줌마나 넬리 아줌마, 팜 아줌마는 아예 그럴 사람이 없었다. 매기 아줌마의 남편은 사자에게 물려 죽었다. 넬리 아줌마의 남편은 성난 코뿔소에게 당했고, 팜 아줌마의 남편은 보아뱀 때문에 세상을 떠났다.

"글쎄, 그 미련한 양반이 보아뱀을 통째로 먹으려고 했다니까."

팜 아줌마가 한탄하듯 말했다.

"내가 그런 식으로 먹으면 큰일 난다고 그렇게나 말렸거든. 그런데도 내 말을 안 듣는 거야! 보아뱀을 먹는 거나 누룩뱀을 먹는 거나 마찬가지라고 하면서 말이지. 그래서 내가 부탁이니까 제발 좀 토막 내서 먹으라고 했어. 근데 꼭 청개구리처럼 하지 말라는 걸 하더라. '보아뱀이 먹이 먹을 때 토막 내는 거 봤어? 그 녀석도 통째로 삼키는데, 그까짓 거 나라고 못 할 거 없잖아'라고 하면서 말이지. 그러고 나서 먹기 시작했는데 어떻게 됐을 것 같아? 결국 반도 못 삼켰어! 그 벽창호 같은 양반이 내 말이 맞는다는 걸 인정했을 때는 이미 늦었지. 그러니 너도 평소에 음식을 잘 씹어 먹어야 한단다. 알았지?"

아줌마는 씹지도 않고 음식을 한꺼번에 삼키려다가 목이 막혀 캑캑거리는 아이가 있으면 꼭 그 이야기를 들려주었다. 하지만 평소의 아줌마는 눈물에 젖어 있는 경우가 많았고, 그럴 때면 길쭉한 코가 빨갛게 물들어 있었다. 아줌마는 그때의 일로 죄책감에 빠져 뼈가 앙상해진 채로 긴 넋두리를 늘어놓곤 했다.

"사실 그때 내가 마음만 먹었으면 그이가 무리하기 전에 뱀을 잘라버릴 수도 있었지."

아줌마가 한탄하며 말을 이었다.

"그랬으면 그 양반은 지금까지 살아 있었을 거야. 그런데 난 그

때 아주 버릇을 고쳐놔야겠다는 생각에 뱀을 자르지 않았어. 그렇게 내버려 뒀던 게 그이의 마지막 모습이 될 줄이야. 아이고, 몬티! 이 불쌍한 양반아. 그러게 왜 그렇게 무리한 짓을 해서 날 혼자 두고 떠나냐고! 대체 왜?"

하소연을 하다 보면 아줌마는 어느덧 비극의 주인공으로 변했다. 그럼 매기 아줌마와 넬리 아줌마가 옆에 붙어 앉아 팜 아줌마를 위로해주려고 애를 썼다. 하지만 결국에는 세 사람 모두 저마다 죽은 남편을 떠올리며 엉엉 울음을 터뜨리곤 했다.

"패트릭은 참 듬직하고 용감한 사람이었지. 근데 사자에게 그렇게 허무하게 당할 줄이야. 지옥에나 떨어져라, 이 늙다리 사자 녀석아!"

아줌마들은 아무 말이나 생각나는 대로 내뱉으며 욕을 해댔다.

"그 지랄 맞은 털북숭이 코뿔소도 죽어버렸으면 좋겠어."

넬리 아줌마가 흐느끼며 말을 이었다.

"그놈은 자기 동네도 아닌데 아프리카까지 왜 온 거야? 더럽고 짜증나는 짐승 같으니! 평소처럼 빙하가 있는 리비에라°에 계속 있었으면 아무 문제도 없잖아. 그렇게 무식하게 털이 많은데 무더운 아프리카까지 내려왔으니 열을 받는 게 당연하지!"

나는 원래 형제자매들이 꽤 많았지만 그들 중 상당수가 어릴

• 알프스 산맥의 이남 지역. 불과 몇만 년 전까지만 해도 빙하로 덮여 있던 곳이다.

때 맹수들에게 물려가서 지금은 많이 줄었다. 그중 나하고 가장 친한 사람은 오스왈드 형이다. 형은 예전부터 작은 짐승이나 물고기를 사냥하는 데 천부적인 소질이 있었다. 어렸을 때 형은 시냇가에서 몇 시간이고 눌러앉아 새들이 사냥하는 방식대로 물고기를 잡았다. 결국 큰 물고기 한 마리를 잡는 데 성공해 맛있게 먹으려다가 그만 물고기가 목에 걸리는 바람에 몬티 삼촌처럼 숨이 막혀 죽을 뻔했다. 우리가 물고기 먹는 방법을 제대로 알아낸 것은 그로부터 한참 뒤의 일이었다.

"그렇지만 우리도 분명 물고기를 먹을 수 있을 거예요."

오스왈드 형이 흥분하여 말했다.

"표범이 물고기를 먹는 걸 제가 분명히 봤다니까요?"

"넌 지금 나이가 몇인데 표범 구경이나 하고 다니며 허송세월하는 거냐?"

어머니가 형을 꾸짖었다.

"괜히 쓸데없는 짓 말고 가서 돌이나 깎아!"

오스왈드 형은 시무룩한 표정으로 어머니 말에 따랐는데, 사실 형은 돌을 깎는 일을 누구보다 싫어했다. 그에 반해 남동생 중 하나인 윌버는 어릴 때부터 돌을 깎는 데 타고난 재능을 가지고 있었다. 윌버가 나이에 비해 놀라울 정도로 정교하게 돌을 다듬고 있으면 아버지는 "세상에, 이걸 네가 깎았단 말이냐? 참 잘했구나!"라고 칭찬하곤 했다.

월버는 돌멩이를 다듬는 데는 선수지만 그 외에는 대개 잠자코 있는 성격이라 오스왈드 형과 나를 잘 따랐다. 월버는 사냥용 창을 들고 늘 우리를 따라다니며 곁에서 돌도끼 같은 연장을 날카롭게 깎아주었다. 사냥이 끝나면 잡은 사냥감들을 집으로 옮기는 등 여러 가지 잡일도 도맡아서 했다. 그 외에 땅속에 사는 작은 짐승을 잡기 위해 땅을 파거나 꿀벌한테서 벌통을 훔쳐오는 일도 월버의 몫이었다.

우리는 이복동생인 알렉산더에게도 잡다한 일을 시켰다. 그런데 이 녀석은 말은 잘 들었지만 일은 제대로 하지 못했다. 누군가 옆에서 지켜보다가 딴청을 피울 때마다 호통을 치지 않으면 일을 끝까지 하는 걸 본 적이 없었다. 그렇다고 알렉산더가 끈기나 열정이 부족한 것은 아니었다. 다만 호기심이 워낙 많아서 주변에 뭔가 보이면 금세 정신줄을 놓고 쳐다보곤 했다. 그래서 알렉산더가 무아지경에 빠질 때마다 우리는 녀석을 깨우기 위해 돌멩이로 머리통을 때리곤 했다. 알렉산더 본인도 자기가 왜 그러는지 전혀 몰랐다.

알렉산더는 특히 동물에 대한 관찰력이 놀랄 만큼 뛰어났는데 오스왈드 형처럼 그런 능력을 사냥할 때 써먹으려고 하지는 않았다. 알렉산더는 새들을 관찰하는 것도 아주 좋아했다. 하지만 이것도 사실상 실용성은 거의 없었다. 그나마 독수리 같은 새들이 가끔 사냥감의 위치를 알려주었기 때문에 사냥하러 갈 때 알렉산더도 한두 번 도움을 주곤 했다. 문제는 알렉산더가 타조나 황새뿐만 아니라 참새처럼 작은 새한테도 똑같이 관심을 가지고 있다는 것이다.

한번은 알렉산더가 아버지에게, 암컷 코뿔소는 항상 자기 짝인 수컷 코뿔소가 간 길로 정확히 따라간다고 말했다. 그러자 아버지가 어머니에게 이렇게 말했다.

"분명 저 녀석에게는 남들에게 없는 뭔가가 있는데, 그게 뭔지 도무지 모르겠단 말이지."

그때부터 아버지는 알렉산더를 '꼬마 동물학자'라고 불렀다.

형제 중에는 나이가 한참이나 어린 윌리엄도 있었지만, 아버지가 사냥을 나갈 때 옆에서 보조 역할을 한 건 오스왈드 형과 윌버, 알렉산더 그리고 나였다.

여자애 중에 나와 가장 친한 사람은 누이동생 엘시였는데 우리는 어릴 때부터 결혼하자고 약속한 사이였다. 엘시는 사슴처럼 늘씬하고 우아했다. 운동신경도 좋아서 남자애 못지않게 달리기가 빨랐고 투창 솜씨도 좋았다. 하지만 어머니가 동굴 안 집안일을 거의 엘시에게 맡겼기 때문에 엘시가 직접 사냥에 따라다니는 횟수는 점차 줄어들었다. 우리가 사냥을 나가려고 할 때마다 어머니는 급히 할 일이 있다며 엘시를 붙잡아두곤 했는데 나는 어머니가 왜 그러는지 도무지 이해가 되지 않았다. 그럴 때면 엘시는 갈색 눈망울에 아쉬움이 가득 담긴 표정을 짓고 내게

45

이렇게 말했다.

"오늘은 집에 남아서 불을 지피고 아기들을 돌봐야 할 것 같아. 그래도 오늘 사냥한 게 있으면 내 몫도 좀 줄 거지, 응?"

물론 나는 사냥 전리품 중에서 짐승 눈알이나 골수가 든 뼈, 꿀이 묻은 잎사귀, 흰개미 유충 같은 것들을 먹지 않고 따로 챙겼다가 엘시에게 선물로 주었다. 그러면 엘시는 그것들을 붉고 요염한 입에 쏙 집어넣으며 이렇게 말했다.

"고마워, 어니스트! 역시 너밖에 없어."

그리고는 기쁨에 겨워 두 팔로 내 목을 감싸고는 힘껏 껴안았다. 엘시가 이렇게 좋아하는 것을 볼 수만 있다면 내가 음식을 못 먹는 것쯤은 아무 일도 아니었다. 이건 다른 누구에게서도 느낄 수 없는 특별한 감정이었다.

우리에게는 엘시 외에도 자매가 세 명 더 있었는데 그들의 이름은 앤, 도라, 앨리스였다. 내가 엘시에게 하는 것처럼 다른 형제들도 각자 마음에 드는 사람에게 눈독을 들이고 있었다. 오스왈드 형은 사냥감을 짊어질 만큼 힘이 센 앤을 좋아했고, 알렉산더는 엄마처럼 자상한 도라에게 관심이 많았다. 윌버는 앨리스와 짝이 되고 싶어 했다. 누가 보아도 논란의 여지가 없는 깔끔한 조합이었다.

4

불이 생기면서 해가 진 후에도 낮처럼 주변을 볼 수 있었다. 그 덕분에 우리는 저녁마다 불 주위에 모여 앉아 음식을 먹고 뼈에서 골수를 빨아먹으며 이야기를 나누는 등 느긋한 시간을 보낼 수 있었다. 처음에는 주로 아버지가 이야기했는데, 그중에서도 제일 재미있었던 건 아버지가 야생의 불을 어떻게 가져왔는지에 대한 이야기였다. 나는 그 이야기를 지금도 생생하게 기억하고 있다.

"너희들도 다 기억하고 있겠지만 말이다."

아버지는 날카롭게 깎은 막대기를 하나 들고 편한 자세로 앉아 말했다. 아버지는 빈둥거리는 모습을 보인 적이 거의 없는 근면하신 분이었다.

"불을 가져오기 전에 우리 처지가 얼마나 열악했는지 생각해봐라. 그때는 맹수들을 당해낼 수가 없어 매번 쫓기고 잡아먹히다가 멸종 직전까지 갔었지. 그동안 죽은 형제자매들만 해도 헤아릴 수 없을 정도다. 주변에 있던 큼지막한 초식동물들이 점점 줄어들자 그만큼 절박해진 육식동물들이 우리를 노리기 시작했지. 애초에 그놈들의 개체 수가 왜 줄어들었는지는 나도 잘 모르겠다. 가뭄이 길어지는 바람에 먹을 풀이 줄어서 그랬을지도 모르지. 아니면 신종 전염병이 돌아서 그 녀석들의 개체 수가 급감했을 수도 있는 거고. 어쨌든 먹을 게 줄어든 고양잇과 맹수들이 꿩 대신 닭으로 인간을 잡아보니까 자기들 딴에는 맛이 괜찮았던 거야. 게다가 우리는 소나 말에 비해 잡기도 쉬우니 사냥하는 데 재미를 들이게 된 거지.

이쯤 되면 내가 왜 너희들을 더 안전한 곳으로 데려가지 않았는지 궁금해지지? 물론 나도 나름대로 진지하게 검토해봤단다. 하지만 문제는 아무래도 갈 곳이 마땅치 않았다는 거야. 만일 넓은 초원이 있는 북쪽으로 갔다면 어떻게 됐을까? 그 지역은 맹수 소굴이니 가는 도중에 잡아먹히기 십상이었겠지. 그렇다고 숲으로 다시 돌아가면 살만했을까? 천만의 말씀이지. 거기서 평생 살아온 바냐 형조차도 요즘 들어 살기가 힘들다는데 말이야. 게다가 나무로 올라가면 다시 원숭이로 돌아가는 거잖아. 난 지난 수십만 년 동안 우리 조상들이 진화하기 위해 들인 노력과 우리가 힘들게 일궈낸 석기시대 문화를 물거품으로 만들 생각은 추호도 없었다. 지금 너희 할아버지의 무덤은 악어 뱃속에 있는데 그분이 그토록 지키려고 했던 것들을 내가 한순간에 포기해? 아마 그랬다면 할아버지가 악어 배를 가르고 뛰쳐나오셨을 거다.

그럼 답은 이곳에 계속 머물러 사는 건데, 그러려면 뭔가 대안이 필요했어. 표범이나 사자들이 앞으로 절대 우리를 잡아먹지 못하게 하는 방법 말이야. 근데 말이 쉽지 그걸 어떻게 하냐고? 결국 나는 이게 가장 핵심적인 문제라는 것을 알게 되었지. 이런 게 바로 논리적 사고의 장점이야. 체계적인 방식으로 부차적인 사안들을 다 정리해버리면 끝에는 딱 하나의 문제만 남아. 그걸 해결하면 모든 문제를 풀 수 있지."

아버지는 새까맣게 탄 막대기 하나를 불에서 꺼낸 다음 연기가 나는 막대기 끝을 꼼꼼하게 살펴보며 말했다.

"이제는 너희들도 다 아는 사실이지만 모든 동물은 불을 무서워해. 물론 인간도 동물이라서 우리도 본능적으로 불을 무서워하지. 어쩌다가 한번씩 우리는 불이 산꼭대기에서 끓어 넘쳐서 골짜기를 타고 내려와 산불을 내는 것을 보았어. 그걸 보고 주변의 온갖 짐승들이 공포에 질려서 달아나는 것도 목격했지. 그럴 때는 우리도 사슴만큼이나 빠르게 도망갔는데, 평소라면 우리를 공격했을 사자들도 그때만큼은 공동의 적을 둔 동지라고 생각했는지 관심을 보이지 않더구나. 여하튼 그런 식으로 산 전체가 폭발해서 불이 붙고 연기가 나면 동물들은 겁에 질려 허둥지둥 달아나기 바빴어.

화산이 자주 폭발하지는 않지만 일단 한번 폭발하면 어떻게 되는지 우리는 잘 알고 있지. 살갗이 불에 타는 것보다 지독한 고통은 아마 없을 거야. 불에 타서 죽기까지 하면 그 고통은 상상을 초월하지. 직접 겪어본 적은 없지만 아마 그럴 거야. 그래서 난 생각했지. 내가 해결해야 할 가장 중요한 문제는, 어떻게 하면 불에 타죽지 않고 화산 속 불을 가져올 수 있을까, 바로 그거였어! 나는 휴대할 수 있을 만큼 작은 화산을 손에 넣고 싶었단다.

그러던 어느 날 밤, 동굴 주변에 보호용 울타리를 치다가 갑자기 문제를 풀 수 있는 묘안이 생각났어. 물론 이론적인 대안이라 실제 상황에 똑같이 먹힐지는 알 수 없었지. 솔직히 말로는 못 할 게 뭐가 있겠냐? 하여튼 당시 나는 그런 묘안을 생각해내고 기분이 아주 좋아졌어. 당장이라도 그것을 실행하리라 마음먹었지. 안 그러면 머지않아 나를 비롯한 온 가족이 맹수들에게 잡아먹힐지도 모르니까 말이다.

그런데 불은 어떻게 생겨나고 유지되는 걸까? 나는 고민고민하다가 결론을 내렸어. 직접 산꼭대기 화산으로 올라가서 불을 봐야겠다고 생각한 거지. 사실 지금 생각해보면 이렇게 뻔한 답도 없는데 그때는 왜 그렇게 오랜 시간 고민했는지 모르겠구나. 아무튼 나는 맹수들이 언제 습격해올 지 모르는 상황에서 이 일을 얼른 처리해야 했어. 그렇지만 한 가지 분명한 건 큰불이 아니라 내가 원하는 만큼의 작은 휴대용 불이라도 화산에 직접 올라가 어떻게든 불을 잘라오는 방법밖에 없다는 거였어. 애초에 화산 외에는 불을 얻을 만한 곳이 아무 데도 없었거든. 설사 있다고 해도 찾아볼 여유가 없었어. 결국 나는 이게 마지막 기회라 생각하고 모든 것을 걸고 도전해보기로 했어.

그래서 루웬조리산으로 올라갔단다. 저 멀리 산꼭대기에서 뿜어져 나오는 불을 쳐다보며 산 일부를 덮은 빙하 주변을 따라 계속 올라갔지. 루웬조리산은 주로 녹나무와 등대풀로 이루어진 울창한 숲으로 둘러싸여 있었어. 나는 걷기도 하고 나무를 타기도 하면서 숲을 최대한 빨리 통과했어. 초반에는 새들을 비롯한 멧돼지나 살쾡이, 원숭이 같은 동물들이 눈에 띄기도 했지만 계속 올라가니까 나무가 점차 사라지고 주변에 생명체들이 거의 보이지 않게 되더군. 그런데 가끔씩 땅 밑에서 무시무시한 사자 울음 소리처럼 우르릉거리는 소리가 나더라.

마침내 나는 검게 그을린 바위와 드문드문 돋아난 풀, 그리고 척박해서 그런지 잘 자라지 못한 나무들로 이루어진 산악 초원 같은 곳에 도달했어. 주변에 눈이 쌓여 있는 게 보일 만큼 정말 추운 곳이었지. 공기도 점점 희박해져서 숨을 쉬기가 힘들어 자꾸 헐떡거리게 되더구나. 주변을 둘러보니 내가 한참 전에 지나온 나무 꼭대기 쪽에 원시 대머리독수리 한 마리가 맴돌고 있었어. 그 원시 독수리 외에는 정말 개미새끼 한 마리 보이지 않았지. 평소에는 한없이 커 보이던 그 녀석도 먼 거리에서 보니까 작은 새처럼 보였어.

이윽고 어느 황무지에 도착했을 때 거센 찬 바람이 불어와 상반신이 오들오들 떨렸단다. 그런데 그와는 반대로 발밑에 있는 바위는 제대로 서 있기가 힘들 정도로 뜨거웠어. 이쯤 되니까 내가 왜 여기까지 와서 이런 개고생을 하고 있는지 의문이 들기 시작했지. 눈앞에 보이는 거라고는 가파른 바위와 식어서 굳은 용암밖에 없고, 저 높은 곳에는 검은 연기가 먹구름을 이루고 있는 곳 아래에 입을 벌린 분화구가 우뚝 솟아 있었어. 그걸 보니까 내가 얼마나 대책 없이 여기에 왔는지 느껴지더군. 생각해봐라. 사자의 수염을 태울 도구를 찾는답시고 바윗돌을 녹여버리는 뜨거운 불이 솟는 무시무시한 곳에 온 거잖아. 그걸 깨닫는 순간 가슴이 철렁 내려앉으면서 당장이라도 산에서 내려가고 싶었지. 하지만 반대로 이런 생각도 들더구나. 빈손으로 돌아갈 바에는 차라리 영영 돌아가지 않는 게 낫다는 생각 말이다. 어쨌든 눈앞에 보이는 광경이 점점 신기해 보여서 난 우선 계속 가보기로 마음먹었단다.

그렇게 이를 악물고 나아가다가 뜻밖의 수확을 얻었어. 원래는 분화구 바로 옆까지 올라갈 생각이었는데 그게 불가능하다는 걸 알게 되었지. 왜냐면 당장 눈앞에 몇백 미터는 되어 보이는 절벽이 가파르게 솟아 있었거든. 그래서 분화구 주위를 나선형으로 뱅 돌아가면서 올라갈 수밖에 없었는데, 다행히 내가 반대쪽 산

꼭대기에 다다랐을 때 꺼져가던 희망의 불씨를 다시 살릴 수 있는 뭔가를 찾아냈지. 나는 굳이 화산 꼭대기까지 올라갈 필요가 없다는 걸 깨달았어. 애당초 그런 위험한 곳에서 하룻밤을 잘 버텨내더라도 꼭대기까지 올라가려면 며칠은 더 걸릴 테니 성공 가능성이 희박했겠지만 말이야. 중요한 건 그쪽에 서 있으니까 꼭대기보다 훨씬 낮은 곳에서 연기와 수증기가 피어오르는 게 보이더라고. 내가 있는 곳에서 조금만 더 올라가면 되는 곳이었어. 엄청 뜨겁게 타면서 끓어오르는 분화구에 굳이 위험하게 접근하지 않아도 그보다 훨씬 낮은 곳에서 불을 구할 수 있을 것 같았지.

그래서 나는 산비탈을 비스듬히 가로질러 연기가 나는 곳으로 올라갔단다. 별로 힘들이지 않고 올라갔는데 거기서 놀라운 광경을 목격했어. 화산 속 끓는 용암이 지면 밖으로 새어 나와 바위로 덮인 산비탈을 따라 천천히 흘러내리고 있었던 거야. 마치 누군가가 산의 옆구리를 찢어서 상처를 내는 바람에 그 사이로 붉은 내장이 삐져나오는 것 같았지. 어찌 보면 산이 뭔가를 잘못 먹고 탈이 나서 먹은 것을 토해내는 것처럼 보이기도 했단다. 그걸 보니까 우리가 사는 이 세상이 어떻게 만들어졌을지 조금 짐작이 되더구나.

하지만 그런 감상에 젖어 있을 시간이 없었어. 눈앞에서 흘러내리던 용암이 길목에 있는 나무에 닿기 무섭게 그 나무가 불에 휩싸여 버렸거든. 그걸 보는 순간 뒤통수를 한 대 얻어맞은 듯한 느낌이 들었지. 바로 그때 내가 그토록 찾던, 땅속의 불을 어떻게 휴대용 불로 만들지에 대한 중요한 단서를 얻었던 거야. 불에 숨겨진 비밀을 알게 되었다고! 나무 한 그루에 불이 붙으면 그 나무와 닿아 있는 다른 나무에도 불이 옮겨 붙었어. 이거야말로 불이 전달되는 원리인데, 그 원리가 자연에서 입증되는 것을 내 눈으로 직접 본 거야. 나무처럼 불이 좋아하는 먹이를 앞에 두면 거기에도 불이 붙는다는 걸 알게 된 거지. 지금 너희들이 듣기에는 너무 당연한 이야기겠지만 난 그때 그 사실을 알고 엄청나게 놀랐단다."

아버지가 아까 불에서 꺼낸 막대기에서는 더 이상 연기가 나지 않았다. 그러자 아버지는 별생각 없이 까맣게 탄 막대기 끝을 돌 조각으로 긁기 시작했다.

"화산이 부모불이라면 불이 붙은 나무들은 자식불인 셈이야. 하지만 불이 붙은 나무도 다른 나무에 닿아 불을 옮길 수 있다면 얼마든지 부모불이 될 수 있겠지. 이렇게 단순하게 응용했을 뿐인데 내 머릿속에 어떤 생각이 퍼뜩 떠오르더라고. 바로 땅에 떨어진 나뭇가지를 주워 불타는 나무에 갖다 대서 불을 붙인 다음 가져오기만 하면 되는 거야! 그래서 즉시 실행에 옮겼지. 그런데 바닥 용암이 엄청난 열기를 내뿜고 있어서 거기서 겨우 50미터도 떨어지지 않은 곳까지 가는데도 정말 너무 뜨겁더구나. 하지만 결국 내가 들고 있던 가지에 불이 붙었어. 그야말로 대성공이었지!

나는 불이 붙은 가지를 빼내면서 너무 기뻐서 환성을 질렀단다. 그걸 하늘 높이 치켜들고 보니까 마치 내 머리 위에서 작은 화산이 불타오르는 것 같더군. 이런 무서운 횃불만 가지고 있으면 어떤 맹수라도 겁에 질리게 할 수 있을 거라고 확신했지.

나는 그 즉시 빠른 걸음으로 집으로 향했어. 그런데 몇십 분 정도 걷다 보니 조금 전까지 불타고 있던 나뭇가지의 불이 꺼져버린 거야. 정신없이 앞만 보고 가다가 손이 뜨겁다 싶어서 올려다보니 어느새 나뭇가지가 다 타서 까맣게 변해버린 거지. 그래서 다시 불을 얻은 곳으로 돌아가서 몇 가지 실험을 해보았단다. 실험 결과 나는 또 한 가지 사실을 알게 되었어. 작은 불은 먹이를 계속 주지 않으면 금방 꺼진다는 걸 말이야. 즉 불을 계속 유지하려면 더 많은 먹이를 줘야 했던 거야. 다시 말해 작은 불을 집까지 가져가려면 일종의 릴레이 작업을 해야 한다는 걸 알게 되었지.

나는 우선 가지 하나에 불을 붙였단다. 그러고 나서 그 불이 내 손에 닿을 만큼 타서 약해질 때까지 최대한 멀리 운반했어. 그런 다음 주변 나뭇가지를 하나 꺾어 불을 옮겨 붙이고 새로 불붙은 가지를 들고 이동했던 거야. 그런 식으로 계속 이어나간 거지.

그냥 말만 들으면 아주 간단하고 쉬운 거 같지? 천만에! 직접 해보면 생각보다 쉽지 않다는 걸 금세 알게 될 거야. 하지만 결과적으로 이 작업은 멋지게 성공했어. 비록 릴레이를 하는 도중에 불에 잘 타지 않는 나무들을 골라 애를 좀 먹었지만 말이야. 하지만 나는 최대한 신중하게 육백열아홉 개의 나뭇가지를 릴레이로 태우면서 집까지 무사히 돌아왔어. 횃불 덕분에 중간에서 만난 맹수들도 쫓아버릴 수 있었단다. 그리고 지금은 동굴 앞에서 이렇게 멋지게 모닥불을 피울 수 있게 되었지. 화산에서 가져온 불이 지금까지 안 꺼지고 계속 타고 있는 거라고. 하지만 혹시 불이 꺼지더라도 다시 불을 구하는 건 지극히 쉬운……."

아버지는 갑자기 말을 멈추더니 입을 벌린 채 손에 쥔 막대기를 바라보다가 깜짝 놀란 듯 말했다.

"세상에! 너희들한테 이야기하는 동안 나도 모르게 정말 중요한 아이디어가 떠올랐어! 불로 창끝을 벼리면 지금보다 훨씬 더 튼튼한 사냥용 창을 만들 수 있을 것 같구나!"

5

우리는 늘 곧게 뻗은 나뭇가지를 구해 그 끝에 돌조각을 끼워 창을 만들었다. 그걸 쓰면 작은 사냥감 정도는 얼마든지 잡을 수 있었는데, 중요한 건 그때마다 사냥감의 급소를 정확히 맞혀야 한다는 거였다. 거리가 조금만 떨어져도 창의 관통력이 현저히 떨어지기 때문에 작은 동물을 잡으려 할 때도 우리는 되도록 목표물에 꽤 가까이 접근해야 했다. 하지만 사슴만 해도 5미터 반경 안으로 접근하기가 매우 어려웠다. 그러다 보니, 뭐 당연한 말이겠지만 우리가 놓친 사냥감이 잡은 사냥감보다 훨씬 많았다.

사슴보다 크고 피부가 두꺼운 동물들한테는 투창이 아무짝에도 쓸모가 없었다. 그렇다고 아주 가까이 가서 사냥하기에는 위험 부담이 너무 컸다. 가장 좋은 방법은 일제히 공격해 상처를 입힌 다음 사냥감이 탈진할 때까지 계속 추격하는 것이었다. 하지만 그마저도 중간에 표범이나 사자가 나타나 가로채 가면 정말 맥이 빠졌다.

그런데 아버지가 발명한, 불에 달궈 날카롭게 만든 창은 놀라운 효과를 발휘했다. 이 창을 쓰면 40미터 밖에서 창을 던져도 얼룩말을 죽일 수 있었다.

우리는 시간 날 때마다 목표물을 향해 창 던지는 연습을 했다. 내가 창을 던지면 60미터 앞에 있는 얼룩말의 머리를 꿰뚫을 수 있었고, 힘이 센 오스왈드 형은 그보다 더 멀리서 던져도 잡을 수 있었다. 물론 매번 창끝을 불로 달궈서 쓸 수는 없는 노릇이라 연습할 때는 끝이 뭉툭한 창을 썼다.

새 창도 사냥할 때 몇 번만 던지면 창끝이 금방 무뎌졌다. 신무기지만 마음대로 쓰기 어렵다는 자체적인 한계가 있는 셈이었다. 하지만 이것을 쓰는 것만으로도 우리는 한층 더 안정적으로 식량 공급을 할 수 있었다. 그래서 예전만큼 추위에 떠는 일도, 배를 곯는 일도 거의 없었다.

우리는 날마다 말과 얼룩말을 잡으러 다녔다. 기회가 되면 양이나 사슴, 영양, 들소를 사냥하기도 했다. 보통 사람 키 정도 되는 초원의 풀숲에 숨어서 짐승들을 따라다녔는데, 평소에는 허리를 숙이고 접근하다가 충분히 가까워지면 똑바로 서서 목표물을 겨냥해 창을 던졌다.

물론 짐승들도 보초를 세워 공격에 대비하곤 했다. 하지만 포복해서 접근한 다음 똑바로 서거나 나무에 올라가 사냥감을 노리는 방식에까지 대비할 수는 없었다.

유독 기린만은 사람보다 시야가 월등히 좋아서 우리가 길게 자란 풀 사이로 접근하는 것을 전부 볼 수 있었다. 기린은 눈치를 채자마자 엄청난 속도로 달아나버렸다. 그 때문에 기린은 거의 잡지 못했다. 대신 칼리코테리움*처럼 상대적으로 목이 짧은 녀석들은 종종 잡을 수 있었다. 하지만 녀석들을 궁지에 몰거나 상처를 입히면 우람한 뿔에 받혀 심하게 다칠 위험이 있어 기린보다 더 위험한 경우가 많았다. 새로 개발한 창을 쓰면 들소도 잡을 수 있었지만, 그 녀석들도 결코 쉬운 사냥감은 아니었다. 실제로 꽤 많은 사람이 들소를 보고 어설프게 창으로 공격했다가 즉사시키지 못하고 오히려 반격당해 죽었다. 들소는 몸에 창이 꽂힌 상태에서도 사람보다 빠르게 달리기 때문이다.

숲속에서는 돼지나 원숭이처럼 상대적으로 작은 동물들을 사냥했지만, 이제는 거대한 흑멧돼지도 노릴 수 있게 되었다. 우리는 강변으로 가서 우리의 신무기가 악어나 하마에게도 통하는지 시험해보기도 했다. 하지만 그 정도 창으로는 어림없었다. 우리가 다른 동물들처럼 목숨 걸고 강가로 물을 먹으러 갈 때 예전보다

---

* 신생대 올리고세 후기(2800만 년 전)부터 홍적세 전기(360만 년 전)까지 살았던 대형 포유류. 말의 얼굴에 고릴라의 몸통을 가지고 있으며, 이동할 때도 유인원처럼 반직립 상태로 걸어 다녔다.

조금 덜 위험해졌다는 것 외에는 크게 달라진 게 없었다.

때때로 우리는 악어들처럼 강변이나 물웅덩이 주변에 숨어서 물을 마시러 오는 동물들을 기습해 사냥하곤 했다. 그런 경우에 궁지에 몰린 동물들이 공포에 질려 도망가다가 가시덤불에 갇히거나 늪지대에 빠지는 것을 보고 우리는 처음으로 함정에 대한 아이디어를 얻었다.

아버지는 이런 사냥 방식에 관심이 많았다. 하지만 짐승을 빠뜨릴 구덩이를 파야 하는 우리로서는 아버지의 방식이 영 마음에 들지 않았다. 3미터 깊이에 4미터 직경의 구덩이를 만들려면 거의 움막 하나를 채울 만큼의 엄청난 흙을 파야 한다. 그것도 막대기와 맨손만으로 말이다. 그래도 아버지는 끝까지 주장을 굽히지 않았는데, 함정을 설치하면 자동으로 사냥을 할 수 있다는 점을 특히 강조했다.

"나도 땅을 파는 게 힘들다는 건 알아. 그렇지만 함정이라는 아이디어 자체는 아주 유용해. 이제 땅을 효율적으로 파는 방법만 알아내면 된다고."

그러나 우리는 끝내 그런 방법을 알아내지 못했다. 하지만 다행히도 아버지가 새로운 아이디어를 고안해냈다. 아버지는 덩굴을 밧줄처럼 이용해 나무 두 그루 사이에 창을 하나 매달았는데 뾰족한 창끝이 땅을 향하도록 했다. 그러고는 창을 휘감은 덩굴을 아래로 늘어뜨려 멧돼지의 어금니와 같은 높이로 수평으로 묶어

고정했다. 멧돼지가 줄을 끊으면 창이 멧돼지의 목 뒤로 떨어져 관통하는 구조였다.

"이런 걸 바로 피드백*이라고 하는 거지."

아버지는 무슨 뜻인지 알 수 없는 말을 했다. 만일 우리가 함정설치한 곳을 깜빡 잊어버려 위험에 빠지는 일만 없었다면 아버지는 숲 전체를 이런 함정으로 도배했을지도 모른다. 한 번은 바냐 삼촌이 하마터면 함정에 빠져 죽을 뻔했다며 아버지에게 불같이 항의한 적도 있었다.

우리는 새로 만든 창으로 자신감도 얻었고, 불이 있어서 동굴도 안전하게 보호할 수 있었다. 덕분에 훨씬 더 넓은 범위에서 사냥할 수 있었다. 사냥감을 잡으면 가죽을 벗기고 작은 크기로 잘랐다. 그리고 교대로 돌칼을 다듬는 흥겨운 소리를 들으며 짐승의 피와 골수, 내장을 실컷 먹었다. 그런 다음에는 남은 고기를 4등분해서 각자 어깨에 짊어지고 집으로 향했다. 토끼나 다람쥐, 오소리 같은 작은 동물밖에 잡지 못했던 이전 시절과 비교하면 노획물이 제법 쏠쏠했다.

새로 개발한 창만 있으면 하이에나 같은 녀석들이 사냥감을 빼앗아가는 것도 쉽게 막을 수 있었다. 그리고 동물들끼리 싸움이

---

* 어떤 일로 인해 일어난 결과가 다시 원인에 영향을 미치는 자동 제어 원리. 여기에서는 사냥꾼이 함정을 설치하여 멧돼지를 잡고, 그로 인해 생존한 사냥꾼이 다시 함정을 설치하게 되는 원리를 말한다.

라도 붙으면 우리가 그 틈을 타서 이득을 보기도 수월했다. 우리는 주로 코뿔소나 코끼리들이 짝을 차지하려고 서로 싸우다가 다치거나 지칠 때까지 끈기 있게 기다렸다. 그러다 싸움에 진 녀석을 잡아 까마귀 떼처럼 먹기 시작하면 그야말로 며칠은 배부른 상태로 지낼 수 있었다. 큼지막한 도끼로 대형 동물의 척추를 잘라내고, 거대한 나무둥치만큼 큰 넓적다리뼈를 갈라 그 속에 든 골수를 빼먹는 건 정말 별미였다.

사냥이 점점 쉬워지고 노획물도 많아지자 여자들은 굳이 사냥에 따라나서지 않고 집에만 있었다.

"여자들은 동굴에 남아 있어야 해."

아버지는 종종 이렇게 말하곤 했다.

남자애들은 대부분 의무적으로 사냥에 참여했다. 짐승을 잡는 데 실질적으로 도움이 되기도 했지만, 무엇보다 아버지가 사냥에 따라가는 것만큼 좋은 인생 경험이 없다고 말했기 때문이었다. 물론 우리는 아주 어릴 때부터 돌을 깎아 도구를 만드는 법을 배웠다. 아버지의 교육 방침에 따르면, 잠을 자거나 사냥에 따라오지 않는 남자애들은 항상 돌을 깎는 일을 해야 했다. 아버지는 입버릇처럼 조기 교육은 일찍 시작할수록 좋은 거라고 말하곤 했다. 그래서 아기가 태어나자마자 고사리 같은 양손에 조약돌을 쥐여 주었다. 그럼 아기들은 돌이 먹는 것인 줄 알고 몇 번 삼키는 시행착오를 겪게 된다. 그러다 보면 자연스럽게 어른들처럼 조약돌을 서로 부딪치는 법을 배우게 되는 것이다.

아버지는 항상 이렇게 말했다.

"다들 명심하거라. 사실상 모든 것은 초점을 맞춰 보는 능력에 달려 있단다. 물론 평소에도 두 손을 쓰고 두 눈으로 볼 수 있지만, 초점을 맞추지 않으면 돌을 제대로 다듬을 수 없단다."

여자애들도 돌 깎는 일을 해야 했다.

"여자들도 자기 앞가림 정도는 할 줄 알아야지. 그건 예나 지금이나 마찬가지야. 흑요석 조각을 아주 날카롭게 깎을 수 있는 여자라면 일등 신붓감이 되는 건 물론이고 앞으로 먹고살 걱정을 할 필요가 없을 거다."

그래서 우리는 끊임없이 돌을 깎았고, 아버지도 당연하다는 듯 어떻게 하면 돌을 더 잘 깎을 수 있는지 설명하곤 했다. 한 번은 우리가 애써 만든 돌날이 너무 쉽게 깨져버려 다들 툴툴거렸다. 그러자 아버지가 손사래를 치며 재빨리 말했다.

"돌이 그렇게 잘 깨지는 바람에 인류가 발전할 수 있었던 거야. 원숭이들은 도구를 자기 손으로 만들겠다는 생각을 하기 전부터 이미 수천 년 동안 도구를 사용하고 있었어. 어떻게 그게 가능했는지 알아? 우연히 부서진 돌멩이 중에 모서리가 날카로워 그냥 줍기만 하면 쓸 수 있는 것들이 많았거든. 그러다가 한 녀석이 아예 돌멩이를 일부러 떨어뜨려서 깨뜨릴 생각을 하게 된 거지. 그로부터 다시 수천 년 동안은 별로 발전이 없었어. 돌멩이를 바위에 최대한 잘 떨어뜨려서 거기서 쓸 만한 조각을 줍는 것에 불과했지. 지금 너희가 하는 일이 힘들다고 생각된다면 어디 한번 그런 방식으로 만들어 봐. 아마 생각이 바뀌게 될걸?

그러다가 드디어 인류는 돌멩이를 떨어뜨리는 게 아니라 다른 물체에 대고 치면서 중심부를 둥글게 다듬어 점차 쓰기 편하게 만들었지. 그런 게 조금씩 발전해서 여기까지 올 수 있었던 거다. 물론 그런 식으로 작업하면 돌조각 열 개 중에 쓸 만한 돌조각은 한 개도 얻기 힘들 거야. 그래서 최근에 개발한 기술로 그런 비효율적인 방식을 대체한 거야. 이제는 돌멩이 중심부 주변에 있는 돌조각들을 이렇게 뗀 다음 그 표면을 치면서 새로운 돌조각들을 만들 수 있다. 바로 이렇게! 하나, 둘, 셋, 네 개까지! 기가 막히는 기술이지! 이렇게 생긴 돌조각들의 크기가 얼마나 일정한지, 그리고 돌을 내리칠 때 얼마나 힘을 덜 줘도 되는지 분명히 보이지? 게다가 원하는 대로 힘을 조절할 수도 있단다. 작은 돌조각을 얻으려면 이렇게 살짝 치고! 표면이 견고하다 싶으면 이렇게 힘을 더 줘서 세게 치는 거지! 자, 그러면 점심을 먹기 전까지 내가 말한 대로 그 돌조각들을 모두 손질해두어라."

두 번째로 중요한 교육 주제는 인간이 사냥하는 동물과 인간을 사냥하는 동물에 관한 것이었다. 우리는 그런 동물들이 어디에 서식하고, 무엇을 먹으며, 평소에 뭘 하면서 지내고, 어떤 냄새를 풍기며, 어떻게 자기들끼리 소통하는지 하나하나 배웠다. 그러다 보니 아주 어릴 때부터 사자가 으르렁거리는 소리나 표범이 헛기침하는 소리, 타조가 목을 부풀리는 소리, 코끼리가 나팔 불듯 내는 소리, 코뿔소의 콧바람 소리, 그리고 하이에나가 구슬프게 우는 소리를 흉내 낼 수 있었다. 그 외에도 걸음이 빠른 동물 중 말이나 얼룩말 같은 애들은 왜 그렇게 힘차게 울어대고, 비슷해 보이는 임팔라나 가젤 같은 동물들은 반대로 왜 그렇게 조용한지에 대해 배웠다. 원숭이들은 나무 위로 올라가 상대적으로 안전했기 때문에 서로 의사소통을 할 수 있었고, 마찬가지로 우리 인간도 창으로 자신을 지킬 수 있었기 때문에 서로에게 말을 할 수 있었다. 하지만 사슴이나 가젤처럼 주변에 그들을 노리는 포식자가 많은 동물은 크게 무리를 지어 소리 없이 이동한다. 우리는 악어나 거북이 어디에 알을 낳는지 배웠고, 어떻게 해야 둥지에 있는 새끼 새들을 잡아올 수 있는지도 배웠다. 그리고 어디에 가야 전갈을 찾을 수 있는지, 또 전갈을 먹기 전에 그 꼬리를 어떻게 제거해야 하는지에 대해서도 배웠다.

우리는 실용적인 식물학도 배웠다. 주로 먹을 수 있는 열매와 버섯, 뿌리에 대해 배웠고, 당연히 먹지 말아야 할 것에 대해서도 배웠다. 이런 것은 누가 알려주거나 직접 먹어보지 않으면 쉽게 알 수 없다. 그러므로 멀고먼 과거로부터 석기시대에 이르기까지 식물을 먹다가 죽은 사람들은 이런 류의 지식이 형성되는 데 선구자적인 역할을 한 셈이다. 인류가 발전함에 따라 동물적 본

능은 점점 퇴화하여 육감만으로는 이런 사실들을 잘 알 수 없었다. 우리는 카사바* 뿌리 중 먹을 수 있는 것과 독이 있어서 먹을 수 없는 것을 구분하는 법을 배웠다. 그 외에도 절대 먹지 말아야 할 나무 열매에 대해서도 배웠는데, 특히 일부 협죽도과 나무들은 수액 자체가 맹독성이라 아예 가까이 가지도 말아야 했다.

말과 얼룩말을 본격적으로 사냥하면서부터는 표범이나 사자 같은 고양잇과 동물을 인간의 천적이라기보다 경쟁자로 인식하게 되었다. 심지어 그들의 사냥 방식을 본보기로 삼기도 했다. 우리는 그들이 어떻게 먹이를 사냥하는지 자세히 관찰했다. 표범이나 치타는 높은 언덕에서 사냥했고, 사자나 검치호는 초원에서 사냥하기를 즐겼다. 퓨마나 스라소니는 밀림 속에 숨어 있거나 나무 위에 올라가서 사냥감을 기다렸고, 하이에나는 사방팔방을 돌아다니며 먹잇감을 찾았다. 우리는 그들이 사냥에 쓰는 '도구'들을 보면서 감탄하지 않을 수 없었다. 멀리 볼 수 있는 눈, 어둠 속에서도 목표물을 감지할 수 있도록 돕는 수염, 평소에는 숨기고 있다 필요할 때 꺼내 먹이를 잡아채거나 나무를 타는 데 쓰는 발톱, 사람의 것보다 훨씬 강한 이빨, 먹잇감에 몰래 접근할 때 유용한 위장술, 그리고 최대 시속 100킬로미터에 달하는 달리기 실력까지 무엇 하나 빼놓을 게 없었다.

---

* 고구마와 비슷하게 생긴 열대지방의 덩이뿌리 식물. 단맛이 나는 카사바 종과 쓴맛이 나는 카사바 종으로 나뉘는데, 쓴맛이 나는 카사바가 독성이 훨씬 강하다.

아버지는 그런 동물의 능력을 보고 감탄해 마지않았지만 지나치게 부러워하면 안 된다고 주의를 주었다.

"저건 그저 특화된 기능일 뿐이야. 사냥이라는 한 가지 목적을 완수하기 위해 특화된 기계 같은 놈들에 불과하지. 물론 사냥하는 능력만큼은 거의 예술의 경지에 달할 만큼 뛰어나. 그런데 그게 바로 저 녀석들의 한계인 거야. 사냥 말고는 제대로 할 줄 아는 게 없거든. 내가 장담하건대 저런 동물들은 저 상태에서 더 진화하기가 어려울 거다. 힘이 세고 교활한 녀석들이라 계속 진화할 것 같지? 내가 보기에는 절대 그럴 일이 없어. 만약 그 많던 사냥감이 하루아침에 사라져 버리면 어떻게 될까? 저놈들은 굶어 죽는 게 고작일 거다. 우리 같은 영장류들이야 나무에서 코코넛이라도 까먹으면서 버티겠지만 쟤들은 그게 불가능하거든.

저 녀석들 중에는 검치호처럼 이미 사냥에 너무 특화된 놈들도 있어. 물론 그 엄청난 송곳니로 코뿔소의 목을 뚫어버릴 수야 있겠지만 어떻게 매번 코뿔소만 잡아먹으면서 살 수 있겠니. 저렇게 무식하게 발달해버린 송곳니는 도움보다 방해가 되기 일쑤야. 예전처럼 초식동물들의 몸집이 더 컸던 시절에는 검치호들도 물 만난 고기처럼 날뛰고 다녔지. 내가 어릴 때 우리 아버지에게 이야기로만 들은 원시 코뿔소나 원시 코끼리 같은 포유류들을 잡아먹은 것도 분명 검치호였을 거야. 칼날 같은 송곳니 덕분에, 지금보다 동물들이 훨씬 느렸던 당시에는 제왕처럼 군림했을 거야. 하지만 그런 게 먹히지 않는 요즘에는 사냥에 도움이 되기는 커녕 그 무식하게 큰 이빨에 걸려 넘어지기 딱 좋지. 내가 장담하건대 검치호는 얼마 못 가 멸종할 거야. 다른 맹수들도 지금이야 그럭저럭 사는 것 같지만, 언젠가는 그 녀석들도 우리가 밥을 먹을 때 식탁 밑에 떨어지는 부스러기나 주워 먹는 신세로 전락하고 말 거야."

우리는 아버지의 말에 실소를 터뜨렸다. 하지만 아버지는 머리를 좌우로 흔들며 진지한 표정을 지었다.

"솔직히 지금 들으면 웃기는 이야기겠지. 하지만 조금 있으면 세상 무서운 줄 모르는 맹수들에게 본때를 보여주게 될 거다. 물론 인간보다 더 발전할 수 있는 동물이 전혀 없다고 말할 수는 없겠지. 하지만 그럴 만한 녀석들은 침팬지 같은 유인원들 외에는 아마 없을 거다. 나도 항상 그 변수를 고려하고 있단다. 자연의 흐름이 어떻게 전개될지는 사실 잘 알 수 없거든. 하지만 중요한 것은 현실적으로 유효한 법칙을 잘 이해하고 있어야 한다는 거지. 그런 면에서 볼 때 내가 지금까지 얘기한 특화 법칙을 따라간 동물들은 머지않아 진화를 멈추게 될 거야.

물론 동물들은 살아남기 위해 숙명적으로 특화되기 마련이지. 저 칼리코테리움을 봐라. 저놈들은 말도 아니고, 사슴도 아니고 그렇다고 기린이라고 볼 수도 없지. 칼리코테리움의 목은 주변에 적이 있는지 망을 보거나 높은 나무에 달린 잎을 뜯어 먹기에는 너무 짧아. 다른 짐승 무리가 낮은 지대의 초원을 한바탕 휩쓸고 지나가면 속수무책으로 굶을 수밖에 없는 거지. 그러면서도 머리에 달린 뿔을 효율적으로 써먹기에는 또 뿔이 너무 길어. 말을 닮았으면서도 말처럼 달리기에 적합한 발굽이 없어서 빨리 달리지도 못하지. 쉽게 말해 칼리코테리움은 이것도 아니고, 저것도 아닌 애매한 녀석들이야. 그래서 자기들보다 기능이 특화된 녀석들을 만나면 여지없이 경쟁에서 밀려나고 말 거야."

"그렇지만 우리도 기능 면에서는 이것도 아니고, 저것도 아니지 않을까요?"

내가 물었다.

아버지는 잠시 생각에 잠긴 듯 좁은 이마 위에 툭 튀어나온 눈썹을 찡그리더니 이윽고 말했다.

"맞는 말이다, 내 아들아. 확실히 맞는 말이야. 우린 기존에 살던 나무에서 내려온 뒤에 사자나 표범처럼 다른 동물을 사냥하는 육식동물이 되었다. 그런데 우리는 그 녀석들처럼 날카로운 이빨도 없고 빨리 달리지도 못해. 그런데도 우리가 더 유리한 건 그놈들처럼 특화되지 않았기 때문이야. 우리가 다시 네 발로 걷고 송곳니를 기르게 된다면 오히려 퇴화했다고 볼 수 있겠지. 개과나 고양잇과 짐승들이야 얼마든지 사냥을 할 수 있지만, 만약 그걸 하기 어려운 상황이라면 어떻게 될까? 다시 말하지만 그 녀석들은 사냥을 빼면 시체나 다름없어."

"그렇지만 아버지, 어차피 동물이 사냥 말고 하고 싶은 일이 뭐가 있겠어요?"

오스왈드 형이 따지듯 묻자 아버지가 까칠하게 대답했다.

"오스왈드는 역시 좀 특화된 경향이 있구나. 평소에는 그렇게 단순한 사고방식을 가지고 살더라도 가끔은 좀 더 고차원적인 생각을 할 수 있기를 바란다."

"하지만 사냥 외에 '할 일'이 대체 뭐가 있을까요?"

형이 계속해서 물었다.

"두고 보면 알 거야."

아버지가 입술을 깨물면서 말했다.

"두고 보면 알 거라고."

6.

"넌 결국 대형사고를 친 거야."

바냐 삼촌이 말고기를 씹으면서 말했다.

"형은 전에도 그렇게 말했지."

아버지는 멧돼지의 갈빗살을 자르면서 대꾸했다.

"도대체 진화하는 게 뭐가 그렇게 문제인데? 형 얘기나 좀 들어보자."

"진화는 무슨 진화."

바냐 삼촌이 도저히 씹히지 않는 힘줄을 불에 던지며 말했다.

"내가 보기에 그건 자연의 섭리를 거스르는 행위일 뿐이야. 무슨 말인지 알겠냐? 지구상 그 어떤 동물도 산꼭대기에서 불을 훔치려고 한 적은 없었어. 너는 자연법칙을 위반한 거야. 오스왈드야, 그 사슴고기 좀 이리 줄래?"

"위반이 아니라 진화라니까."

아버지는 강경하게 말했다.

"한 걸음 나아가는 거라고. 어쩌면 이 걸음이 인류에게는 큰 도약일 수도 있어. 그런데도 이게 자연법칙에 어긋난다고?"

바냐 삼촌이 먹던 뼈다귀로 아버지를 삿대질하듯 가리키며 말했다.

"왜냐면 네가 한 짓은 어딜 봐도 '자연'스럽지가 않거든. 주제를 넘어도 한참 넘었단 말이야, 알겠어? 이렇게 말하는 것도 순화한 거야. 너도 한때는 대자연의 일부로서 자연의 축복과 재앙을 겪으며 희로애락 속에 살아가던 소박한 아이였어. 착하고, 머리도 좋고, 더할 나위가 없었단 말이야. 완벽한 공생 관계 속에서 살며 느리지만 끊임없이 변화하는 자연과 함께 그냥 동식물의 일원이었던 거라고. 그런데 대체 왜 이렇게 변한 거야?"

"내가, 변했다고?"

아버지가 되물었다.

"단절된 거지."

바냐 삼촌이 퉁명스럽게 말했다.

"어디로부터 단절되었는데?"

"자연으로부터! 너의 근본으로부터! 에덴동산으로부터!"

"그럼 형하고도 단절된 거겠네?"

아버지는 입가에 웃음기를 띠며 물었다.

"물론 나도 포함되지."

바냐 삼촌이 말했다.

"전에도 말했지만 난 네가 하는 짓이 영 맘에 들지 않아. 정말 손톱만큼도 용납할 수 없어. 난 앞으로도 대자연의 일부로 소박하게 살아갈 거야. 인간이 아닌 원숭이로 살아갈 거라고."

"사슴고기 좀 더 먹을래?"

"아니, 난 코끼리 고기를 먹을래. 나한테 고기 대접 좀 했다고 점수를 딸 거라는 생각은 하지마. 어떤 동물이라도 배고픔에 시달리면 평소에 안 먹던 걸 먹기도 하는 거야. 그게 생존의 법칙이지. 난 보통 과일이나 뿌리채소, 애벌레를 먹지만 이런 예외적인 경우에는 사냥한 동물도 먹는 거야. 그런데 이 코끼리 고기는 좀 상한 것 같은데?"

"그런 것 같네. 아직 코끼리 죽이는 기술이 변변치가 않거든. 이번에 잡은 녀석도 한번에 못 죽이고 상처만 입힌 다음 몇 시간을 쫓아다녔어. 그러고 나서 집에 가지고 오려니 또 며칠이 걸렸지. 알다시피 코끼리가 좀 무거운 게 아니잖아. 맛은 시원찮아도 먹으면 생존하는 데 도움은 될 거야."

"그런 식으로 변명하지마. 애초에 사냥하는 과정 자체가 글러먹었는데 그렇게 변명하니 더 우습군. 좀 상했으면 어때. 오히려 씹기 편하고 좋은데 뭐. 우리는 원래 고기를 씹을 만큼 치아가 강하지 않아. 그래서 거의 하루의 절반을 음식 씹는 데 써버리고 있지. 건강에 전혀 좋을 게 없는데 말이지."

"그건 그래."

아버지가 말했다.

"그것 보라고! 그걸 알면서 자연의 십계명에 거스르지 않는다고 말할 수 있어? '너희들은 치아가 튼튼하지 않으니 큰 동물을 사냥하지 말지어다.' 딱 이거잖아! 아니면 이렇게 볼 수도 있지. '너희들은 추위를 막을 수 있는 털북숭이 피부가 있으니 산 위에서 불을 훔치지 말지어다'라고 말이야."

"난 그런 피부가 없는걸."

아버지가 항의하듯 말했다.

"꽤 오랫동안 그런 피부 없이 살아왔어. 그리고 형이 말한 그런 이유 때문에 불을 훔친 것도 아니야. 호랑이나 표범 같은 맹수들한테 계속 잡아먹힐 수는 없잖아. 이건 생존 본능에 따라 움직인 거니까 자연스러운 게 맞지? 그런데 마침 불을 손에 넣고 보니 따뜻하게 쓸 수 있다는 두 번째 장점이 있었던 것뿐이야. 오스왈드야, 불에 장작 좀 더 넣으렴."

"금단의 열매는 먹는 게 아니야."

바냐 삼촌은 볼멘소리로 말하며 한 걸음 물러섰다.

"형, 그리고 말이야. 난 아직 우리가 자연이란 영역에서 완전히 벗어난 것인지 잘 모르겠어."

아버지가 말했다.

"생각해보니까 형은 아직 내 질문에 대답을 안 했잖아. 대체 왜 불을 발견한 게 진화가 아닌 거지? 기린 목이 늘어난 거나 말의 발가락이 없어진 것과 마찬가지잖아? 빙하가 여기까지 내려왔다면 아마 나도 털북숭이 피부를 가졌겠지. 근데 털이 자라는 데 하루이틀 걸리는 게 아니잖아? 그러다가 날씨가 따뜻해지면 털이 다시 빠질 때까지 기나긴 세월이 걸리겠지. 지긋지긋하게 말이야. 결국 우리가 원할 때 바로 털가죽이 생기거나 없어져야 해. 물론 이건 쉬운 일이 아니지만, 자꾸 이런 식으로 생각해야 좋은 아이디어가 떠오른다고."

바냐 삼촌은 콧방귀를 뀌었고 아버지는 말을 계속 이었다.

"그런데 마침 불이 있으니까 우리가 원할 때 바로 온기를 조절할 수 있잖아. 이게 바로 적응인 거야. 결국 진화와 별반 다를 게 없지만 결과에 좀 더 빨리 도달한다는 게 차이지."

"그게 바로 문제야, 이 인간이 되고 싶어 환장한 놈아!"

바냐 삼촌은 고함을 지르며 말했다.

"네가 뭔데 인위적으로 빨리 진화한다는 거지? 넌 자연의 순리에 따라 일을 진행하는 게 아니라 빨리 변하도록 밀어붙이고 있어. 심지어 자유의지를 가진 척 허세를 부리면서 말이지. 이건 자연의 흐름을 네 멋대로 재촉하는 행위야. 하지만 아무리 그렇게 재촉해봤자 소용없다는 걸 넌 머지않아 알게 될 거다."

"대체 뭐가 다르다는 건지 모르겠네!"

아버지는 벌컥 화를 냈다.

"그냥 조금 더 빨리 진화하는 거에 불과하다니까."

"아니, 분명히 말해두지만 달라."

바냐 삼촌이 말했다.

"달라도 한참 다르다고! 우선 바뀌는 속도가 너무 빠르잖아. 원래 수백만 년이 걸려야 될 일을 고작 수천 년 사이에 하려고 난리 치고 있다고. 만약 그 일이 진짜 꼭 필요하다면 모르겠다만 딱히 그런 것 같지도 않은데 말이야. 지구상 그 누구도 이런 말도 안 되는 속도로 살아가지는 않아! 이런 건 진화가 아니라고. 그리고 애초에 네가 계속 진화할지 안 할지를 결정하는 건 너 자신이 아니야. 네가 진화라고 표방하면서 하는 짓은 실제 진화와는 완전히 달라. 이런 말을 해서 유감이지만 그건 진화가 아니라 신세 좀 고쳐보려는 얄팍한 수작일 뿐이지. 정말 자연스럽지 못하고 흐름을 거스르는 주제넘은 짓이야. 내 기준에서 보면 상스럽고 속물적이기까지 하지. 그래서 생각난 건데……."

바냐 삼촌이 심술궂게 덧붙였다.

"너 솔직히 말해 봐. 이번 기회에 아예 신인류新人類를 창시하려고 하는 거지?"

"글쎄."

아버지는 거북한 듯 말을 이었다.

"내 생각은 뭐였냐면……."

"역시 그럴 줄 알았어!"

바냐 삼촌은 의기양양하게 말했다.

"난 네가 뭘 생각을 하는지 훤히 알 수 있지. 내가 장담하는데 너 그렇게 살면 천벌 받을 거다. 알겠냐? 왜 그런지 알려주지. 넌 더는 순수하지 않아. 그저 무지할 뿐이지. 넌 자연에 대한 소속감을 헌신짝처럼 버렸어. 그리고 마치 네가 자연을 맘대로 조종할 수 있을 거라고 착각하고 있지. 그런데 말이야, 그게 생각처럼 쉽지는 않을 거라는 걸 명심하란 말이다! 아까 뭐라고 했지? 조금 더 빨리 진화하는 거라고? 이제는 본능도 필요 없다고? 그런 생각을 하면 어떻게 되는지 어디 두고 보자. 아니 근데, 저 망할 녀석이 도대체 뭘 하는 거지?"

알렉산더가 삼촌 뒤에서 화들짝 놀라 일어나더니 장작더미 쪽으로 도망가려고 했다. 하지만 바냐 삼촌이 원숭이처럼 긴 팔을 뻗어 순식간에 알렉산더의 귀를 잡아챘다.

"아야야야!"

삼촌이 사정없이 귀를 비틀자 알렉산더는 비명을 질렀다.

"너 이 녀석, 대체 뭘 하고 있었지?"

삼촌이 으르렁거리면서 말했다.

"저는…… 저는 그냥……."

알렉산더는 훌쩍이더니 울음을 터뜨렸다. 그의 손에는 불에 탄 막대기가 하나 들려 있었고, 온몸에는 까만 줄무늬가 그려져 있었다.

"어떻게 이런 짓을 할 수 있지!"

삼촌은 격분하면서 말했다.

"나도 좀 보자."

아버지가 서둘러 앞으로 나왔다.

우리는 그 주위로 다가가 바냐 삼촌의 성난 얼굴이 향하고 있는 곳을 쳐다보았다.

보자마자 탄성이 흘러나왔다. 바위에 바냐 삼촌의 그림자가 그려져 있었는데 윤곽이 숯으로 꼼꼼하게 칠해져 있었다. 누가 봐도 그건 바냐 삼촌의 그림자였다. 큼지막하고 구부정한 어깨, 울퉁불퉁한 털북숭이 무릎과 엉덩이, 그리고 유난히 튀어나온 턱에다 무엇보다도 삼촌이 누군가를 비난할 때 취하는 긴 팔을 뻗는 자세까지. 그야말로 바냐 삼촌 그 자체였다. 주위의 온갖 그림자들이 불빛 속에서 춤추듯 움직이고 있는데, 놀랍게도 그 그림자만은 전혀 움직이지 않았다.

"이게 뭐냐?"

어차피 무슨 대답을 해도 좋은 말을 듣기는 틀린 상황이었지만 바냐 삼촌은 무서운 어조로 다그쳤다.

"재, 재현 예술인데요."

알렉산더가 울먹이며 말했다.

"이런 악마 같은 놈! 대체 내 그림자에 뭔 짓을 한 거냐?"

바냐 삼촌이 버럭 고함을 질렀다.

"형 그림자는 멀쩡한데. 여기 새 그림자가 금방 다시 생겼는데 뭘 그래. 봐, 멀쩡하게 있잖아?"

아버지가 바냐 삼촌을 달래듯 말했다.

"응?"

바냐 삼촌은 다소 화가 누그러진 것 같았다.

"그림자가 진짜 있네. 하지만 명심해라. 네 버릇없는 자식 놈들이 잠깐이라도 내 그림자에 해코지하게 내버려 두지는 않을 테니까. 휴, 하마터면 크게 다칠 뻔했잖아. 그리고 알렉산더야, 잘라 낸 내 그림자를 가져갈 생각일랑 하지도 마라. 좋은 말로 할 때 도로 내놓으라고, 당장!"

"알렉산더야, 어서 그림자를 주워 돌려드려라."

아버지가 엄한 말투로 지시하자 알렉산더는 울상이 되어 그림자를 주우려고 했다.

"주울 수 없어요. 그냥 이렇게 지워야겠어요."

알렉산더가 지저분한 발을 슥슥 움직이자 놀랍게도 그림자는 서서히 지워져버렸다.

"이건 단지 그림일 뿐이에요."

알렉산더가 말했다.

"그림일 뿐이라고!"

바냐 삼촌이 혀를 찼다.

"진짜 어이가 없군, 어이가 없어. 이제 너도 알겠지, 에드워드?

넌 네가 진화라고 부르는 괴물을 감당할 수 없어."

삼촌은 주눅이 든 알렉산더의 귀에 대고 속삭였다.

"네 삼촌의 우상을 만들지 말지어다."

"애가 버릇없이 굴긴 했어. 앞으로 내가 잘 가르칠게. 하지만 애가 딱히 악의가 있어서 그런 건 아니었을 거야."

아버지가 말했다.

"악의가 없었다고! 이 얼간이 같은 놈아! 애비나 자식이나 독사가 따로 없구먼. 난 간다!"

바냐 삼촌이 기가 막힌 듯 버럭 소리 질렀다.

"가다니, 어디로?"

아버지가 별 뜻 없이 물었다.

"몰라서 묻냐? 나무 위로 돌아가야지! 자연으로 돌아간단 말이다!"

바냐 삼촌이 다시 한 번 소리를 빽 질렀다.

아버지는 알렉산더를 매질했지만 아무리 봐도 알렉산더가 정말로 잘못했다고 생각하는 것 같지는 않았다.

"앞으로 남의 그림자는 절대 그리지 말거라. 그런 짓을 하면 괜히 오해받고 남에게 불쾌감을 줄 수도 있거든. 지금 인류의 문화 의식 수준에서는 그런 문제에 되도록 신중하게 처신해야 한단다. 하지만 그렇다고 해서 너의, 그 뭐냐, 자기를 표현하는 재능을 완전히 억누르라는 말은 아니다. 그 문제에 대해서는 내가 좀 더 생각해보마."

아버지는 알렉산더에게 그렇게 말했다.

그날 이후로 아버지와 알렉산더는 깎아지른 암벽 앞에서 많은 시간을 함께 보냈다. 그리고 이따금씩 둘 중 한 명이 불이 있는 곳으로 와서 반쯤 탄 막대기들을 모아가곤 했다. 우리는 두 사람이 도대체 뭘 하는지 궁금해 슬쩍 가보기도 했는데 그때마다 아버지는 가까이 오지 말라고 소리를 질렀다.

며칠이 지나자 두 사람은 동굴로 돌아와 의기양양하게 외쳤다.

"다들 나와서 이것 좀 보라고!"

우리는 우르르 암벽으로 몰려갔다. 그곳에는 빳빳하게 털이 선 실물 크기의 웅장하고 검은 매머드가 서 있었다! 그걸 보자마자 아줌마들은 공포에 질려 비명을 지르며 도망갔고, 아이들도 잽싸게 나무 위로 올라갔다. 나와 오스왈드 형, 그리고 윌버만 무장을 하고 있었다. 우리는 동시에 창을 던졌다.

"녀석의 뒤통수를 노려! 죽기 싫으면 필사적으로 던지라고!"

오스왈드 형이 외쳤다. 하지만 창은 매머드의 가죽을 뚫지 못하고 모두 튕겨 나왔다. 매머드도 눈 하나 깜짝하지 않았다. 그때 우리는 아버지와 알렉산더가 더는 못 견디겠다는 듯 배를 잡고 웃는 것을 보았다.

"걱정할 것 없다, 얘들아. 이로써 우리는 중요한 심리학적 이론을 확립했을 뿐이야."

아버지가 말했다.

"그렇지만 저건 맹세코 매머드였다고요."

오스왈드 형이 말했다.

"왜 그렇게 생각하는 거지?"

아버지가 물었다.

"저게 움직이는 걸 봤으니까요."

형이 자신감을 잃은 듯 중얼거렸다.

"맞는 말이야."

다시 아버지가 말했다.

"저건 매머드의 그림자야. 그렇다면 본체는 어디 있는 거지?"

나는 고개를 갸우뚱거렸다.

"우리가 놈에게 상처를 입혔을 거야. 지금 당장 추격하러 가자."

형이 창을 움켜잡으며 나를 돌아보았다.

"아무래도 다음번에는 사슴을 그리는 게 좋을 것 같구나. 역시 사냥꾼 유형의 인간들은 너무 단순하단 말이지."

아버지가 알렉산더에게 말했다.

어찌 되었든 오스왈드 형과 나는 곧바로 매머드를 추격했고 운 좋게도 사냥에 성공했다. 그 녀석은 우리가 봤던 그림자와 똑같은 모습을 하고 있었다. 그러고 나서 정말 의미심장한 일이 발생했는데, 바로 그 바위에 있던 그림자가 감쪽같이 사라져 버린 것이다.

나로서는 우리가 그 매머드의 그림자에 흠집도 내지 못했는데 녀석을 잡아먹을 수 있다는 게 영 이상하게 느껴졌다. 그래서 매머드 고기를 먹은 그 다음 날 아침, 나는 그 그림자에 창이나 좀 던져봐야겠다고 생각하고 암벽 쪽으로 가보았다. 그날은 비가 온 후라 날씨가 화창하고 상쾌했다. 그런데 이상하게도 암벽의 그림자가 온데간데없이 사라지고 없었다. 나는 황급히 동굴로 돌아가 모두에게 그 사실을 알렸다.

아버지는 버럭 화를 냈다. 무슨 말을 해도 나를 믿지 않으려 했는데, 결국 직접 가서 보고는 내 말이 맞는다는 걸 인정할 수밖에 없었다. 아버지는 한 시간 가까이 암벽을 유심히 살펴보고 나서 내게 말했다.

"그림자가 없어진 이유는 아주 간단해."

"물론이죠, 아버지."

내가 말했다.

"어제 봤던 그림자는 우리가 먹은 매머드 고기와 함께 우리 몸속에 들어와 있는 거예요."

"내 아들, 어니스트야."

아버지가 말했다.

"너 같이 머리가 빨리 돌아가는 녀석들은 가끔 생각이 너무 앞서나갈 때가 있다. 그러니 당장 집으로 돌아가서 내가 그만하라고 할 때까지 부싯돌이나 좀 깎아라. 머리를 너무 과하게 쓰면 안 되니까 말이다."

부싯돌을 깎는 건 나 같은 지성인에게는 지루하기 짝이 없는 반복 작업이었다. 게다가 아버지는 정말 한참이 지났는데도 나에게 그만하라는 말을 하지 않았다.

7

알렉산더의 재능이 갑자기 발굴되기 전까지만
해도 나는 그 애를 특별하게 생각한 적이 거의 없었다. 하지만 그
사건 이후부터는 점차 존중하게 되었다. 알렉산더는 온갖 동물들
의 그림자를 바위에 새겨 넣는 일에 금세 능숙해졌고, 그 예술 작
품들이 더 많은 사람들에게 알려지면서 다들 알렉산더의 재능을
인정하게 되었다. 그 와중에 나는 그림자를 붙잡아두는 행위와
붙잡은 그림자에 창을 던지는 행위, 그 후에 그림자의 본체인 짐
승을 죽이는 행위 사이에 중요한 상관관계가 있을 거라고 생각하
며 시간을 보냈다. 나는 이런 사실이 실생활에서 엄청난 가치를
창출할 수 있는 무한한 가능성을 품고 있다는 걸 단박에 알 수
있었다. 아버지는 우리가 사냥감을 잡고 난 후, 알렉산더가 바위
에 그려 놓은 작품이 서서히 사라지는 현상에 대해 나로서는 이
해할 수 없을 만큼 골똘하게 생각하고 있었다.

"참 걸작이었는데……."

아버지는 안타까운 듯 말하곤 했다.

"정말 기가 막힌 원시 예술이었지. 그런데 이젠 없어졌잖아. 기법도 뛰어나고 세부 요소들도 아주 생생하게 묘사되었는데, 재료가 지속성이 약하고 바위 표면도 작품을 보존하기에는 적합하지 못한 것 같다. 이래서야 먼 훗날 우리 후손들이 네 작품의 가치를 제대로 알아볼 수나 있을지 모르겠구나. 알렉산더야, 혹시 그림을 동굴 속에서 그리면 어떻겠니? 얼마나 오래갈지는 잘 모르겠지만 그래도 거기서 작업을 해보는 건 어때?"

"동굴 속에서는 아무것도 안 보이는 걸요."

알렉산더가 퉁명스럽게 말했다.

"어휴, 그냥 하는 시늉이라도 좀 해라."

아버지는 한숨을 내쉬며 가버렸다.

그렇다고 아버지가 괴팍한 성향이라고 볼 수는 없었다. 아버지는 매사에 낙관적이고 활발하고 부지런했다. 구성원들에게 각각 할 일을 맡기고 일을 잘하는지 감독하는 게 아버지 일이었다. 때로는 짐승 가죽을 어떻게 벗겨서 손질할지 아줌마들과 상의했고, 덩굴 식물의 탄력성을 연구하기도 했다. 또 한번은 버려진 사슴뿔을 어디에 쓰면 좋을지 한참 동안 고민하기도 했다.

"요즘 세상에서 성공적인 산업을 일구려면 폐기물도 잘 써먹을 줄 알아야 해."

아버지는 얼굴을 찡그리며 그런 말을 하다가도 옆에서 갓난애가 네 발로 기어 다니는 것을 보면 느닷없이 붙잡아서는 호되게 엉덩이를 때렸다. 그러고는 두 발로 서도록 한 다음 제대로 돌보지 않은 내 여동생들을 야단쳤다.

"애가 두 살이 되면 걸음마를 배워야 한다고 내가 몇 번이나 말했어? 네발짐승으로 살려는 본능을 이제 완전히 떨쳐내야 한단 말이다. 그러지 못하면 결국 그동안 해왔던 일이 모두 헛수고가 돼! 지금처럼 자유롭게 도구도 못 쓰고 지능도 퇴화해버린다고! 우리 조상님들은 그 옛날 마이오세* 때부터 직립보행을 하기 시작했는데, 그렇게 수백만 년에 걸쳐 이뤄진 발전을 게을러빠진 여자애 몇 명이 망치게 둘 수는 없지. 저 아이를 계속 두 다리로 서 있게 해. 안 그러면 너희가 대신 혼날 줄 알아!"

그런데 그 무렵 아버지는 우울하고 의기소침한 모습을 보였다. 우리 가족이 요즘처럼 잘 지낸 적도 없었기 때문에 우리는 대체 무슨 이유인지 무척 궁금했다. 형제들이 사냥을 나가서 사냥감을 잔뜩 짊어지고 돌아와도 아버지는 우리를 빤히 쳐다보며 겨우 이렇게 말했을 뿐이다.

"흠, 그래. 사슴도 있고, 개코원숭이하고 들소도 잡았구나. 아주 맛있겠는걸. 그런데 너희들 뭔가 새롭게 한 일은 없니?"

---

* 약 2,600만 년 전부터 700만 년 전까지로, 신생대 제3기 초에 해당하는 지질시대. 초, 중, 말기로 구분한다.

우리가 사냥감을 추격하며 벌어진 이런저런 일을 자세히 얘기하면 아버지는 여자들과 함께 열심히 귀 기울여 들었다. 하지만 얘기가 끝나면 항상 이렇게 말했다.

"그래, 그래, 잘 알겠어. 그런데 그런 건 매번 있는 일이잖아. 뭔가 좀 색다른 얘기는 없어?"

"아버지, 늘 똑같은 사냥인데 색다른 일이 뭐가 있겠어요?"

오스왈드 형이 항변하듯 말했다.

"저희는 아버지가 가르쳐주신 대로 하고 있어요. 그게 아니면 저희가 사자라도 사냥하기를 바라세요?"

"아니, 아니, 난 그런 뜻으로 말한 게 아니야. 내가 그럴 리가 없잖아."

아버지는 샐쭉해져서 대답했다.

"너희가 사자를 잡으려면 적어도……. 잠깐, 바로 그거야! 너희가 쓰는 사냥 도구는 어때? 쓸 만하냐고."

"그거야 당연하죠."

오스왈드 형이 말했다.

"그리고 너, 어니스트야, 넌 요즘 뭐 새롭게 얻은 거 없니?"

아버지는 갑자기 나에게 시선을 돌리더니 조급하게 물었다.

"너도 이젠 어른이나 다름없는 거 알지?"

"어, 그러니까."

내가 말했다.

"저는 어떻게 하면 그림자를 가지고 마술을 부릴지 생각해봤는데요."

"허, 참!"

아버지는 투덜거리듯 말했다.

"이런 놈들이 다 큰 자식들이라니 원! 그렇다고 아직 어린 윌리엄한테 기대할 수도 없고 말이야."

"전 이걸 찾았어요!"

뜻밖에도 윌리엄이 잽싸게 소리쳤다.

"그게 뭐냐?"

아버지는 궁금한 듯 물었다.

윌리엄은 버둥거리는 작은 물체 하나를 들어 올렸다.

"개의 새끼예요. 강아지라고요. 이름은 '렉스'라고 지었어요."

"먹고 배탈 나지 않도록 조심해."

어머니가 말했다.

"개들은 만날 뛰어다녀서 조금만 나이를 먹어도 고기가 엄청나게 질겨지거든. 먹을 거면 얼른 잡아서 꼭꼭 씹어 먹어라."

"저는 잡아먹고 싶지 않은걸요."

윌리엄이 울먹이며 말했다.

"안 먹을 거면 나한테 넘겨. 내가 먹을게."

오스왈드 형이 말했다.

"싫어!"

윌리엄이 악을 쓰며 외쳤다.

"난 렉스를 아무한테도 먹이고 싶지 않아. 얘는 내 거라고! 렉스는 계속 내 옆에 있을 거야. 그렇지, 렉스?"

"이 녀석 완전 제정신이 아닌데."

오스왈드 형이 기가 막힌 듯 말했다.

"강아지가 윌리엄을 물지도 몰라요, 아버지."

내가 말했다.

"제가 압수할까요?"

"어디 뺏으려고 하기만 해봐."

윌리엄이 나를 노려보았다.

"그러면 렉스한테 형을 물어버리라고 할 거야."

"쟤는 어릴 때부터 저렇게 신경질적이었단다."

넬리 아줌마가 달래듯 말했다.

"예전에는 저것보다 더 심하게 투정을 부리곤 했지. 내가 달래 볼게. 얘야, 강아지를 그렇게 가까이 두면 물릴 거야. 위생적으로 도 좋지 않고 말이지. 아줌마가 강아지를 먹기 좋게 토막 내줄게. 그럼 너 혼자 다 먹으렴."

"싫어! 아줌마 미워!"

윌리엄이 고함을 지르자 강아지도 덩달아 요란하게 짖었다.

"잠깐만, 잠깐만 기다려라."

오스왈드 형이 윌리엄을 혼내려고 하자 아버지가 얼른 끼어들어 말했다.

"어쩌면 이게 생각보다 의미 있는 일일지도 몰라. 일단 앉아라, 오스왈드야. 윌리엄도 좀 진정해 보렴. 그러니까 너는 개를 먹지 않겠다는 거지? 좋아, 그러면 굳이 먹을 필요 없어. 윌리엄, 그러면 쟤를 데리고 뭘 하려는 거지?"

"저는……."

윌리엄이 결심한 듯 말했다.

"저는 렉스를 기를 거예요. 얘는 어미도 죽었고 다른 형제들도 다 죽어서 외톨이가 되어 버렸다고요. 다른 개들 무리에 들어가기에는 아직 너무 어리기도 하고요. 이제는 저를 잘 따르니까 렉스를 친구 삼아 계속 기르면 어떨까 생각했어요."

"그걸 길러서 도대체 뭘 한다는 거야?"

오스왈드 형이 급하게 다그쳤다.

"그 녀석이 다 크면 고기가 너무 질겨서 먹기도 어렵단 말이야. 제발 어른들 말 좀 들어라!"

"너무 그러지 마라, 오스왈드야."

아버지가 말했다.

"내가 얘기해볼게. 자, 윌리엄, 난 네가 버릇없이 굴었다고 생각하지 않는단다. 그렇지만 적어도 뭔가를 하려면 명분이 있어야 해. 그렇게 짖기나 하는 개를 친구로 둬 봤자 무슨 이득이 있겠니? 보나마나 네가 먹는 밥이나 축낼 텐데 말이다."

"그래도 상관없어요."

윌리엄은 고집스럽게 말했다.

"렉스가 어릴 때는 제 거를 좀 먹어도 돼요. 나중에 다 크면 저랑 같이 사냥하러 가서 잡은 고기를 나누어 먹으면 되잖아요. 얘는 달리기도 빠르니까 사냥하는 데 큰 도움이 될 거에요."

"허, 참나!"

오스왈드 형이 실소를 터뜨렸다.

"그런 터무니없는 소리는 생전 처음 듣는다."

"조용히 하라고 했지!"

아버지가 화를 내며 말했다.

"다들 좀 조용히 해봐. 이건 너희들이 생각하는 것처럼 터무니없는 소리가 아니야. 잠깐 생각 좀 하고⋯⋯. 윌리엄, 정확히 뭔지는 모르겠지만 아무래도 네가 뭔가 새로운 것을 발견한 것 같구나. 개가 인류의 친구가 되고, 인간과 개가 함께 사냥을 간다⋯⋯. 흠, 좋아. 이건 충분히 실현 가능한 이야기야. 충분히 가능성 있는 얘기라고! 그레이하운드, 테리어, 스패니얼, 포인터, 리트리버⋯⋯. 그래, 무한한 가능성이 있지! 자, 윌리엄, 그 똥개를 얼마나 길들였니?"

"그러니까⋯⋯."

윌리엄이 망설이며 말했다.

"지금은 뒷발로 서는 법을 가르치고 있어요. 이제 거의 다 됐어요."

"어디 한번 보여 줄래?"

아버지가 말했다.

우리는 재빨리 그 주변에 모여 앉았다. 윌리엄은 한 손으로 강아지의 목덜미를 잡고 가만히 그 자리에 앉혔다. 그러고는 다른 손으로 타조의 다리뼈를 허공에 번쩍 쳐들었다.

"제가 이 다리뼈를 주기 전까지는 계속 뒷발로 앉아 있게 훈련시키고 있어요."

윌리엄이 설명했다.

"나중에는 '먹어도'하고 '돼'를 가르칠 건데, 쉽게 말해 '먹어도'라고 말하고 나서 '돼'를 말하기 전까지는 눈앞의 고기를 손대면 안 되는 거예요. 그 다음에는 '따라와'하고 '엎드려'를 가르칠 거고, 또 그 다음에는……."

"그래, 그래."

아버지가 말했다.

"계획을 아주 세밀하게 짠 것 같구나. 그러면 한번 시험 삼아 뒷발로 서게 해보렴."

"해볼게요."

윌리엄이 약간 망설이다가 말했다.

"자, 렉스, 일어서! 착하지, 일어서!"

강아지는 계속 윌리엄의 손아귀에서 벗어나려고 몸부림치며 으르렁거렸다. 이윽고 윌리엄이 손을 놓는 순간, 눈 깜짝할 사이에 일이 벌어졌다. 렉스가 뛰어오르면서 윌리엄의 손을 사정없이 물어버린 것이다.

"렉스, 이 몹쓸 녀석이!"

윌리엄이 비명을 지르며 뼈다귀를 떨어뜨렸다. 그러자 렉스는 순식간에 뼈를 입에 물고 오스왈드 형의 다리 사이로 쏜살같이 빠져나갔다. 형은 렉스를 때리려다가 주먹이 빗나가 바닥의 조개무지를 치고 부아가 치밀어 욕설을 퍼부었다. 나는 이런 돌발상황이 생길 걸 예상하고 손에 들고 있던 막대기로 렉스를 후려쳤다. 하지만 렉스가 너무 빨라 그 옆에 있던 알렉산더의 오금을 때리고 말았다. 그러자 알렉산더는 벌렁 나자빠졌고, 그러면서 팔꿈치로 팜 아줌마의 배를 강타했다. 팜 아줌마는 뜨거운 불씨 위에 그대로 주저앉았다. 이내 비명을 지르며 자리에서 일어나려고 버둥거리던 팜 아줌마는 옆에 앉아 있던 밀드레드 숙모의 머리카락을 움켜잡았다. 밀드레드 숙모도 아파서 비명을 질러댔고 주변은 완전히 아수라장이 되었다. 그 와중에 손 빠른 어머니는 불에 덴 팜 아줌마의 엉덩이에 바나나 잎을 붙여주고 있었다. 우리 중 유일하게 렉스를 쫓아간 내 여동생 엘시는 잠시 후 숨을 헐떡이며 돌아왔다.

"도망가버렸어요." 엘시가 말했다.

윌리엄이 모두에게 사과하고 서둘러 개를 쫓아갔지만 그 후로 두 번 다시 렉스를 볼 수 없었다.

"결국 이렇게 되고 말았구나."

아버지가 말했다.

"얘야, 안타깝지만 네가 생각한 대로 하기에는 좀 무리였던 것 같구나."

"아니에요. 할 수 있을 거예요."

윌리엄이 다친 손을 핥으면서 말했다.

"걔들이 아주 어릴 때 잡아서 사랑을 듬뿍 주고 길들이면 된다고요."

"그럴지도 모르지."

아버지가 냉담하게 말했다.

"그런데 문제는 말이다. 저런 식으로 계속 야생 짐승처럼 제멋대로 굴면 어떻게 할래? 네 손의 상처가 덧나기라도 하면 넌 죽을 수도 있어. 그럼 뭔가 진보적인 일을 해보지도 못하고 순교자처럼 그냥 죽는 거라고."

아버지는 말이 심했다고 생각했는지 다정한 목소리로 덧붙였다.

"얘야, 아직 낙담하지는 말아라. 너처럼 어린 나이에 시대를 앞서가는 건 대단한 일이지. 너나 알렉산더가 최근에 한 일은 정말 훌륭했다. 난 너희들의 이런 신선한 아이디어가 계속 이어졌으면 좋겠구나. 나이를 먹고 사냥하는 데 급급하다고 다 포기해버리면 안 돼."

아버지는 이어 오스왈드 형과 나를 쏘아보면서 말했다.

"윌리엄보다 나이가 많은 너희 둘도 이번 기회를 교훈으로 삼았으면 좋겠다. 우리는 앞으로 생각할 것도 많고 배울 것도 많다. 절대로 배움을 게을리 하면 안 돼. 아무튼 그건 이제 됐고, 지금 당장 해야 할 일은 뭐지?"

"일단 남은 고기부터 처리해야지."

어머니가 말했다.

"이 코끼리 고기를 얼른 먹지 않으면 금방 상해버릴 거야."

"당신 말이 맞아."

아버지가 수긍하고 갈비 부위를 뜯으며 말했다.

"그렇긴 하지만 당신이 문제의 본질을 알고 한 말인지는 모르겠군. 난 이것 때문에 최근 며칠 동안 계속 고민했지. 대략 계산해보니까 우리는 하루 중의 3분의 1은 잠을 자는 데 쓰고, 다른 3분의 1은 먹잇감을 사냥하는 데 쓰고, 나머지 3분의 1은 잡은 먹이를 씹어 소화하는 데 쓰고 있더라고. 그런데도 식사하는 데 쓰는 시간이 늘 부족하단 말이지. 난 요즘 들어 속쓰림 때문에 죽을 지경이야. 이것만 봐도 뭐가 문제인지 알 수 있지. 이렇게 매일 살아가기도 바쁜데, 대체 어느 세월에 공부하고 생각할 여유가 있겠어? 우리가 반추동물도 아닌데 이렇게 온종일 음식이나 씹고 있을 수는 없잖아. 시야를 넓히고 통찰력을 가지려면 이렇게 아래턱을 몇 시간씩 움직이는 일에서 해방될 필요가 있어. 자유롭게 쓸 시간이 없으면 기발한 생각도 떠오를 수 없고, 그럼 인류의 문화고 뭐고 다 헛된 꿈일 뿐이야."

"문화가 뭔데요, 아버지?"

오스왈드 형이 입안의 고기를 우물거리며 물었다.

"좋은 질문이다."

아버지가 말했다.

"앞을 볼 생각이 없는 사람은 장님이나 다름없는 법이지."

"그럼 대체 우리는 얼마나 더 발전해야 하는 거죠, 아버지?"

내가 물었다.

"전 지금도 충분히 살 만하다고 생각하는데요."

"말도 안 되는 소리."

아버지가 콧방귀를 뀌었다.

"살 만하다고? 좀 있으면 아주 여기가 지상낙원이라고 하겠구나. 그건 진화에 넌덜머리가 난 녀석들이나 하는 말이야. 그렇게 안이하게 살면 머지않아 자기보다 더 진화한 녀석들에게 잡아먹히고 말 거다. 넌 대체 내가 몇 번이나 얘기해야 알아먹겠니? 마치 내가 한 말을 한 귀로 듣고 한 귀로 흘리는 게 아닌가 싶을 정도구나. 그런 정신머리를 가지고 수백만 년 동안 진화를 위해 노력해온 선조들의 자랑스러운 후손이라고 말하다니, 나 원 참!"

"그럼 우리는 앞으로 얼마나 더 발전해야 하는 거죠?"

나는 귀가 따가워지는 것을 느끼며 다시 물었다.

"그건 우리가 지금 '어떤 시대'에 있느냐에 달렸어."

아버지는 먹던 고기를 내려놓고 두 손의 손가락을 맞대었다.

"우리가 지금 어떤 시대에 있는데요?"

내가 다시 물었다.

"잘 모르겠다."

아버지가 나지막한 목소리로 말했다.

"잘 모르겠지만 아마도 중기 홍적세*쯤은 된 것 같다. 아직 후기 홍적세가 된 것 같지는 않아. 확신을 가지고 말하고 싶은데, 시원찮은 네 말이나 행동을 헤아려보건대 아직은 그런 것 같지가 않단 말이지. 알렉산더나 윌리엄이 뭔가 새로운 걸 해낸다면 모르겠다만, 아무래도 그 둘은 아직 경험이 많이 부족한 것 같구나. 사실은 말이다……"

아버지의 목소리가 거의 속삭이는 것처럼 작아졌다.

"사실은 요즘 들어 우리가 초기 홍적세도 못 넘어간 게 아닐까 하는 생각이 들 때도 있어."

"당신 요즘 들어 너무 일에만 매달리는 것 같아."

어머니가 아버지의 손을 토닥이며 말했다.

"그러니 하루쯤은 좀 쉬는 게 어때?"

• 원어는 플라이스토세(Pleistocene). 지질시대 중 신생대 제4기의 전반기로 약 180만 년 전에서 1만 년 전까지의 시대. 초기는 180만~80만 년 전, 중기는 80만~12만 년 전, 후기는 12만~1만 년 전으로 나뉜다.

그 순간 아버지의 얼굴은 비극의 주인공처럼 자신감을 완전히 상실한 듯 일그러져 있었다. 아버지는 한동안 말이 없었다. 장작이 불타는 소리와 여자들이 서로 머리카락의 이를 잡아주느라 톡톡 터지는 소리만 들려왔다.

갑자기 어색해진 분위기를 바꿔보려고 내가 다시 입을 열었다.

"어떻게 해야 우리가 어떤 시대에 있는지 알아낼 수 있을까요, 아버지?"

아버지가 겨우 생기를 되찾으며 말했다.

"간접적인 수단으로만 알 수 있단다, 아들아. 어떤 단서들이 있는데 그건 분별력 있는 사람만 알아볼 수 있지. 예를 하나 들어보자. 만약 우리가 히파리온*이라는 발가락이 세 개인 말을 본다면, 이제 막 플라이오세**를 벗어나서 앞으로도 진보하기까지 머나먼 여정을 떠나야 할 거야. 그런 경우라면 우리는 각자 맡은 일에만 충실하면 돼. 상대적으로 볼 때 우리가 아주 보잘것없는 미물에 불과하다는 뜻이니까."

"히파리온 같은 건 아직 본 적이 없는걸요."

오스왈드 형이 말했다.

"아마 앞으로도 볼 일이 없겠지."

---

* 80만 년 전에 멸종된 말과의 포유류 중 하나로 현생의 말에 비해 날씬하고 몸집이 절반밖에 되지 않는다.

** 홍적세 전에 있었던 530~180만 년 전 사이의 지질시대.

아버지가 말했다.

"그렇지만 이렇게 시대에 뒤떨어진 녀석들도 쉽게 멸종되지 않고 명맥을 이어가는 경우가 꽤 있단다. 아마 히파리온도 초기 홍적세까지는 살아 있었을 거야. 우리 주변만 봐도 당장 멸종되어도 이상하지 않은 놈들이 잘만 살아가고 있잖아."

아버지는 이러한 성찰을 통해 위안을 좀 얻은 것 같았다. 하지만 나는 더는 아버지와 이 문제에 관해 얘기할 엄두가 나지 않았다. 아버지는 그 후로도 몇 주 동안 기분이 언짢은 상태로 무기력한 모습을 보였다. 나로서는 대체 뭐가 그렇게 걱정되는지 도무지 이해가 되지 않았다.

솔직히 우리가 현재 지질학적으로 어떤 시대에 있는지가 왜 그렇게 중요한지 모르겠다. 조금 뒤처졌다 한들 어떤가? 내가 보기에는 모든 게 순조롭게 진행되는 것처럼 보였다. 태양이 우리를 따뜻하게 감싸면 때때로 비가 내려 땅 위의 불순물을 씻어 주었고, 광활한 대지는 우리의 발밑에서 주기적으로 진동하며 움직였다. 화산은 때때로 폭발하여 용암과 시커먼 연기 기둥을 분출했고, 그때마다 공기 중에 진한 유황 냄새가 번졌다. 빙하가 남쪽으로 내려오면서 아프리카에 구름이 밀려오면 숨 막히는 연기 때문에 한바탕 난리가 나곤 했다. 진흙땅의 간헐천에서는 거품이 부글거렸고, 배출구에서 증기가 분출되어 좁은 골짜기 아래까지 쏟아져 내렸다. 산 정상에 닿도록 숲이 우거지는가 싶으면 한 번쯤 화산이 터져 숲을 다시 아래로 밀어냈다.

식물들은 새와 벌을 끌어들여 꽃가루 퍼뜨리기 경쟁을 하느라 여념이 없었다. 그에 따라 정신없을 정도로 다양한 종류의 꽃이 피고 열매가 열리는 진풍경이 연출되었다. 동물들도 자기들이 적자생존 법칙의 승자라는 것을 입증하기 위해 남들보다 더 많이 번식하고 경쟁하느라 이리저리 뛰어다녔다. 결국 이렇게 각각의 생명체들이 자기 이익을 위해 열심히 투쟁하는 바람에 지구는 최대 다수가 먹을 수 있을 만큼 엄청난 양의 먹거리로 가득 차게 되었다.

아, 월요일 아침을 맞을 때 느껴지는 그 달콤함이여! 아, 영장류들의 고향이자 지구상 그 어느 곳보다 진보한 아프리카의 위대함이여! 난 지금까지 우리가 이루어낸 일들만 봐도 충분히 훌륭하다고 생각했다. 우리는 돌로 많은 도구를 만들어낼 수 있었고 무엇보다도 불을 길들였다. 그 때문에 지구상 어떤 동물도 우리를 만만히 볼 수 없었다. 내가 보기에는 정말 모든 게 완벽한 상황이었다.

하지만 아버지는 역시 아버지답게 지금의 상황에 만족하지 않았다. 아버지는 다양한 실험을 통해 불의 활용도를 훨씬 넓혔지만 그 정도로는 성에 차지 않는 모양이었다. 한동안 아버지는 화산에서 이미 만들어진 불을 가져오는 것으로 만족하지 말고 우리가 직접 불을 피워야 한다고 주장했다.

"이건 진짜 바보 같은 짓이야."

동굴 안에서 피운 불이 몇 번째로 꺼졌는지 기억도 안 날 만큼 여러 번 꺼졌을 때 아버지가 말했다.

"저 멍청한 여편네들이 불을 꺼뜨릴 때마다 내가 저 깎아지른 산에 올라가야 한다고! 이 나이 먹도록 이런 일을 해야 하다니 너무하잖아! 그렇다고 너희 엄마를 비롯한 아줌마들이 앞으로 불 관리를 더 잘할 거라는 보장도 없으니……. 제기랄, 하여간 뭔가 다른 방법을 찾아야 해."

"하지만 불을 만들 수는 없잖아요."

내가 반대 의견을 제시했다.

"아무것도 안 하는데 갑자기 불이 날 리도 없고요. 혹시 마술을 부린다면 모를까."

"내 참, 기가 막혀서!"

아버지가 말했다.

"저걸 봐라, 이 원숭이 같은 녀석아! 넌 저게 뭔지 궁금하지도 않겠지, 응?"

아버지는 윌버가 만들고 있는 부싯돌을 가리켰다. 돌이 부딪치면 그 충격으로 가끔씩 불꽃이 튀는 게 보였다. 물론 이런 걸 처음 본 것은 아니지만, 조금 전까지만 해도 이런 조그만 불꽃이 뜨겁고 맹렬한 불을 만들 수 있으리라고는 상상도 하지 못했다. 마치 생쥐에서 매머드가 나오는 것과 비슷하다고나 할까. 그 순간 아버지에게 차마 말하지는 못했지만 나는 그 불꽃이 부싯돌 속에 깃들어있는 돌의 영혼일 거라고 생각했다. 하지만 내가 본 게 진짜 불이었다면 '돌도 불에 탈 수 있는가'와 같은 설명하기 힘든 의문들이 계속 생길 것이다. 내 의견을 말하자 아버지는 단박에 "돌이 타는 것을 직접 보았다"면서 여느 때처럼 내 생각을 일축했다. 그리고 윌버가 어떤 돌은 다른 돌보다 훨씬 더 많은 불꽃을 낸다고 말하자 아버지는 몹시 흥분해 어쩔 줄을 몰랐다. 아버지는 우리가 불타는 장작에서 불을 가져올 수 있다면 같은 원리로 불꽃을 내는 돌에서도 불을 가져올 수 있을 거라고 믿었다.

분명 설득력 있는 말이었지만 나는 그게 얼마나 힘든 일인지 눈앞에서 분명히 보았다. 아버지는 윌버가 만든 부싯돌에서 아주 가끔씩 생기는 작은 불꽃을 끝내 잡아내지 못했다. 결국 화가 난 아버지는 부싯돌을 불속에 내던졌고 그 바람에 오히려 불이 꺼져버렸다.

아버지는 부싯돌에 계속해서 어느 정도 이상의 충격을 주면 부싯돌도 그렇게 대우받는 게 싫어서 점점 화가 나기 때문에 뜨거워지는 거라고 말했다. 그 때문에 부싯돌을 계속 두드렸던 것이다. 아버지는 돌멩이 같은 무생물들도 당신의 아들과 마찬가지로 외부의 힘에 반응한다는 것을 알아냈다. 막대기를 다른 막대기에 여러 번 세게 부딪히면 그 충격으로 화가 난 두 막대기가 모두 뜨거워진다는 것이다. 아버지는 직접 실험을 하면서 이제 곧 막대기에 불이 확 붙을 거라고 기대했다. 성공이 코앞으로 다가왔다고 굳게 믿고 있었다.

하지만 불은 쉽사리 붙지 않았다. 불이 꺼진 장작더미에 남아 있는 불씨를 훅 불면 종종 불길이 살아난다는 걸 발견한 것이 그나마 위안이 되었다. 아버지는 꺼진 불 위로 바람이 부는 것을 보고 이 사실을 알아냈다. 하지만 그 다음 단계로는 영 나아가지 못했다. 불은 여전히 멀리 떨어진 화산에서 가져와야 했다.

시간은 계속 흘러 몇 개월이 지났다. 아버지는 포기하지 않고 줄곧 연구했지만 부싯돌이나 막대기로 불을 피우는 방법을 끝내 알아내지 못했다. 아버지는 자나 깨나 불 피우는 방법만 생각하는 것 같았다. 한번은 열심히 시도하다가 결국 지쳐서 포기하고는 거친 숨을 헐떡거리며 괜히 나에게 비난의 화살을 돌렸다.

"어니스트! 넌 대체 왜 아무것도 안 하는 거지? 이럴 때 자식 덕 좀 볼 수는 없겠냐? 자, 이 막대기로 다른 막대기가 뜨거워질 때까지 계속 두드려!"

나는 아버지가 시키는 대로 했지만 그래봤자 소용없는 일이었다. 내가 화산처럼 불을 만들 수도 없는 노릇이었기 때문에 결국 이내 지쳐버렸다. 그럴 때마다 아버지는 내 옆으로 와서 나를 사슴뿔로 쿡쿡 찔렀다. 나는 마지못해 하던 일을 계속했다. 하지만 결과는 뻔했다. 사실 아버지도 나처럼 막대기로 불을 만드는 일이 불가능하다는 것을 잘 알고 있었다.

그리고 얼마 지나지 않아 오랫동안 집을 비웠던 이안 삼촌이 돌아왔다.

8

이안 삼촌은 키는 작지만 다부진 사람이었다. 붉은 머리칼과 붉은 수염에 눈동자는 푸른색이었고 안짱다리였다. 몸 구석구석에는 크고 작은 흉터가 나 있었는데 각각의 흉터에는 저마다 사연이 있어서 "이 흉터는 어떻게 생긴 거예요?"라고 물으면 흥미진진한 이야기를 들을 수 있었다.

안젤라 숙모는 먼 여행에서 돌아온 삼촌을 제일 먼저 알아보고 "서방님!"하고 외치면서 쏜살같이 동굴에서 뛰쳐나가 의기양양하게 삼촌을 데리고 돌아왔다.

"오, 이안, 오랜만이야. 그동안 잘 지냈어?"

아버지는 이안 삼촌의 듬직한 어깨에 팔을 두르고 끌어안으며 말했다.

"잘 왔어요, 이안."

어머니도 인사를 건넸다. 이어서 우리도 일제히 합창하듯 삼촌을 환영했다.

환영회의 주인공이 된 이안 삼촌은 가족들 사이를 돌아다니며 한 명 한 명 이름을 부르고 짧게 안부를 물었다.

"아아, 팜, 몬티 일은 참 안 됐어. 안녕 매기, 그동안 변한 게 하나도 없네. 넬리도 잘 지냈지? 예전보다 많이 차분해졌는걸. 그리고 이게 누구야, 오스왈드잖아? 세상에, 그 사이에 정말 많이 컸구나! 넌 이름이 뭐더라, 어니스트라고? 본 지가 너무 오래되어서 잘 기억이 나지 않는구나. 그렇지만 너한테는 독특한 냄새가 나서 기억하기 쉽겠어. 뭔가 큼큼하면서도 오묘한 게 마치 장난기 많은 코끼리 같군. 그리고 어디 보자, 너는 알렉산더고, 얘는 윌리엄이라고? 너희들은 새 식구들이로구나. 반갑다. 그나저나 형님, 여기는 정말 좋은 집인데요?"

아버지는 삼촌을 데리고 동굴 주변을 둘러보며 우리가 그동안 일궈낸 성과들에 대해 자세히 설명해 주었다. 물론 불을 보여주는 것도 잊지 않았다.

"오, 이거 중국에서도 봤어요. 거기 사람들도 불을 쓰더라고요."

이안 삼촌이 말했다.

"뭣이?"

아버지가 소리쳤다.

"그건 말도 안 돼!"

"진짜예요, 형님."

이안 삼촌이 말했다.

"그 친구들은 뭐든 둘째가라면 서러워하거든요."

"중국 녀석들이 불을 만들 수 있니?"

아버지가 불안한 얼굴로 물었다.

"어, 아마 그럴 거예요."

아버지는 삼촌의 목소리에 확신이 없다는 걸 알아챘다.

"아니, 그럴 리 없어."

아버지가 딱 잘라 말했다.

"우리가 기술적으로 더 앞서 있거든."

"허, 그럼 지금 당장 불을 만들 수 있나요?"

삼촌이 물었다.

"아직은 아니지."

아버지가 말했다.

"하지만 지금 하고 있는 실험만 끝나면 머지않아……."

"만들 수 있다는 거겠죠?"

이안 삼촌이 입맛을 다시며 말했다.

"바냐 형님은 요즘 별일 없으세요?"

"나무 위에서 잘 지내겠지, 뭐."

아버지가 토라진 듯 말했다.

우리는 오랜만에 돌아온 삼촌을 위해 상다리가 휘어지게 음식을 차렸다. 매머드의 갈빗살, 얼룩말의 다릿살, 어린 양의 어깨살,

멧돼지의 머릿고기를 주메뉴로 준비했고, 원숭이골, 악어알, 그리고 삼촌이 특히 좋아하는 거북의 피를 고명으로 곁들였다.

"최고급 식사인데, 이거."

삼촌이 마지막 남은 뼈에서 골수를 빼먹으며 말했다.

"저우커우디엔*을 떠난 이후 이렇게 호화롭게 먹은 건 처음이에요."

"저우커우디엔이면 중국을 말하는 거지?"

아버지가 묻자 삼촌은 고개를 끄덕였다.

분위기가 무르익자 드디어 삼촌이 그동안의 여행 이야기를 하기 시작했다. 우리는 불에 먹이를 주기 위해 장작을 산더미같이 쌓아 올렸다. 그리고 남자들은 심심풀이용으로 씹어먹을 뼈와 다듬을 필요가 있는 무뎌진 창을 준비하고, 여자들은 손질할 가죽과 힘줄을 준비한 다음 삼촌 주위에 빙 둘러앉았다.

워낙 오랫동안 쌓인 이야기라 처음부터 끝까지 듣는 데 며칠이나 걸렸기 때문에 여기서는 딱 요점만 말하겠다. 이안 삼촌은 뼛속까지 방랑자의 기질을 타고난 자타공인 최고의 모험가였다. 삼촌은 지구상의 거의 모든 지역을 여행했고, 그 과정에서 눈에 띄는 모든 것을 면밀히 관찰했다. 삼촌이 그토록 오랫동안 집을 비운 것도 어쩌면 당연한 일이라 하겠다.

• 중국 베이징의 서남쪽에 있는 동굴. 구석기시대에 살았던 고대 인류인 베이징원인의 화석이 많이 발견되었다.

"아프리카에서는 남쪽으로 더 내려가봐야 소용없어요."

삼촌이 말했다.

"물론 남쪽 지역에 볼 만한 게 좀 있기는 하지만 금세 바다에 막혀서 갈 수가 없어요. 막다른 길목이죠. 그 지역에 사는 사람들도 전반적으로 수준이 영 별로예요. 일단 뒷모습은 그럴싸합니다. 우리처럼 직립보행을 하는데 어깨도 떡 벌어지고 머리부터 발끝까지 직선을 이루고 있죠. 그런데 그 사람들의 앞모습을 보면 모든 환상이 깨져버려요. 우리처럼 두뇌가 크지도 않고 얼굴 생김새는 고릴라에 더 가깝거든요. 언어 수준도 별 볼 일 없죠. 구사할 수 있는 단어가 스무 개 정도에 불과하거든요. 사용하는 석기를 봐도 우리에 비하면 애들 장난 수준이에요."

"별로 대단한 녀석들은 아닌 것 같군."

아버지가 안심한 듯 두 손을 비비며 말했다.

"제 생각도 그래요."

이안 삼촌이 동의하면서 말을 이었다.

"아프리카에서는 남쪽이 아니라 북쪽으로 가야 합니다. 그럼 가는 도중에 사냥을 하든 뭘 하든 먹을 걸 구하기도 쉽고 물도 풍부하거든요. 처음에는 꽤 울창한 숲 지대를 지나게 되는데 거기는 진짜 엄청나게 더워요. 아, 그리고 거기 사람들은 까만 피부를 선호하더군요."

"그래? 취향이 정말 독특한걸?"

아버지가 신기하다는 듯이 말했다.

"왜 그런 거지?"

"피부가 검어야 햇볕도 잘 막아주고, 나무 밑에 있으면 적의 눈에 잘 띄지도 않는다고 생각하거든요."

이안 삼촌이 말했다.

"말도 안 되는 소리야."

아버지가 말했다.

"그래봤자 좋을 게 없지. 사람 피부에 좋은 색깔은 흑갈색이나 대초원에서 위장하기 좋은 황갈색뿐이야. 이건 사실 진화론적 관점에서 거의 정설로 자리 잡은 거라고. 까만 피부가 좋다니…… 혹시 다음번 여행에서는 하얀 피부를 좋아하는 사람들을 만나는 거 아니냐?"

아버지의 농담에 모두가 한바탕 웃음을 터뜨렸다. 삼촌이 다시 이야기를 계속했다.

"자자, 아직 할 얘기가 많습니다. 이 세상에는 정말 다양한 지역이 있어요. 열대우림을 지나 사하라에 이르면 그야말로 지상낙원이 따로 없죠*. 아름답고 푸른 초원이 끝없이 펼쳐져 있거든요. 그리고 가는 길 곳곳에 강이나 시냇물이 흐르고 있는데, 고기가 워낙 많아서 거의 물 반 고기 반 수준이에요. 주변 산은 참나무

---

* 사하라에 초원이 있다는 말이 이상하지만, 이때는 빙하기라 평균 기온이 지금보다 낮았을 것이다.

와 너도밤나무, 물푸레나무로 뒤덮여 있죠. 그리고 목초지도 정말 장관이에요! 지평선 너머로 이어진 초원에는 각양각색의 꽃들이 피어 있죠. 소와 말, 양, 얼룩말 같은 동물들도 셀 수 없이 많고요. 정말 흠잡을 데 없이 완벽한 곳이죠."

"그렇게나 많단 말이냐?"

아버지가 물었다.

"그럼요, 먹이사슬도 아주 안정적이에요. 가끔 크고 작은 충돌이 발생하긴 하지만 사냥 영역도 뚜렷하게 나뉘어 있죠. 어쨌든 워낙 동물이 많아서 먹이 걱정은 할 필요가 없어요."

삼촌은 눈을 반짝이며 듣고 있는 오스왈드 형을 돌아보며 계속 말했다.

"넌 아무래도 북쪽으로 갈 준비가 된 것 같구나. 사하라의 드넓은 초원으로 가면 지금과는 또 다른 세상을 체험할 수 있을 거다. 하도 살기 좋은 곳이라 그냥 정착해버릴까 잠시 갈등했지만 결국 유혹을 뿌리치고 계속 여행을 이어갔지. 시간이 좀 지나니까 엄청나게 큰 호수˙가 내 눈앞을 가로막더구나. 동서로 넓게 뻗어 있어서 마치 더는 길이 없는 것처럼 보였지. 그래도 나는 호숫가를 따라 서쪽으로 계속 걸어갔는데, 거기서 조개를 주식으로 먹으며 태평하게 사는 사람들을 여럿 보았어. 한참 가다보니 그

• 유럽과 아프리카 사이에 있는 지중해를 말한다.

호수와 바다를 잇는 지협*이 보이더라고. 그곳을 통로 삼아 대륙을 오가는 동물들이 꽤 많더구나. 매머드와 늑대와 곰들은 북쪽으로 이동하고, 하마와 기린과 사자들은 남쪽으로 내려오고 있었지. 유럽의 추위를 견딜 수 없는 녀석들이 아프리카로 내려오고 있었던 거야. 피레네 산맥을 넘어갈 때쯤 되니까 주변에 쌓인 눈도 많아지면서 날씨가 꽤 추워지더군. 그리고 북쪽을 바라보니 거대한 빙산이 아래로 내려오고 있는 게 보였단다."

"맞아, 요즘이 빙하기이긴 하지."

아버지가 침울하게 말했다.

"문제는 그게 어떤 빙하기인지 모른다는 거야. 귄츠나 민델 빙하기일 수도 있고, 그게 아니면 리스 빙하기나 뷔름 빙하기일 수도 있겠지. 어떤 빙하기이냐에 따라 중요한 차이가 생겨**."

"전 잘 모르겠네요."

이안 삼촌이 말했다.

"기억나는 거라곤 그곳 날씨가 엄청나게 추웠다는 것뿐이에요. 도르도뉴*** 계곡으로 내려가니까 온 사방에 순록이 뛰어다니는

- 아프리카의 모로코와 유럽의 스페인이 인접한 지브롤터 지역. 현재는 육지가 서로 연결되어 있지 않다.
- •• 귄츠-민델-리스-뷔름 순서로 빙하기가 진행되었다.
- ••• 프랑스 남서부에 있는 지방. 기후가 온화하고 사람이 살기에 적합해서 선사시대부터 인류가 군락을 이루고 살았다. 원시인들이 기거했던 동굴 유적지들이 많고, 현생인류의 시초인 크로마뇽인의 두개골이나 그들이 사용했던 석기가 발견되었다. 유명한 라스코 동굴벽화를 볼 수 있는 곳이다.

게 보였죠."

"순록이 뭐예요?"

오스왈드 형이 물었다.

"몹시 추운 곳에서도 살 수 있게 적응한 사슴이란다."

삼촌이 말했다.

"아무튼 온 사방에 순록이 뛰어다니고 있었고, 네안데르탈인처럼 생긴 인간들이 그놈들을 쫓고 있었지."

"네안데르탈이라고? 그것도 인류의 한 종種인가?"

아버지가 흥분한 목소리로 물었다.

"인류인지 아닌지는 잘 모르겠어요."

삼촌이 대답했다.

"어쨌거나 비범한 녀석들인 건 분명합니다. 물론 생김새는 우리와 확연히 다르죠. 일단 털이 엄청나게 많아요. 무슨 삽살개처럼 온몸이 털로 덮여 있는데 아마 추위를 막기 위해서겠죠. 키는 별로 크지 않지만 그렇다고 아주 작은 체구도 아니에요. 저하고 키가 비슷한데 약간 더 작더라고요. 그래서 그런지 더 쉽게 친해질 수 있었죠. 고릴라처럼 가슴팍이 넓은데 특히 걸을 때 무릎을 구부리고 안짱걸음으로 걷기 때문에 원숭이하고 비슷해요. 목이 거의 없을 정도로 짧아서 머리는 어깨 사이에 파묻혀 있다시피 하고 이마도 엄청나게 좁아요. 물론 그렇다고 인간다운 지성이 아예 없는 건 아닙니다. 그 정도 수준은 아니죠! 뒤통수가 불룩 튀어나온 게 딱 보이거든요. 제가 보기에는 나름 똑똑한 친구들이에요. 우리처럼 석기도 쓰던데 아주 잘 만들더라고요! 다만 이 친구들 정신세계가 좀 유별나긴 해요. 밤이면 밤마다 온갖 이야기를 늘어놓으면서 시간을 보내니 그럴 만도 하죠."

"뭐가 그렇게 유별난데?"

아버지가 물었다.

이안 삼촌이 이해할 수 없다는 듯 고개를 흔들며 말했다.

"몰라요. 너무 고차원적이라 설명하기 어려울 정도예요. 한 가지 기억나는 건 죽은 사람을 땅에 묻는다는 거예요."

"그건 너무 심한 낭비 아냐?"

아버지가 말했다.

"오히려 그 친구들은 묻지 않는 게 낭비라고 생각하던데요."

이안 삼촌이 말했다.

"그리고 털이 많다는 것도 마음에 들지 않아."

아버지가 덧붙였다.

"지금은 괜찮아도 나중에 환경이 바뀌면 적응하기 어려워지거든."

"그 친구들이 제일 신경 쓰는 건 치아예요."

삼촌이 말했다.

"충치가 많아서 대부분이 치통에 시달리고 있거든요. 거기다 관절염에 걸린 사람도 많죠. 그것만 아니었으면 허리를 좀 더 꼿꼿

이 펴고 걸어 다녔을 겁니다. 워낙 습한 곳이라 그렇게 된 게 아닌가 싶어요."

"그 녀석들이 조상 유인원에서 언제 떨어져 나온 건지 궁금하군."

아버지가 골똘히 생각하며 말했다.

"아무리 늦어도 플라이오세 때였겠지. 우리가 그들하고 짝을 맺으면 자식을 낳을 수 있을까?"

"흠, 그건 아마 직접 확인해봐야 알겠죠?"

삼촌이 조심스럽게 말했다.

"그렇지만 왠지 가능할 것 같기도 해요. 거기 있을 때 그쪽 여자들과 나름 잘 지냈거든요. 제가 나이에 비해 훨씬 어려 보인다고 말하긴 했지만……."

"그런 말을 들을 만도 하지."

아버지가 손가락 끝을 맞대고 헛기침을 하며 말했다.

"알다시피 우리 호모사피엔스들은 유형성숙幼形成熟* 방식으로 성장하거든. 그게 뭐냐면, 나이를 먹어도 어릴 적 모습을 그대로 간직하는……."

"그래요, 그래요. 아무튼 프랑스에서 다시 동쪽으로 가야 했어요."

• 생물이 나이를 먹었는데도 어릴 때의 신체 형태에서 변하지 않고 그대로 성장하는 것. 주인공 가족에 해당하는 호모사피엔스(현생인류)는 네안데르탈인에 비해 몸에 털이 적고 몸집도 더 작은데, 어릴 때 모습을 상당 부분 유지한 채로 성장하는 것이 특징이다.

이안 삼촌이 이야기를 계속했다.

"아까 말한 거대 호수와 가까운 거리를 유지하면서 스텝과 툰드라 지역을 지나갔어요. 발칸반도 곳곳에는 네안데르탈인들이 자리를 잡고 있었죠. 물론 이 동굴에서 저 동굴로 이동하는 일은 고생스러웠지만 결국에는 팔레스타인에 도착했어요. 거기서 네안데르탈인들이 아프리카에서 온 이주민들과 싸우는 걸 봤죠."

"아니, 왜 싸우지? 사냥감이 부족해서 그런가?"

아버지가 물었다.

"아뇨, 사냥감은 넉넉해요. 젖과 꿀이 흐르는 땅이죠."

이안 삼촌이 말했다.

"그런데 이상하게 그 동네에는 사람들을 성난 고릴라처럼 사납게 만드는 뭔가가 있는 것 같아요. 그래서 맨날 치고받고 싸우지만, 그 와중에 짝을 짓는 사람들도 있죠."

"싸움이나 짝짓기나 별반 다를 게 없지."

아버지가 말했다.

"흠, 그 패싸움이 어떻게 마무리될지 궁금하구먼. 털 많은 원시인과 털 없는 원시인이 팔레스타인에서 만나 이종교배를 하면 어떻게 될까?"

"좀 있으면 메뚜기와 꿀을 먹고 사는 수염 난 선지자*가 나오

---

* 예수가 등장하기 직전 팔레스타인에서 활동했던 예언자. 마태복음에 나오는 표현을 그대로 인용했다.

겠죠."

내가 한마디 거들었다.

"말장난하지 마라, 이 녀석아."

아버지가 위압적으로 말했다.

"너한테는 그러는 게 어울리지 않아. 아무튼, 계속 이야기해
봐. 그다음에는 어디로 갔지?"

"아라비아를 통해서 인도로 갔죠."

이안 삼촌이 대답했다.

"아라비아도 사하라처럼 수목이 풍족하게 우거진 천혜의 땅이
에요. 그만큼 비도 엄청나게 많이 내리죠. 인도에서는 생전 처음
보는 육식동물을 만났어요. 호랑이라는 녀석인데, 밤중에 숲속에
서 보면 두 눈이 번쩍번쩍 빛나죠. 검치호하고 비슷한데 그 녀석
보다 몸집은 작아도 훨씬 더 날렵해요. 그래서 인도의 숲속에 있
을 때는 밤이 되면 무조건 나무 위에 숨어서 지냈죠. 체면이고 뭐
고 목숨이 더 소중하니까요! 그리고 인도에서 벗어나 조금 더 가
서 또 다른 원시인 종족*을 만났어요."

"또 다른 종족?"

아버지가 놀란 목소리로 물었다.

"네, 처음 보는 놈들이었어요."

---

* 인도네시아 자바 섬에서 살았던 자바원인을 말한다. 자바원인은 두 발로 직립보행하
고 홍적세에 살았다.

삼촌이 고개를 끄덕이며 말했다.

"하지만 걱정할 필요는 없어요. 진화 수준이 우리와 비교도 안 될 정도로 떨어지거든요. 몸집이 우리의 절반 정도밖에 안 되고, 지능도 원숭이 수준에 불과하죠. 누구한테 한 대 맞은 것처럼 눈두덩이 푹 꺼졌고, 두개골도 형편없이 작아요. 솔직히 생긴 건 원숭이에 더 가깝지만, 직립보행을 하고 말도 할 줄 아니까 우리하고 비슷하다고 봐야죠. 물론 하는 말도 뒤죽박죽 섞인 언어라서 기껏해야 '저 원숭이 창 있다, 아주 큰 창' 같은 수준이었어요. 짐꾼으로 부려먹기 딱 좋아 보였는데 길들일 시간도 없고, 딱히 운반할 짐도 없어서 그냥 몇 놈 처치한 다음에 가던 길을 계속 갔죠.

마침내 중국에 도착했는데, 베이징원인들이 저우커우디엔 주변의 동굴에 살고 있었죠. 처음에 봤을 때는 고릴라인가 했는데 그게 아니더라고요. 고릴라보다 더 똑바로 서서 걸어 다니고, 아주 성능이 좋은 석기를 쓰고 있었거든요. 석기가 워낙 날카롭다 보니 자기들끼리 잡아먹을 때도 쓸 정도였죠.*"

아버지가 고개를 끄덕이더니 가족들을 둘러보며 의미심장하게 말했다.

"낭비하지 않으면 부족할 게 없는 법이지. 너희들도 잘 새겨들

---

* 베이징원인 사회에는 식인 풍습이 있었던 것으로 추정되고 있다.

어라.”

“그런데 그 친구들도 어디서 났는지 불을 얻어서 쓰고 있더라고요.”

삼촌이 말했다.

“그리고 그걸 무척이나 자랑스러워했죠. 하지만 솔직히 제가 보기에는 그들은 좀 정체된 것 같았어요. 그쪽 친구들이 변화에 다소 둔감하긴 하죠. 거기서 북쪽으로 가면 눈으로 덮인 타타르 지역이 나오는데, 거기에는 자기들과 외형은 비슷하지만 덩치가 훨씬 큰 인간이 산다고 하더라고요. 키도 4미터가 넘고 곰처럼 털로 덮여 있다는데, 말이 사람이지 그 정도면 완전 괴물이잖아요? 아무튼 난 그렇게 무시무시한 녀석들하고는 전혀 마주칠 생각이 없었어요. 사실 베이징원인들한테도 이미 넌더리가 난 상태였고요. 마음이 정리되고 나니까 아메리카 상황은 어떨지 궁금해지더라고요.”

“아, 맞다! 아메리카가 있었지?”

아버지가 뭔가 생각난 듯 외쳤다.

“그래서, 거기 상황은 좀 어땠어?”

“아직 못 가봤어요.”

삼촌이 침울하게 말했다.

“거대한 얼음 장벽이 그쪽으로 가는 길목을 가로막고 있거든요. 거기로는 아무도 갈 수 없어요. 털 많은 네안데르탈인조차도 불가능하죠. 들은 바에 따르면 아메리카에는 글립토돈*이 엄청나게 많다더라고요."

"그건 좀 아쉽구먼."

아버지가 말했다.

"정말 아쉬워. 우리가 생각한 것만큼 발전하지 못한 상태라는 거잖아. 아메리카에 아직도 사람이 살지 않는다니 정말 믿을 수가 없네!"

"뭐, 그걸 보고 온 게 벌써 몇 년이 지났으니 지금쯤은 길이 뚫렸을지도 모르죠. 사실 저는 이번 기회에 그곳에 다시 돌아가서 북동쪽 경로가 있는지 한번 찾아볼 생각이에요."

"안 돼요! 그건 말도 안 돼!"

안젤라 숙모가 극구 말렸다.

"안 그래도 몇 년이나 돌아다녀서 지금 몰골이 말이 아니잖아요! 아무 생각 말고 푹 쉬어요! 당분간 나갈 생각일랑 하지도 말고요!"

이안 삼촌은 숙모를 좋은 말로 달랬다. 하지만 삼촌의 눈은 딴데 정신이 팔린 것처럼 이미 초점을 잃은 상태였다. 그것만 보고도 나는 삼촌이 이곳에 오래 머물 생각이 없다는 것을 알아챘다.

그러나 안타깝게도 이별은 생각보다 훨씬 더 급작스럽게 찾아

---

* 신생대 제4기에 살았던 아르마딜로의 친척뻘인 포유류. 겉모습이 거북과 닮았다.

왔다.

삼촌은 윌리엄의 동물 길들이기 실험에 유독 많은 관심을 보였다. 한번은 아버지가 삼촌에게 이렇게 말했다.

"윌리엄은 시대를 앞서가는 녀석이야. 지금은 이해가 잘 안 돼도 언젠가 재평가받는 날이 오겠지."

그러자 삼촌이 말했다.

"형님, 길들이기만 하면 아주 유용하게 쓸 만한 동물이 있는데, 제가 조만간 보여드릴게요."

그러던 어느 날 아침, 한바탕 큰 소동이 벌어졌다. 아주 이상하게 생긴 동물 하나가 우리 동굴 앞으로 뛰어 들어온 것이다. 상반신은 인간이고 하반신은 말의 모습을 하고 있었는데, 시종일관 말처럼 히힝거리고 미친 듯이 날뛰며 "워워, 착하지!"라고 하거나 "진정해, 진정!"이라는 말을 내뱉고 있었다.

그 녀석은 불 앞으로 다가오자 격렬하게 앞다리를 들어 올렸고 그걸 본 우리는 놀라서 도망쳤다. 그때 비로소 우리는 그게 괴물이 아니라, 말을 탄 이안 삼촌이라는 걸 알았다. 하지만 바로 그 순간, 말을 놓친 삼촌은 허공으로 날아가더니 쿵 소리를 내며 땅에 떨어졌다. 우리가 황급히 달려갔지만, 삼촌은 이미 살아날 가망이 없었다. 떨어지면서 목이 부러졌기 때문이다.

그런 와중에 말이 쏜살같이 달아났다. 오스왈드 형이 창을 던져서 말의 뒷목을 꿰뚫어버렸고, 결국 말은 숨이 끊어진 채로 바닥에 나동그라졌다.

우리에게는 두 개의 비극이 동시에 찾아온 셈이었다. 위대한 모험가였던 이안 삼촌이 죽었고, 그 충격으로 안젤라 숙모는 삼촌의 시신 위에서 실신해버렸다. 게다가 삼촌이 아메리카에 타고 가려고 가져온 동물은 말이 아니라 히파리온에 불과했다.*

• 히파리온이 아직 존재한다는 것은 본문의 역사적 시점이 생각보다 더 과거라는 것을 뜻한다.

9

삼촌을 잃은 충격에서 벗어날 즈음에 아버지는 가장 어린 윌리엄을 제외한 우리 형제 모두를 불러 원정을 나가자고 했다. 처음에는 그저 사냥하러 가자는 말인 줄 알았는데 아버지의 행동이 평소와 뭔가 달랐다. 지난 며칠 동안 아버지는 다른 가족들과 떨어져 혼자 있었고, 누가 가까이 다가오기라도 하면 성가시다는 듯 신경질적으로 대했다. 그러면서도 정작 아무 일도 하지 않는 등 평소의 아버지답지 않은 모습을 보였다. 아버지는 히파리온이 아직도 멸종하지 않았다는 사실에 다소 충격을 받았는지 며칠 사이에 흰머리가 훨씬 많아졌다.

하지만 원정 날 아침이 되자 아버지는 예전처럼 다시 활기를 되찾았다. 아버지는 우리가 사냥용 창을 만들고 돌칼로 쓸 돌멩이를 고를 수 있도록 도와주며 바로 모험을 떠날 준비를 했다. 그리고 집에 남아 있을 어머니에게는 이런저런 지시사항을 꼼꼼히 전달했다.

마침내 아버지는 우리 형제들을 이끌고 숲을 지나 동쪽으로 향했다. 우리는 루웬조리산은 물론이고 용암이 분출되는 케냐산도 그대로 지나쳤다. 그래서 우리는 아버지가 단순히 불 얻는 법을 알려주려고 집을 떠난 게 아님을 알 수 있었다. 특히 킬리만자로 산은 화산 활동도 하지 않는 상태라 거기까지 갈 것 같지도 않았다. 그렇다고 아버지가 사냥감을 쫓으려고 서두르는 것도 아닌 것 같았다. 아버지는 줄곧 우리에게 잘 따라오라고 지시했고, 우리는 계속 그렇게 앞으로 나아갔다. 해질녘이 되어서야 아버지가 겨우 사냥을 허락해서 저녁밥으로 먹을 사슴을 잡았다. 그날은 불도 없어서 한 명씩 불침번을 서면서 밤을 보냈다.

그다음 날도 비슷한 하루를 보냈고, 이틀 후에도 똑같은 일과를 보냈다. 이쯤 되면 우리가 뭔가 아주 특별한 임무를 수행하기 위해 나왔다는 게 분명했지만, 아버지는 그게 뭔지 알려주려고 하지 않았다. 우리가 시종일관 잘 따라다녔기 때문에 아버지의 기분은 꽤 좋아 보였다. 그러나 아버지의 눈빛이 평소와 달리 결의에 가득 차 있는 것을 보니 뭔가 심상치 않은 일이 발생할 것만 같았다.

집을 떠난 지 5일째가 되자 우리는 잠시 휴식을 취했다. 그동안 개미군단처럼 강행군하던 것을 멈춘 것이다. 아버지는 바람 냄새를 맡으며 이쪽저쪽을 둘러보고 어디에서 오는 냄새인지 살피기 시작했다. 결국 사냥하려고 집을 떠나온 게 맞는 셈이었다! 우리 형제들도 정찰에 동참해서 킁킁 냄새를 맡았다. 오스왈드 형이 냄새를 감지했다고 여러 번 말했지만 아버지는 형의 추측을 받아들이지 않았다.

"이거 들소 냄새 아닌가요?"

형의 물음에 아버지는 고개를 저었다.

"그렇다면 얼룩말 냄새인가요? 아니 코끼리인가? 그것도 아니면 기린?"

형이 계속 말했지만 아버지는 모두 아니라고 했다. 아버지는 마치 그 누구도 상상하지 못했던 것을 추적하는 것처럼 고개를 들고 진지하게 냄새를 맡았다. 형이 거의 자포자기한 채 "그럼 대체 뭐죠? 매머드인가?"라고 하자 비로소 아버지가 말했다.

"바보 같은 소리 하지마. 내가 장담하건대 이건 '그놈'들의 냄새야."

우리는 아버지가 냄새를 맡는 방향으로 코를 돌렸다. 그러자 머나먼 동쪽에서 희미한 냄새가 느껴졌는데, 마치 약을 올리듯 바람의 방향이 바뀔 때마다 냄새가 났다가 사라지기를 반복했다. 아무래도 전에 맡아본 적이 있는 냄새 같았다. 우리가 그것을 맞히기 전에 아버지가 먼저 입을 열었다.

"자자, 얘들아, 지금부터 해야 할 일이 산더미처럼 쌓여 있다. 일단 저 나무 뒤에 물이 있는 것 같으니 가서 목을 축이고 얘기해

주마."

우리는 몹시 궁금했지만 일단 물을 마시려고 아버지를 따라 나무 뒤쪽으로 갔다. 거기에는 연꽃이 피고 홍학들이 모인 호수가 있었는데, 주변에는 동물들이 물을 마시고 지나간 흔적이 여럿 보였다. 물가에는 어떤 위험이 도사리고 있을지 모른다. 우리는 계속 경계하며 주변에 보이는 악어들에게 돌을 던져 멀리 쫓아냈다. 그리고 나서 아버지는 고개를 숙여 물을 마신 다음 몸의 먼지를 씻고 돌아왔다.

"좋아, 이제는 너희들 차례다. 물을 마시는 동안 내가 망을 볼 테니 한 명씩 내게 창을 맡겨라."

잠시 후 우리는 물을 마시고 기운을 되찾아 원래 있던 곳으로 돌아왔다. 그런데 망을 보기로 한 아버지가 우리를 내버려 둔 채 없어졌다. 다시 주변을 둘러보니 아버지는 30미터쯤 떨어진 야자수 앞에 서 있었는데, 우리가 맡긴 창을 다리 사이에 끼워놓고 이쪽을 향해 던지려는 듯 양손에 창을 하나씩 들고 있었다.

"더 가까이 오지마!"

아버지가 소리쳤다.

"그 정도 거리에서도 충분히 대화할 수 있으니까."

우리는 꼼짝없이 아버지가 시키는 대로 했다.

"자, 그럼 슬슬 시작해볼까."

아버지가 말했다.

"너희들, 지금부터 내가 하는 말을 잘 들어라. 혹시나 돌멩이를 던진다거나 하는 짓을 할 생각은 꿈도 꾸지 마라. 허튼수작 부리면 이 창으로 머리에 구멍을 내줄 테다.

사실 뭐 대단한 걸 요구하는 건 아니고, 목숨이 오가는 일도 아니야. 나는 이걸 꽤 오랜 시간 동안 계획했고, 너희 엄마와도 이미 의논을 끝낸 상태다. 너희들은 이제 사춘기가 지나서 사실상 어른이나 다름없다. 오스왈드는 최소한 열다섯 살은 될 테고, 어니스트는 그보다 한 살쯤 어리겠지. 알렉산더와 윌버, 너희 둘은 나이가 거의 비슷할 거야.

그동안 사냥하는 법을 충분히 배웠고, 숲이나 초원을 비롯한 다양한 환경에서 살아남는 법도 다 알고 있을 거다. 돌을 깨서 석기를 만드는 훈련도 충분히 받았고, 안 그래? 물론 윌버를 제외하면 아직 연습이 더 필요하긴 하겠지. 아무튼 어지간해서는 굶어 죽지 않고 살 만한 능력은 갖췄어. 그뿐이냐? 너희 또래 애들은 거의 모르는 불 다루는 법도 알잖아! 이 정도면 엄청나게 유리한 거지. 이제는 너희도 짝을 찾아서 자손을 보고 가족을 꾸릴 나이가 됐다. 그래서 내가 너희들을 여기까지 데려온 거야. 여기서부터 몇 시간만 내려가면 다른 부족이 사는……."

"아, 바로 그거야!"

오스왈드 형이 고함을 질렀다.

"조개무지에서 나는 냄새였구나! 우리 말고 다른 원시인들이 있는 거였어. 진작 알아챘어야 했는데!"

"그래, 다른 부족이 사는 마을이 있다."

아버지가 반복해서 말했다.

"거기에서 너희들이 원하는 짝을 찾을 수 있을 거다."

"그렇지만 아버지, 저희는 생전 본 적도 없는 여자들과는 살기 싫어요."

내가 말했다.

"이미 누이들과 짝을 맺기로 했다고요. 저는 엘시와 살 거고, 오스왈드 형은……."

"안 된다니까."

아버지가 말을 끊었다.

"너희는 저곳에 사는 애들하고 살아야 해."

"그건 말도 안 돼요, 아버지!"

내가 격분해서 말했다.

"이미 다 정해놓았다니까요."

"친남매끼리 짝을 맺는 건 흔한 일이잖아요."

오스왈드 형이 말했다.

"다들 하는데 왜 안 되는 거죠?"

"이제는 그만할 때도 됐어."

아버지가 말했다.

"앞으로는 가족이 아닌 사람하고만 짝을 맺어야 해."

"하지만 아버지, 이건 자연스럽지가 않잖아요."

내가 말했다.

"동물들은 이렇게 의도적인 결정을 내리지 않아요. 간혹 한 놈이 일탈해서 다른 무리에서 짝을 찾기도 하지만, 그건 예외적인 사례에 불과하다고요."

"시간 효율도 너무 떨어져요."

형이 거들었다.

"바로 옆에 있는 친자매들하고 결혼하면 되는데 왜 굳이 멀리까지……."

"이제는 가까워졌잖아."

아버지가 말했다.

"그래서 내가 너희를 여기까지 데려온 거야."

"애초에 왜 이런 생고생을 해서 여기까지 왔는지 이해가 안 돼요."

내가 말했다.

"집에 있는 여자애들하고 결혼하면 뭐 잘못되기라도 하나요?"

"잘못될 건 없어."

아버지가 말했다.

"다만 너희와 누이들 사이에서 자손이 태어나면 문제가 되겠지. 유전병이 생길 확률이 높아지거든. 그런데 단순히 그것 때문만은 아니야. 가장 중요한 문제는 그 애들과 짝을 맺기가 너무 쉽다는 거지. 손만 뻗으면 만날 수 있고 그걸 방해하는 사람도 하나 없잖아. 그 아이들은 아무 때나 성욕을 발산할 수 있는 너무 쉬운 상대야. 무슨 말인지 알겠냐? 우리가 문화적으로 발전하려면 어느 정도 감정적인 스트레스가 필요해. 그러니까 너희들도 집 밖으로 나가서 마음에 드는 여자를 찾은 다음 구애하든 으박지르든 다른 경쟁자들과 싸워 쟁취하든 해서 그 애를 데리고 오란 말이다. 이런 게 자연의 법칙이다."

"그렇지만 경쟁하는 거라면 집안에서 형제들끼리 할 수도 있잖아요."

형이 말했다.

"저희도 그 정도는 하려고 했어요. 동물들이 하듯이 자연에서도 흔히 있는 일이니까요. 가장 힘센 수컷이 이기는 게 바로 자연의 법칙 아니겠어요?"

형이 제법 논리정연하게 말했지만 아버지는 요지부동이었다.

"이제 그런 건 통하지 않아. 지금처럼 신무기가 개발된 상황에서 가족 내에서 여자를 두고 싸우는 건 너무 위험해. 예전처럼 나무 몽둥이만 있던 시절이면 싸움을 적당히 끝낼 수 있겠지만 지금은 그러다가 죽을 수도 있어."

"아버지 때는 괜찮았다는 거잖아요."

내가 씁쓸한 표정을 지으며 말했다.

"이제는 시대가 바뀌었어."

아버지가 말했다.

"아니, 생각해보면 꼭 그런 것 같지도 않아. 상황은 바뀌었는데 우리의 가치관은 여전히 과거에서 벗어나지 못하고 있지. 지금의 히파리온 녀석들처럼 변화하기를 거부하면 안 돼. 그런 식으로 살면 자연적으로 도태될 수밖에 없어. 우리가 불을 쓰긴 하지만 불을 만들 수는 없잖아. 짐승을 사냥할 순 있지만 여전히 음식을 씹는 데 시간이 너무 오래 걸리고. 오스왈드, 너는 창을 최대 70미터까지 던질 수 있지만……."

"84미터까지 던지는데요."

형이 말했다.

"이 녀석아."

아버지가 역정을 내며 말했다.

"대략적인 수치를 말한 거잖아. 알렉산더 너는 그림을 그릴 순 있지만 이미 그린 걸 고치지는 못하지. 월버 너도 석기를 잘 만들기는 하지만 지금 우리가 쓰는 석기는 예전보다 아주 조금 나은 수준에 불과해. 어니스트, 너는 네가 나름대로 사고력이 뛰어나다고 생각하겠지만 실상은 그렇지 않아. 왜냐면 우리가 일상에서 하는 일들이 너무 단순하거든. 삶이 단순하면 그만큼 언어를 많이 만들어낼 필요도 없어지고, 사고력을 더 기를 수도 없게 되지. 언어가 풍부해야 그만큼 사고력도 높아지기 마련이거든.

그런데 지금 우리가 쓰는 언어를 봐라. 명사는 수백 개에 불과하고, 한두 개의 동사로 모든 상황을 돌려막아 표현하고 있어. 전치사도 거의 없는데다가, 부족한 시제를 보충하려고 손짓, 발짓에 의성어까지 과도하게 쓰고 있잖아. 솔직히 말이 좋아서 언어지, 이건 반쪽짜리 의사소통 방식일 뿐이야. 이런 사실들을 종합해보면 우리는 기껏해야 자바원인보다 문화적으로 조금 나은 수준에 불과해. 자바원인이 뭐가 문제냐고? 죽은 너희 삼촌이 말한 것처럼 그놈들은 실패작이야. 멸종한 다른 동물들과 마찬가지로 역사의 뒤안길로 사라질 운명이라는 거지."

"그렇게 덜떨어진 놈들이 항상 제 사냥의 표적이 되죠."

오스왈드 형이 말했다.

"당연한 거야."

아버지가 말했다.

"그렇지만 우리라고 그 녀석들의 전철을 밟지 않는다는 보장은 없어. 그래서 매사에 노력해야 하는 거지. 이제는 너희도 성인이 된 만큼 이 문제를 진지하게 받아들였으면 좋겠다."

아버지는 호소하는 어조로 덧붙여 말했다.

"너희들 말마따나 불편하긴 하겠지. 그건 나도 인정해. 워낙 낯설다보니 심리적으로 익숙해지는 데 시간이 좀 걸릴 거야. 하지만 댐으로 물의 흐름을 적당히 막지 않으면 강력한 물살을 만드는 것도 불가능한 법이지. 이건 내가 비버들이 하는 짓을 보고 알아낸 거야. 그 녀석들이 지은 구조물은 강물의 일부 흐름을 멈추게 하지. 그런데 댐이 없는 좁은 틈으로 물이 모였을 때 그 힘이 얼마나 강력해지는지 생각해봐라. 머치슨 폭포나 빅토리아 폭포[*]에 가본 적 있니? 그걸 보면 내가 무슨 말을 하는지 바로 이해가 될 거다. 흐름을 막아서 잠재력을 최대한 끌어올린 다음 폭발적으로 방출하는 거지. 물론 사람은 강물이 아니니까 눈에 보이는 방식으로 할 수는 없어. 그래서 내가 이렇게 너희에게 추상적인 방식으로 가르쳐주고 있는 거야."

"머릿속이 하얘지는 것 같아요."

윌버가 좌절한 듯 손바닥으로 얼굴을 감싸고 주저앉으면서 말했다.

"아직은 이해가 잘 안 될 수도 있어."

아버지가 말했다.

"그렇지만 우리가 문제를 인식하고 해결하는 능력을 기르려면 도덕적인 가치관 문제나 개인적인 어려움을 두고 주기적으로 골머리를 앓으며 생각해야 해. 물론 가끔 스트레스를 받으면 괜히 주변에 화풀이를 하게 될지도 모르지만 말이지."

"그럼 저는 너무 스트레스를 받아서 아무것도 하지 못하고 포기해버릴 거예요."

내가 말했다.

• 남부 아프리카의 잠비아와 짐바브웨 사이에 위치한 폭포. 나이아가라, 이구아수와 더불어 세계 3대 폭포로 불린다.

"사는 게 계속 행복해야 열심히 살 맛이 나지 않을까요?"

"아니, 전혀 그렇지 않아."

아버지가 들뜬 어조로 말했다.

"그렇게 되면 하염없이 나태해질 뿐이다. 오히려 적당히 스트레스가 있어야 그만큼 일을 열심히 하게 되고 삶의 추진력도 얻을 수 있는 거야."

"이해가 안 가요."

내가 말했다.

"조금 있으면 다 알게 될 거야."

아버지가 말했다.

"그리고 내가 왜 친자매들을 놓고 경쟁하지 말라고 했는지도 이해하게 될 거다. 지금처럼 기술이 급격히 발전한 상황에서는 자칫 잘못하면 인간의 성도덕이 무너질 수 있어."

"그건 궤변이에요."

내가 말했다.

"방금 했던 말과 모순되잖아요. 아까는 기술적으로 발전하려면 성도덕이 있어야 한다고 했는데, 이제는 또 성도덕이 있어야 기술의 무분별한 발전을 막을 수 있다니, 대체 어느 쪽이 맞는 건가요?"

"둘 다 맞아."

아버지가 말했다.

"이런 걸 대립 가설이라고 하지. 문제를 해결하는 데 있어서 아주 체계적인 접근 방식이랄까. 어찌 됐든 간에 너희는 내가 말한 대로 해야 해."

"그나저나 아버지, 저희가 종족 번식과 인류의 발전을 위해 야생에서 헤매는 동안 아버지는 집에 돌아가서 여자들을 독차지할 수 있겠네요."

내가 냉소적으로 말했다.

"솔직히 점점 성장하는 우리들 때문에 입지가 흔들릴까 봐 이러시는 건 아닌가요?"

"에라, 이 녀석아."

아버지가 비난하듯 말했다.

"말이 너무 심한 거 아냐? 나만큼 자식들한테 관대한 부모가 어디 있다고 그래? 내가 진짜 그럴 마음이 있다면 아무런 설명도 하지 않고 너희를 집에서 내쫓아 버렸겠지. 그런데 나는 지금 오히려 너희를 매력적인 여자애들이 사는 지역까지 데리고 왔잖아. 게다가 난 호색한과는 거리가 먼 사람이야. 여자들과 조금만 같이 있다 보면 흥미가 사라져 버리거든. 물론 너희 엄마를 두고 하는 말은 절대 아니야. 아무튼 나는 과학적인 주제 외에는 아무런 관심이 없어."

"아버지."

그때까지 묵묵히 듣기만 하던 알렉산더가 입을 열었다.

"대체 어떻게 해야 저 여자애들을 데려올 수 있을까요?"

"어쩌긴, 구애해서 데려와야지."

아버지가 덧붙여 말했다.

"다른 동물들이 하는 것처럼 해봐. 비둘기처럼 가슴팍을 부풀리든지, 개구리처럼 노래하든지, 아니면 원숭이처럼 엉덩이를 빨갛게 물들이든지 뭐라도 하란 말이다."

"그런 걸 어떻게 해요!"

알렉산더가 말했다.

"그냥 다가가기만 해도 말 한마디 못 꺼낼 것 같은데."

"그래, 바로 그거야!"

아버지가 말했다.

"거기서부터는 너희가 알아서 해결해야지. 내가 언제까지나 너희들 뒤치다꺼리만 할 수는 없잖아? 일단 구애에 성공해서 커플이 되면 여자애를 집으로 데려와도 좋다. 그때부터는 우리도 가족 단위에서 부족 단위로 성장하게 되겠지.

그러니 이제 잡소리는 그만하고 어서 가거라. 그리고 혹여나 날 쫓아올 생각은 하지 마라. 특히 오스왈드 너! 네 사냥 실력이 뛰어나긴 해도 40년 넘게 산전수전 다 겪은 날 이길 순 없어. 이렇게 말했는데도 날 쫓아온다면 이 창으로 네 심장을 꿰뚫어버릴 테다. 그러니 자, 어서들 가거라."

10

우리가 마음만 먹었다면 아버지를 일제히 공격할 수도 있었다. 아마 그랬다면 우리 중 한두 명은 틀림없이 창에 맞아 고꾸라졌을 것이다. 그래서 우리는 아버지가 창을 겨누는 것을 보고 분통을 터뜨리며 천천히 뒤로 물러섰다. 창이 닿지 않는 거리까지 피한 다음에 뒤돌아서 남쪽을 향해 슬그머니 도망쳤다.

그렇게 이동한 지 몇 분이 지나자 오스왈드 형이 모두 멈추라고 외쳤다. 아버지가 없을 때는 형이 우리의 리더였다.

"애들아, 잘 들어."

형이 말했다.

"지금부터는 실수하지 않도록 정신 바짝 차려야 해. 저 부족 여자들을 어떻게 공략할지 의논해보자. 아버지가 원망스럽지만 일단 어떻게든 이 상황을 빠져나가야지, 안 그래? 냄새를 맡아 보니 지금 우리가 있는 곳에서 저 부족이 사는 곳까지는 대략 3~4시간이면 도착할 거야. 그런데 우리는 저들이 몇 명인지도 모르고, 지금 뭘 하고 있는지도 몰라. 재수 없으면 부족 전체가 사냥을 나와서 우리랑 마주칠 수도 있어. 그러면 우리를 원숭이 떼로 착각해서 먼저 공격할 수도 있겠지."

"원숭이로 착각하다니, 그럴 리가 없어!"

윌버가 부정했다.

"우리 네 명 중 누굴 먼저 보느냐에 따라 다르겠지!"

형이 위협적으로 말했다.

"어찌 됐든 조금이라도 위험한 일은 피해야 해."

"저들도 우리와 생각이 비슷하다면 우리를 먼저 공격해서 때려눕힌 다음에 대화하려고 할 거야."

내가 말했다.

"형 말대로 최대한 준비를 한 다음 접근하는 게 좋을 것 같아. 그렇지만 어떻게 하지?"

"일단 무장부터 해야지."

형이 날카롭게 말했다.

"아버지가 우리 창을 가져가버렸으니 윌버, 네 도움이 필요해. 주변에 보이는 돌멩이로 주먹도끼와 긁개를 만들어줘. 그게 있어야 창을 날카롭게 다듬을 수 있으니까. 그동안 우리는 창대나 곤봉으로 쓸 만한 나무를 찾아볼게."

"형, 뭐하러 창이나 곤봉을 만들려는 거야?"

알렉산더가 물었다.

"그냥 저 사람들한테 가서 우리가 왜 온 건지 설명하면 되잖아? 우리는 신붓감을 찾으러 온 거지, 사냥감을 찾으러 온 게 아니라구."

"그거나 저거나 별반 다를 거 없어."

형이 말했다.

"맞는 말이야."

내가 말했다.

"일단 최대한 눈에 안 띄게 접근한 다음 저들의 동태를 살펴야 해. 우리는 고작 네 명이라 전면전은 절대적으로 불리할 거야. 그러니까 일단 저들을 따라다니다가 이동 중에 낙오자가 생기면 한 명씩 처치해버리자. 아니면 하이에나처럼 밤중에 기습해서 여자들을 한 명씩 데리고 올 수도 있겠지."

형이 고개를 끄덕였다.

"나도 그게 괜찮을 것 같다. 솔직히 우리가 직접 가서 신붓감을 찾으러 왔다고 하면 순순히 주겠어? 보나마나 저놈들은 자기들끼리만 짝을 맺어왔기 때문에 다른 부족과 결혼하려는 우리를 미친놈으로 볼 거야. 백날 말해봐야 씨알도 안 먹힐 거라고."

"글쎄, 그렇게 하면 여자들이 우리를 좋아하지 않을 것 같은데."

알렉산더가 투덜대며 말했지만 이내 상황을 받아들이고 준비하는 걸 도왔다. 우리가 열심히 작업을 하고 있는데 알렉산더가 고개를 갸우뚱거리며 다시 입을 열었다.

"근데 형들. 만약에 여자들이 우리를 마음에 들어 하지 않으면 어떻게 할 거야?"

"그럴 일은 없을 테니 두고 봐."

오스왈드 형이 커다란 곤봉의 손잡이를 다듬으며 단호하게 말했다.

우리는 만반의 준비를 마친 후에 다시 이동하기 시작했다. 적들에게 냄새를 들키지 않으려고 바람이 불어오는 쪽으로 이동했고, 날이 어두워지고 나서야 목적지 근처에 도착해 하룻밤을 보냈다. 그리고 다음 날 새벽안개에 몸을 숨긴 채 미리 봐둔, 조망이 좋은 절벽으로 이동했다. 그런 다음 거기서 부족이 사는 곳을 내려다보았다. 안개가 차차 걷히고 나서야 우리는 그 부족이 절벽 바로 아래에 살고 있다는 걸 알았다.

그들이 사는 곳은 호숫가였다. 그 호수는 에티오피아에서 아프리카 남단까지 거의 끊어지지 않고 흐름을 유지하는 수많은 호수 중 한 곳이었다. 회청색의 광대한 호수는 지평선 너머로 펼쳐져 있었는데, 그 옆에는 여러 개의 화산이 새파란 하늘 위로 세차게 연기를 내뿜고 있었다. 하지만 우리 발밑에 있는 부족은 화산 연기에 아무런 피해가 없는 것 같았다. 그곳은 갈대와 부들이 무성하게 자란 늪지로 삼면이 둘러싸여 있었고, 일부 지표면은 둥글게 파여서 자갈로 채워져 있었다. 자갈 구덩이 중 일부는 대나무나 야자수잎으로 허술하게 가려져 있었고, 그 밑으로 사람 모양의 갈색 형체가 둘러앉아 있는 것을 볼 수 있었다. 돌을 다듬는 소리가 들리지 않았다면 우리가 보는 게 인간인지 침팬지인지도 확실하지 않았을 것이다.

"여기는 불도 없고 동굴도 없군."

오스왈드 형이 한심하다는 듯 말했다.

"그런 데다가 석기를 쓰는 법도 모르는 것 같은데? 돌 부딪치는 소리가 엉망이야!"

윌버가 말했다.

"고작 이런 놈들하고 짝을 맺으러 왔다니."

내가 투덜거렸다.

"이런 게 무슨 자연의 법칙이야! 이제는 진짜 아버지 말을 못 믿겠어."

해가 뜨자 이 거주지의 열악한 환경이 더 심하게 드러났는데, 갑자기 알렉산더가 말을 꺼냈다.

"가만히 보니까 그렇게 심한 것 같지는 않은데? 그리고 저 여자애 되게 예쁘게 생겼다."

알렉산더가 가리킨 곳을 보니 정말 몸매가 좋은 여자애가 나무에서 내려와 물을 마시러 호숫가로 걸어가고 있었다.

"이런 세상에, 정말이잖아!"

오스왈드 형이 갑자기 흥분해서 소리쳤다.

"엉덩이와 허벅지가 거의 하마 수준인데! 최고야! 솔직히 이런 쓰레기장 같은 곳에 저런 애가 있을지 누가 알았겠어."

"저기 한 명 더 있다!"

알렉산더가 신이 난 목소리로 속삭였다. 정말 수수하면서도 아름다운 여자애가 두 팔을 들고 가슴을 내민 채 기지개를 켜면서 아침 공기를 들이마시고 있었다. 그 여자애가 물가와 주거지를 오가는 동안 또 다른 여자애가 그 뒤를 따라가는 게 보였다. 그 애는 마치 코끼리처럼 풍만해서 윌버가 자신도 모르게 휘파람을 불려는 것을 오스왈드 형이 급히 말렸다.

"진정해, 이 원숭이 같은 놈아."

형이 무섭게 다그쳤다. 하지만 정작 본인도 그 여자애들한테서 눈을 떼지 못하고 있었다.

"아니, 대체 뭐 때문에 이러고 있는 거야?"

윌버가 조급해져서 말했다.

"빨리 내려가서 한 명씩 데리고 오자!"

"뭐긴, 바로 저거 때문이지."

형이 가리키는 곳에는 딱 봐도 여자들의 아버지처럼 생긴 원시인이 서 있었다. 그 사람은 고릴라처럼 온몸이 근육질에 떡 벌어진 어깨를 가졌는데, 엄청나게 큰 몽둥이를 들고 거주지 주변을 순찰하고 있었다. 그러면서 가끔 나팔처럼 큰 콧구멍을 벌름거리며 주변에서 불어오는 바람 냄새를 맡았고, 우리가 있는 곳까지 들릴 만큼 큰 소리로 으르렁거렸다. 이런 상황에서 어설프게 접근했다가는 본전도 못 찾을 게 분명했다.

"그렇군."

윌버가 곧바로 수긍했다. 우리도 무시무시한 파수꾼을 본 순간 좀 전의 사기가 크게 꺾였다.

"여기서 정면 돌파를 하는 건 너무 위험해."

형이 말했다.

"일단 안전한 곳으로 물러난 다음에 다시 얘기해보자."

우리는 곧장 후퇴해서 작전 회의를 했다.

"내가 보기에는 밤에 기습하는 게 좋을 것 같아."

형이 말했다.

"그때쯤이면 감시가 소홀해질 테니 일제히 함성을 지르며 쳐들어가 여자를 한 명씩 붙잡은 다음에 탈출하는 거야. 어때?"

나는 잠시 생각에 잠겼다.

"그런데 저 아버지라는 작자는 밤에도 경계할 것 같은데. 솔직히 저렇게 예쁜 딸들이 있는데 그럴 만도 하잖아. 게다가 저 여자애들을 지키는 남자 형제들이 없다는 보장도 없어. 그리고 설사 침입하는 데 성공하더라도 온통 깜깜해서 누가 누군지도 알기 어려울 거야. 저 예쁜 여자애들을 데려오는 게 목적인데 실수로 다른 나이든 여자들을 데려와버리면 안 되잖아?"

형제들이 일제히 내 말에 고개를 끄덕였다.

"맞아, 맞아. 아무래도 야습은 무리야."

알렉산더가 말했다.

"쳇, 그렇다면 뭐 어쩔 수 없지."

형이 시무룩한 표정으로 말했다.

"그럼 횃불을 들고 가면 되지 않을까?"

알렉산더가 과감하게 제안했다.

"그래, 그렇게 하면 되겠네!"

형이 말했다.

"딱 그거면 문제 해결이야. 저 녀석들은 우리처럼 불을 다뤄보지 못했을 테니까 횃불을 보면 겁에 질리겠지. 그럼 우리는 한 손에 횃불을 들고, 다른 한 손으로 여자애들을 데려오면 돼. 저놈들이 정신을 차리기 전에 재빨리 빠져나오면 된다고."

나는 고개를 저으며 말했다.

"아니, 그것도 힘들 거야. 여기서 가장 가까운 화산까지 가려면 최소한 한나절은 걸리는걸. 설사 횃불을 얻었더라도 워낙 밝아서 우리가 도착하기 전에 이미 눈치를 챌 테니 그렇게 놀라지도 않을 거야. 그리고 놀란다고 해도 문제야. 일제히 달아날 텐데 그러면 여자애들을 어떻게 잡을 거지?"

"알았어, 알았어."

오스왈드 형이 말했다.

"듣고 보니 안 되겠네. 그러면 어니스트 네가 한번 좋은 의견을 말해 봐. 여자들을 만나러 여기까지 왔는데 이렇게 꼬투리만 잡다가 끝낼 수는 없잖아."

나는 잠시 생각에 잠겼다. 그러다가 이내 그럴싸한 계획이 떠올랐다.

"오히려 생각보다 일이 쉽게 풀릴지도 몰라."

내가 천천히 설명했다.

"생각해 봐. 저 녀석들은 불이 없으니 애초에 큰 사냥감을 노릴 수가 없어. 결국은 수렵보다 채집을 더 많이 할 거란 말이지. 그런데 채집으로 저 정도의 인원을 유지하려면 평소에 멀리까지 돌아다녀야 할 거야. 그렇게 되면 남자들이 사슴을 잡으러 가는 동안 여자들은 분명 자기들끼리 모여서 토끼 같은 작은 짐승이나 벌레 유충들을 잡으러 다니겠지. 그럼 자연스럽게 남녀가 서로 멀리 떨어지게 될 거야.

내 생각에는 우리가 이 근처를 네 구역으로 나눠서 한 곳씩 맡는 게 좋을 것 같아. 그런 후에 여자들이 각자 구역에 나타나면, 그 구역을 맡은 사람이 상황을 봐서 한 명씩 고립시킨 다음에 데리고 오는 거지. 물론 여자들은 자기들 중에 한 명이 없어진 것을 알겠지만, 분명 표범에게 물려갔을 거라고 생각할 거야. 우리도 불이 없던 시절에는 그런 적이 많았으니까. 혹시 우리 중 한 명쯤은 실패할 수도 있어. 하지만 각자 흩어져서 행동하면 피해를 최

소화할 수 있을 거야. 자, 그러면 앞으로 기한을 한 달로 잡고 각자의 방법대로 여자애들을 데려와보자. 그때가 되면 우리가 아버지와 헤어졌던 지점에서 다시 만나 집으로 돌아가는 거야. 운이 좀 따라 준다면 우리 모두 성공할 수도 있겠지."

다른 형제들은 내 말을 듣고 한동안 생각에 잠겼다. 그리고 약간의 논의를 한 끝에 내 계획이 현 상황에서 제일 적합하다는 결론을 내렸다.

생각해보면 우리가 저들보다 전략적으로 훨씬 우위에 있었다. 이렇게 다른 무리를 찾아와 직접 짝을 찾는 건 아직 아무도 한 적이 없었기 때문에 저들은 우리가 무슨 일을 꾸미고 있는지 꿈에도 모르고 있을 것이다. 한마디로 우리에게 충분히 승산이 있는 게임이었다.

그리고 난 여기서 그리젤다를 만났다.

11

"저기, 당신 엄청 힘들어 보이는데?"

아닌 게 아니라 정말 힘들었다. 저 얄미운 여자애를 쫓아다니느라 아프리카를 횡단할 지경이었다. 일단 처음에는 내 계획이 완벽하게 적중했다. 우리 형제들은 호수 뒤편의 땅을 네 구역으로 나눈 다음 각자의 구역으로 가서 거미줄을 치고 먹이를 기다리는 거미처럼 매복하고 있었다. 그러자 내가 예상한 대로 부족 일행은 저마다 먹잇감을 찾아다니기 시작했다. 어떤 이들은 악어알을 찾으러 다녔고, 어떤 이들은 몽구스를 잡으려고 나무 구멍을 살펴보기도 했다. 또 두더지를 잡으러 간 이들은 땅을 파헤쳤고, 어떤 이들은 원숭이나 토끼처럼 작은 사냥감을 쫓아다녔다. 물론 여자애들도 각자 할 일을 찾아다녔다.

나는 계획대로 내 구역으로 들어온 일행을 줄곧 쫓아갔다. 그리고 그중 한 여자애가 무리에서 낙오될 때까지 기다렸다. 마침내 적당한 기회가 오자 나는 표범처럼 위협적인 소리를 내며 그녀를 육지 쪽으로 몰아붙였다. 그리고 그녀가 다른 사람들을 부를 수 없을 만큼 멀어지자 앞뒤 가릴 것 없이 그대로 돌격했다. 나는 내가 그녀를 쉽게 붙잡거나 궁지로 몰아붙일 수 있을 거라고 예상했다. 하지만 내 예상은 완전히 빗나갔다. 이상하게도 내가 그녀의 이동 경로를 계산해 덮치려고 달려간 곳에는 아무도 없었다. 주위를 둘러보니 그녀는 이미 나보다 30미터 정도 앞서 있었고, 나는 벌써 숨이 차 계속 헐떡거렸다.

하지만 나는 그 여자애가 단거리 속도는 나보다 빠를지 몰라도 장거리로 쫓아가면 충분히 잡을 수 있을 것 같아 계속 쫓아갔다. 유일하게 걱정되는 건 그녀가 빙 돌아서 원래 있던 곳으로 돌아가면 어쩌나 하는 것이었는데, 그렇게 하려는 낌새를 보일 때마다 나는 맹렬하게 몰아붙여 그녀가 돌아가는 것을 저지했다. 문제는 그 여자애는 내가 몰아붙이면 늪지를 가로질러 대각선으로 질러가려고 했다는 것이다. 그녀는 늪지에서도 어디가 더 지저분하고 거머리가 들끓는지 훤히 알고 있었다. 하지만 여기까지 와서 그런 얕은 수법에 포기할 내가 아니었다. 나는 표범이 되지 못하면 까짓거 하마라도 되겠다는 심정으로 험한 늪지를 헤쳐가며 끝까지 그녀를 쫓아갔다.

내가 머리부터 발끝까지 거머리와 진흙에 뒤범벅이 된 채로 늪에서 빠져나오자 그녀는 타조처럼 쏜살같이 수풀 사이로 도망쳤다. 그 와중에 나는 풀숲에 사는 진드기들한테 물려 엄청나게 고생했는데, 그녀는 아무렇지도 않은 모양이었다. 어쨌든 나는 포기하지 않고 오로지 그녀의 뒷모습만 떠올리면서 끈질기게 그녀의 발자국과 냄새를 추격했다.

그녀는 물가를 건너면서 다시 나를 따돌리려고 했다. 조금 전까지는 타조처럼 달리기만 빠른 줄 알았는데 알고 보니 수영 솜씨도 악어 못지않게 뛰어났다. 그녀가 나무에서 떨어진 원숭이처럼 물에 뛰어드는 바람에 잠에서 깬 악어들이 맹렬히 쫓아왔는데도 끝내 그녀를 따라잡지 못할 정도였다. 내가 그녀 뒤를 따라 물에 뛰어들었을 때는 그녀를 잡는 데 실패한 악어들이 목표물을 나로 바꾸고 그야말로 쏜살같이 달려들었다. 나는 깜짝 놀라 순간적으로 기지를 발휘해 가장 빠른 자유형 수영으로 악어들을 따돌렸는데 그건 지금 생각해봐도 정말 훌륭한 판단이었다.

그녀는 햇볕을 쬐며 쉬고 있는 사자들 사이로 빠져나가며 내가 섣불리 쫓아오지 못하게 했다. 주변에 큰 나무가 있고 내가 멀리 있을 때 주로 이 수법을 썼다. 사자들이 그녀가 숨어 있는 나무 아래를 맴도는 동안 나는 멀지 않은 곳에서 그 녀석들이 포기하고 가버릴 때까지 계속 기다렸다. 하지만 뭔가 이상해 돌아보면 그녀는 이미 나무에서 내려와 내 시야에서 멀어진 상태였다.

나무에서 내려온 그녀는 재빨리 산등성이를 넘기 시작했다. 산으로 따라 올라갔을 때 그녀를 거의 잡을 뻔했는데, 그녀가 필사적으로 도망치다 발로 튕긴 돌이 내 머리에 정통으로 맞는 바람에 또 실패하고 말았다. 이 충격으로 한동안 머리가 띵해서 산에서 내려올 때쯤에는 그녀와의 거리가 다시 더 벌어졌다.

이처럼 그녀는 매번 나를 앞서고 있어서 도망치는 사이에도 토끼나 다람쥐 같은 동물을 잡을 수 있었다. 그렇게 그녀가 식사를 마치고 간 다음 내가 겨우 도착하면 벌써 동물들이 다 도망간 상태라 잡을 게 아무것도 없었다. 나는 그녀가 먹다 버린 찌꺼기를 주워 먹으며 근근이 버텼다. 그러다 보니 먹어도 먹은 것 같지 않고 속이 부글거렸다.

이렇게까지 생고생을 하며 저 여자애를 쫓아갈 만한 가치가 있는지 의문이 생겼다. 한번은 심하게 회의감이 들어 아예 추격을 포기했다. 저따위 여자애를 데려가서 뭘 어쩌겠다는 건가? 가만히 생각해보니 딱히 저 여자애가 마음에 드는 것 같지도 않았다. 대체 누가 이런 지겨운 경험을 하게 만든 걸까? 혹시 내가 독신으로 살 거라는 걸 알려주기 위한 하늘의 뜻은 아닐까? 그런데 묘하게도 그런 생각을 하고 있으면 갑자기 그 여자애가 눈앞 수풀에서 툭 튀어나왔다. 그럼 나는 언제 그런 생각을 했냐는 듯 투지가 불타올라 후닥닥 다시 그 애를 쫓아 달렸다. 하지만 아슬아슬하게 잡힐 듯이 가까워지면 그녀는 어느새 속도를 내 미꾸라지처럼 내 손아귀에서 벗어났다.

마침내 나는 쓰러질듯 지쳐서 터벅터벅 걷기 시작했다. 그러자 그녀는 이제 대놓고 바로 앞에서 나 잡아보라는 듯 서 있거나 때로는 덩굴에 걸려 아예 움직이지 못하는 척을 했다. 하지만 그런 걸 보고도 발이 쉽게 떨어지지 않았다. 나는 이 추격전에 완전히 넌덜머리가 나 있었다. 이런 상황에서 만일 오스왈드 형이 여자를 데리고 여기 나타난다면 난 두말하지 않고 형이 나보다 낫다고 인정했을 것이다. 난 구애고 뭐고 다 집어치우고 다른 형제들을 만나러 가기로 마음먹었다.

내가 막 이런 결심을 하고 숲속의 빈터로 들어가자, 다시 그녀의 모습이 보였다. 그녀는 천연덕스럽게 쓰러진 나무둥치에 앉아서 생선 등뼈로 황갈색 머리카락을 빗고 있었다.

이윽고 그녀가 장난기 어린 미소를 띠며 말했다.

"저기, 당신 엄청 힘들어 보이는데? 혹시 만사가 귀찮아졌어?"

"흠, 이제야 잡았군."

나는 맥 빠진 목소리로 중얼거리며 몽둥이를 들어 올렸다.

그녀는 아무렇지도 않게 나무둥치를 톡톡 치며 말했다.

"여기 와 앉아서 자기소개나 좀 해봐. 대체 뭐 하는 사람인지 궁금해 죽을 지경이니까."

어차피 난 피곤함에 절어 있어서 딱히 거절할 이유가 없었다. 내가 그 자리에 가서 앉자 그녀는 내 몽둥이를 들어 옆자리에 세워 두었다. 나는 우선 풀잎을 뜯어 이마에 맺힌 땀을 닦았다.

"휴!"

나는 한숨을 쉬었다.

"이름이 뭐야?"

그녀가 부드럽고 상냥한 목소리로 물었다.

"어니스트."

"멋진 이름이네. 잘 어울려. 진지하고 생각이 많은 사람인가 봐. 내 이름은 그리젤다야. 요즘에는 촌스러운 이름이지만 우리 부모님이 워낙 낭만적인 분들이라 이렇게 지었나 봐. 나도 부모님과 비슷해. 당신은 낭만적인 스타일이야?"

"아니."

내가 퉁명스럽게 말했다.

"에이, 뭘 아니야? 날 그렇게나 오래 쫓아와놓고. 나도 참 딱한 게 당신을 차마 떨쳐내지 못하겠더라고. 그치만 알다시피 난 최선을 다했어. 꼬박 10일 동안이나 도망쳤으니까."

"11일이야."

내가 말했다.

"좀 있으면 12일이 되겠지."

"그런가?"

그리젤다가 태연하게 말했다.

"역시 뭔가에 열중하면 시간 가는 줄 모르나 봐. 날 쫓아오는 게 그렇게 재미있었어?"

그녀의 커다란 갈색 눈은 마치 악어들이 숨어서 기다리는 잔잔

한 물웅덩이 같았다. 그 갈색 눈이 내 얼굴을 뚫어지게 주시하고 있었다.

"어…… 음……. 아주 재미있었지."

내가 말했다.

"그러면 됐네."

그녀가 말했다.

"왠지 모르겠지만 우린 서로 잘 맞을 것 같아."

"아…… 정말로?"

내가 물었다.

그녀가 두 손을 모으며 고개를 끄덕였다.

"당신을 처음 본 날부터 그렇게 느꼈는걸. 난 당신이 정말 특이하고 재밌는 사람이라고 생각했어."

별생각 없이 듣던 나는 갑자기 궁금해졌다.

"처음이라니, 언제?"

"언제긴, 당신이 우리 주거지에 처음 왔던 바로 그 날이지. 당신과 당신 형제들이 왔잖아. 그 언덕에 모여서 우리를 호시탐탐 노려보고 있었지? 그때는 솔직히 좀 무례하다고 생각했어. 아버지는 그걸 알고 엄청 화를 내셨지. 요즘 젊은 애들은 버르장머리가 없다고 하셨어. 그리고 우리더러 절대 당신들하고 말을 섞지 말라고 하셨어. 아버지가 직접 따끔하게 한마디 해주겠다고 하시면서 말야."

"아니, 우리가 온 걸 다 알고 있었다니……."

나는 낙담해서 말했다.

"왜 그랬는지 알아? 당신들은 눈에 확 띄거든."

그리젤다가 재빠르게 말했다.

"정말 개성이 톡톡 튀지."

이어서 목소리를 낮추더니 부드럽게 말했다.

"그리고 좀 특별해 보였거든."

"그러면 당신들은…… 우리가 왜 왔는지도 알고 있었어?"

"대충 짐작은 했지."

그녀가 말했다.

"솔직히 좀 뻔하지 않아? 우리도 당신들이 오는 걸 은근히 기대하고 있었어."

"뭐? 기대하고 있었다고?"

"당연하지. 우리가 사는 곳에선 가족 말고는 다른 사람을 볼 일이 거의 없어. 아버지가 워낙 엄해서 마음껏 놀지도 못하고. 그리고 노는 걸 허락한다고 해도……."

"그래."

내가 말했다.

"그랬더라도 당신 아버지가 분명 우리를 쫓아냈겠지."

"물론 우리도 아버지가 그럴 거라고 생각했어. 그래서 좀 걱정됐었지. 그런데 다행히 아버지가 얼마 전에 코뿔소한테 크게 다치

섰어. 앞도 제대로 안 보고 정신없이 달려가다가 코뿔소랑 정면으로 충돌했지 뭐야. 그 사건 이후로 아버지는 예전만큼 냄새도 잘 못 맡고 시력도 훨씬 나빠졌어."

"그럼 코뿔소는 어떻게 됐지?"

"우리가 잡아먹었지. 여하튼 아버지는 자기가 당신네 형제들을 모두 잡아 오기 전까지는 멀리 나가지 말고 물고기하고 조개만 먹으면서 지내라고 했어. 그래서 우리는 당신들이 아버지를 보고 무서워서 벌써 달아났을 거라고 아버지를 살살 구슬렸지. 우리 아버지는 알고 보면 참 상냥한 분인데 유독 본인 외모에 대한 자부심이 엄청나거든. 아무튼 그렇게 해서 평소처럼 사냥하러 나간 거야. 그런데 갑자기 당신이 날 보고 미친 듯이 쫓아오는 바람에 여기까지 오게 된 거고!"

말을 마치고 그녀는 얌전하게 눈을 내리깔았다.

"그리젤다."

내가 말했다.

"일단 이거부터 확실히 하고 얘기합시다. 그러니까 당신은 내가 매복하고 있다는 걸 뻔히 알면서도 아버지를 속이고 사냥을 나왔다는 거죠?"

"뭐, 사실 알고 있다기보다는 짐작을……."

"그리고 내가 표범이나 하마 울음소리를 내며 쫓아갈 때도 당신은 처음부터 내가 표범이나 하마가 아니었다는 걸 다 알고 있었다는 거요?"

"당신 목소리는 아무리 위장해도 들통났을 거예요. 왜냐면 워낙 독특해서……."

"그렇다면."

내가 계속 몰아붙였다.

"내가 쫓아와도 전혀 무섭지 않았다는……."

"무서워 죽을 뻔했어!"

"전혀 무섭지 않았다는 거군!"

내가 소리 질렀다.

"내가 쫓아올 때도 당신은 일부러 날 놀리려고 오리처럼 강물을 헤엄쳐가고, 타조처럼 정글을 헤쳐가고, 또 염소처럼 산을 폴짝폴짝 넘어서 도망갔다는 거잖아!"

"아이, 오리와 타조 같다니. 당신 표현 너무 낭만적인 거 아니야?"

"그리고 여태까지 당신은 잡힐 듯 말 듯 날 유혹하면서 정작 진짜로 도망갈 생각은 없었다는 거지?"

"당연히 없었지!"

나는 분노로 말문이 막힌 채 그녀를 빤히 쳐다보았다.

"어니스트."

그녀가 항변하듯 말했다.

"당신도 알겠지만, 여자는 자고로 조신해야 하는 법이야."

"조신이라고! 당신은 대체……."

"당연한 거 아니야?"

그녀가 당당하게 말했다.

"그리고 솔직히 당신도 쫓아오는 걸 즐겼잖아? 난 그저 당신을 즐겁게 해주려고 신나는 추격전을 벌인 거라고."

"즐겁게 해주려고 했다고!"

나는 마구 몰아붙였다.

"신나는 추격전이라고! 쫓아가는 동안 몇 번이나 죽을 뻔했는데!"

"에이, 당신처럼 강한 사람이 죽다니 말도 안 돼. 게다가 여기까지 쫓아올 만큼 날 좋아했다는 거잖아. 솔직히 난 언제쯤 잡힐까 두근두근했다고."

"당신 말은 하나도 못 믿겠어."

내가 씩씩대며 말했다.

"난 당신 때문에 거의 죽다 살아났어. 게다가 원숭이처럼 놀림거리가 됐잖아! 당신은 정말 고약한 여자야. 대체 당신이 어디가 좋아서 이렇게 따라온 건지 모르겠어! 이제 당신 얼굴만 봐도 지긋지긋해. 무슨 말인지 알겠어? 난 당신이 정말 싫다고!"

갑자기 그리젤다의 갈색 눈망울에 눈물이 맺히기 시작했다.

"난…… 그저 당신을…… 즐겁게 해주고 싶었을 뿐이었는데."

나는 자리에서 벌떡 일어났다.

"난 갈 거야. 당신도 어서 집에 가. 이번에는 절대 쫓아가지 않을 테니까."

그러자 그녀가 필사적으로 손을 뻗쳐 나를 잡았다.

"그치만…… 당신은 날 잡았잖아. 이제 엄연한 부부인데 그냥 가버리는 게 어딨어?"

난 망치로 뒤통수를 얻어맞은 것 같았다.

"이봐, 난 당신을 잡은 적이 없어. 그리고 우린 부부도 아니야! 이제 됐지? 그럼 난 간다!"

"가긴 어딜 간다는 거야? 당신이 가버리면 난 너무 수치스러울 거야. 이건 혼약 불이행이라고. 좋다고 쫓아올 때는 언제고 다시 집으로 돌려보내다니! 이렇게 헌신짝처럼 사람을 버려도 되는 거야? 난 절대 집에 못 가. 돌아가느니 차라리 죽을 거야. 당신이 날 버리면 죽을 거라고! 날 잡았으니까 끝까지 책임져!"

"말도 안 되는 소리!"

나는 일단 이렇게 소리쳤지만 뭔가 마음속으로 찝찝했다.

"난 집에 갈 거고 두 번 다시 돌아오지 않을 거야. 그러니까 잘 있어!"

나는 그녀가 현실을 인정하고 군말 없이 집으로 돌아가기를 기다렸다. 하지만 그녀는 계속 울기만 했다.

나는 여전히 화가 난 채로 숲속을 향해 발걸음을 옮겼다. 워낙 흥분했던 터라 몽둥이를 두고 온 건 까맣게 잊고 있었다.

12

어느덧 땅거미가 지고 있었지만 나는 너무 화가 나서 그런 줄도 모르고 있었다. 이게 다 그리젤다 때문이다. 그렇게 뻔뻔스럽고 교활하고 능청스럽고 잔인한 말괄량이 여자애는 여태까지 본 적이 없었다. 게다가 얄밉게 굴면서 억지 논리까지 들이대다니! 마지막에 나한테 했던 말을 생각하면 지금도 기가 막혔다. 나한테 잡혔으니 나보고 책임지라고? 나 원 참! 그러고 나서 발정 난 암사자의 수법으로 날 유혹하려다 실패하니까 갑자기 눈물을 보이며 동정심까지 유발하려 하다니! 생각할수록 괘씸하다. 어떻게 그런 여자애하고 짝을 맺어 자손을 본다는 말인가?

솔직히 그 여자애가 나보다 발이 빠르다는 건 인정한다. 비록 매번 자기한테 유리한 점을 교묘하게 이용하기는 했지만 그래도 남자인 나보다 빨랐던 건 사실이다. 조건이 불리했다고 백날 말해봤자 그게 무슨 소용인가. 안 잡히고 도망가기만 하면 장땡이지. 누구나 살면서 한번쯤은 도망가야 할 때가 있다. 그러니까 잘 도망가는 것도 일종의 기술이다. 그런 면에서 그리젤다는 도망가기에 필요한 모든 기술을 이미 터득하고 있는 것 같았다. 그녀는 틀림없이 그 기술을 자식들에게 전수해줄 것이고, 그렇게 되면 그 애들도 야생에서 살아남을 확률이 훨씬 더 높아질 것이다.

그녀가 집에 못 돌아간다는 말도 생각해보면 일리가 있다. 아버지가 딸들이 다른 남자들과 엮이는 걸 그렇게 싫어하지 않았던가. 이런 상황에서 그녀가 나하고 동아프리카 이곳저곳을 열흘이 넘도록 숨바꼭질하고 다닌 걸 알면 가만히 둘 리가 없다. 물론 집으로 돌아가지 않는다고 해도 쉽게 죽지는 않을 것이다. 지금까지 보여준 뛰어난 생존력으로 어떻게든 살아남겠지. 그리고 머지않아 나 말고 다른 인간을 만나 짝을 맺을지도 모른다.

난 정말 그렇게 되기를 바라고 있는 걸까? 그 순간 새삼스럽게 내가 그녀를 아주 오래 쫓아다녔다는 사실이 떠올랐다. 어떻게 보면 그토록 죽어라 고생해놓고 빈손으로 간다는 게 몹시 아쉽긴 하다. 게다가 내게 아주 얄밉게 굴기는 했지만, 그래도 나를 매우 높이 평가하지 않았던가. 특히 나를 칭찬하던 그 모습만큼은 가식이 아니었다고 생각한다. 그만큼 내가 그녀에게 신선한 느낌을 준 것이다. 그리고 그녀가 그렇게 버릇없이 행동했던 것도 어쩌면 그녀가 열악한 환경에서 살아왔기 때문일지도 모른다. 그런 미개한 곳에서 일평생 살아왔는데 언제 품위 있는 부족 생활을 해봤겠는가? 우리와 함께 훌륭한 동굴에서 살면 그녀도 전보다 훨씬 품격을 갖추게 될 것이다. 일단 내가 불을 다루는 것을 보면 그녀도 나를 더욱 경외하게 될 것이고, 우리가 그녀의 집안에 비해 훨씬 우월하다는 것을 알게 될 것이다. 그러면 지금처럼 버릇없이 굴지 않겠지. 그런데도 날 우습게 보면 아주 혼내줄 거다. 아예 처음 봤을 때부터 군기를 좀 잡을 걸 그랬나? 지금이라도 당장 돌아가서 혼쭐을 내줄까?

아니, 아무리 봐도 저 애는 구제불능이야. 게다가 이제 와서 돌아가면 내가 틀렸다는 걸 인정하는 꼴이 되잖아. 그녀 말대로 내가 그녀를 잡았기 때문에 부부가 되어야 하는 거고, 그럼 결국 그녀에게 나의 패배를 시인하는 셈이지. 안 돼, 그건 절대 안 돼! 물론 그리젤다는 아주 예쁜 여자이기는 해. 우리 가족도 그것만큼은 인정할 거야. 아마 아버지도 저 애를 보면 깜짝 놀라겠지. 아버지는 내가 엘시와 맺어지지 못하게 했지만, 이제는 내가 아버지에게서 그리젤다를 지켜낼 거야. 아버지는 그리젤다처럼 활기찬 여자를 좋아하니까 안 봐도 뻔하지. 미안하지만 이제 그리젤다는 내 여자라고!

나는 갑자기 발걸음을 멈췄다. 어느덧 날은 어두워졌는데 달이 아직 뜨지 않아 주변이 캄캄했다. 아까부터 나는 혼자만의 생각에 빠져 있느라 숲에서 짐승들이 내는 소리가 점점 커지는 것도 모르고 있었다. 이제는 워낙 한꺼번에 들려서 시끄러울 정도였다.

개구리들은 늪지에서 서로 경쟁하듯 열심히 울어댔고, 파리들도 공중에서 신나게 앵앵거렸다. 바위너구리들이 꽥꽥거리면 올빼미들도 덩달아 후후 소리를 냈다. 강가에서는 악어와 하마들이 그르렁거리는 소리가 들렸고, 덤불에서는 표범의 사나운 울음소리가 들렸다. 하이에나들은 기괴한 웃음소리를 내며 원숭이들을 쫓아갔고, 놀란 원숭이들은 깩깩거리며 나무 위로 달아났다.

초원에서는 사자들이 일제히 사냥감을 쫓기 시작했다. 그러자 수백 마리에 달하는 초식동물들의 엄청난 발굽 소리에 대지가 뒤집힐 듯 요동쳤다. 멀지 않은 곳에서는 코끼리들이 우렁찬 괴성을 내며 큰 나무둥치를 뽑아냈다. 그 바람에 나뭇가지에 숨어 있던 온갖 동물들이 놀라서 사방으로 흩어졌다. 동물들은 자기가 누구보다 강한 존재라는 걸 보여주고 말겠다는 듯이 제각기 먹잇감을 추격하고 있었다.

그 순간 나는 두 가지 사실을 깨달았다. 하나는 뭔가가 날 맹렬히 추격하고 있다는 것이었고, 또 하나는 아까 그녀와 헤어질 때 깜빡 잊고 몽둥이를 가져오지 않았다는 것이었다.

나는 돌아서서 재빨리 도망치기 시작했다. 이때만큼은 그리젤다도 날 따라잡지 못했을 것이다. 덤불과 시냇물을 뛰어넘었고, 숲속 나무들에 얽힌 칡덩굴을 잡고 과감하게 허공을 가로지르며 밀림을 헤쳐나갔다. 여기서 가장 중요한 것은 나무 위로 피신해야 할지 말아야 할지를 결정하는 일이었다. 만약 사자처럼 큰 맹수가 추격하고 있다면 당연히 나무 위로 올라가는 게 안전할 것이다. 그런데 표범같이 상대적으로 작은 맹수라면 나무 위까지 나를 쫓아올 게 분명했다. 그럼 수십 미터 나무 위에서 맨주먹으로 그놈과 맞서야 한다. 그렇다고 내가 계속 땅 위를 달리고 있으면 금세 녀석들에게 따라잡히고 말 것이다. 물로 뛰어들면 어떨까 생각해보기도 했는데, 아무래도 악어 때문에 감히 엄두가 나지 않았다.

나는 필사적으로 달렸다. 점점 숨이 가빠오고 심장이 터질 것만 같았다. 날 추격하는 녀석과의 거리가 점차 좁혀지는 게 느껴졌다. 이때 눈앞에 넓은 공터가 펼쳐졌고, 나는 본능적으로 죽음을 직감했다. 이런 곳은 맹수들이 먹잇감을 덮치기에 안성맞춤인 곳이다. 그렇지만 이제 와서 달리기를 멈추기엔 이미 늦었다. 가속도가 붙어 있었기 때문에 나는 달빛이 훤한 곳까지 뛰어나가며 내 모습을 그대로 드러내고 말았다. 그러자 뒤에서 거대한 맹수가 날 덮치기 위해 도약하는 소리가 들렸다. 나는 마지막으로 가망 없는 전력 질주를 하면서 눈앞이 캄캄해지는 걸 느꼈다. 금방이라도 거대한 맹수가 나를 짓누르며 발톱으로 내 살갗을 찢어버릴 것 같았다.

바로 그 순간, 뭔가를 강타하는 퍽 소리가 들렸고, 이어서 육중한 몸뚱이가 내 뒤에 털썩 떨어지는 소리가 들렸다. 마치 내 어깨를 짓누르고 있던 무거운 짐이 한꺼번에 떨어져 나가는 느낌이었다. 하지만 나는 워낙 지쳐 있어서 몇 초가 지난 후에야 겨우 뒤를 돌아보았다. 거기에는 표범 한 마리가 수풀에 대자로 뻗어 있었는데, 이어 원시인 한 명이 피범벅이 된 내 몽둥이를 휘두르며 정신없이 표범을 공격하고 있었다.

퍽! 우지끈!

나를 잡아먹으려다가 몽둥이에 맞아 기절한 표범은 결국 정신을 차리기도 전에 머리가 깨져 죽고 말았다.

"그리젤다!"

나는 숨이 막힐 것 같았다.

"어니스트, 내 사랑! 역시 날 버리지 않을 줄 알았어! 여기까지 오느라 힘들었지? 진짜 죽을힘을 다해 달려왔나 봐. 아무튼 모처럼 먹기 좋은 저녁상이 차려졌으니 같이 먹어볼까?"

물론 나는 아까 생각했던 대로 그녀를 혼내주고 싶었다. 하지만 배가 너무 고프고 지친 데다가 몽둥이까지 그녀에게 뺏긴 상태였다. 일단 고기 냄새를 맡고 쫓아올 하이에나들보다 먼저 식사를 하는 게 좋을 것 같았다. 식사가 끝날 때까지 사랑싸움은 좀 미뤄두기로 한 것이다. 그러나 체력이 다 빠진 상태에서 배부르게 식사까지 하고 나자 정신없이 졸음이 몰려왔다. 결국 나는 기진맥진하여 아까시나무 아래에서 잠이 들었고, 그리젤다는 그 옆에서 몽둥이를 들고 보초를 섰다.

몇 시간 후, 나는 개운한 기분으로 단잠에서 깨어났다. 달은 산 너머로 기울고 있었지만 주변 경치는 여전히 아름답게 빛나고 있었다. 그리젤다는 통나무에 걸터앉아 표범의 뼈를 쪼아 먹는 독수리를 바라보며 멍하니 생각에 잠겨 있었다. 바로 그때, 표범 턱뼈를 머리띠로 쓰고, 표범 꼬리를 목에 둘러 가슴 사이로 늘어뜨린 그녀의 아름다운 자태를 보자 나는 자리에서 벌떡 일어났다.

"그리젤다!"

기쁨에 젖은 천둥 같은 목소리로 내가 소리쳤다.

"이제 당신은 내 거야!"

13

오, 달콤한 사랑이여! 나는 사랑의 발견이 우리
가 살던 홍적세 중기의 가장 중요한 성과였다고 생각한다. 그 당
시 나에게 사랑은 정말 갑작스럽게 찾아왔다. 나는 마치 허물을
벗은 뱀처럼 순식간에 온몸이 상쾌해진 기분이었다. 혹은 번데
기에서 며칠을 갇혀 있다가 뛰쳐나와 날개를 처음 펼친 잠자리가
된 것 같았다. 이제는 이런 표현이 다소 진부하게 들릴지 모르지
만, 요즘 세대는 당시 우리가 느꼈던 첫사랑이 주는 황홀감이 어
떤 것인지 전혀 모를 것이다. 요즘 애들은 그걸 체험하기 전부터
이미 다 알고 있다. 왜냐면 그런 얘기를 워낙 많이 들었기 때문이
다. 그러다 보니 사랑을 해도 기대치가 높아져서 턱없이 많은 것
을 갈망하게 된다.

그러나 나에게 사랑은 애벌레에서 나비가 되는 환골탈태의 과
정이었다. 나는 사랑에 대해 그 무엇도 들은 적이 없었기 때문이

다. 역시 인류 최초로 뭔가를 해보는 사람이 되는 건 엄청난 특권이다. 하물며 다른 것도 아니고 사랑인데 기분이 어땠겠는가. 물론 요즘 젊은이들도 숲속이나 호숫가나 산꼭대기에서 사랑하는 사람을 처음 만날 때 소소한 기쁨을 느끼겠지만, 이제 사랑은 인간이 성장하면서 당연히 겪는 일종의 통과 의례처럼 되어버렸다. 하지만 생각해보라. 그런 사랑이 처음 생겨났을 때 어떤 느낌이 들었겠는가!

당시에 나는 사랑을 분석할 능력도 없었고 딱히 그러고 싶지도 않았다. 지금 돌이켜보면 사랑은 아버지가 순전히 사회적인 이유로 우리에게 강요한 족외혼에서 예기치 않게 발생한 부산물이었다고 생각한다. 가족 내에서 손쉬운 상대를 찾으려는 우리의 성향은 가지치기할 때의 나뭇가지처럼 싹둑 잘려나갔다. 그 대신 사랑이라는 이름의 달콤하고 짜릿한 황홀경이 뜻밖의 선물처럼 우리를 찾아왔다.

그리젤다와 내가 마음껏 세상을 누빌 때 우리를 막는 건 아무것도 없었다. 오히려 우리는 이런 새로운 관계에서 안정감을 느꼈을 뿐만 아니라 주변 자연물을 우리의 신혼여행지로 여기기까지 했다. 우리는 그야말로 천하에 두려울 게 없었다. 마치 두 명의 허약하고 불완전한 존재가 합체해서 온 세상을 지배할 완전체를 만들어낸 것 같았다.

우리는 사자들의 영역에서 겁도 없이 깔깔거리며 웃었고, 잠자는 치타의 꼬리를 비틀고 도망가기도 했다. 악어와 하마들의 등을 징검다리 삼아 얕은 물가를 빠르게 질주하기도 했다. 그러면 악어와 하마들이 어리둥절한 표정을 지었고, 우린 그 모습을 보고 킥킥 웃으며 즐거워했다.

때로는 농어나 타이거피시* 같은 물고기들과 폭포를 거슬러 올라갔다가 뱀장어들과 급류를 타고 내려오기도 했다. 코끼리 다리 아래에서 새들과 술래잡기를 한 적도 있었다. 그러면 코끼리들이 성을 내며 우리를 발로 밟으려고 했는데 우리가 워낙 빨라서 한 번도 밟힌 적은 없었다.

가끔 담쟁이나 나팔꽃 덩굴로 고리를 만들어 코뿔소 뿔에 던지는 놀이를 하기도 했는데 그럴 때마다 코뿔소는 무척이나 성가셔했다. 한번은 덩굴식물로 끈을 여러 개 만들어 풀을 뜯고 있는 사슴들에게 던진 적도 있었다. 그렇게 하면 사슴들이 화들짝 놀라 달아났는데, 이때 끈이 사슴뿔에 걸려 깃발처럼 나부끼는 것을 볼 수 있었다. 우리는 원숭이 무리에 몰래 끼어들어 그들과 손을 잡고 강강술래를 돌기도 했다.

나는 그리젤다의 머리 장식에 쓰려고 타조, 홍학, 꾀꼬리 등 수많은 새들의 예쁜 깃털을 일부러 뽑아오기도 했다. 그리고 햇빛

• 아프리카 대다수 민물에 서식하는 물고기로 가끔 물 위로 뛰어올라 먹이를 낚아채는 습성이 있다.

을 가리기 위해 코끼리새*의 알껍데기를 가져와 머리에 헬멧처럼 쓰기도 했다. 우리의 즐거운 웃음소리는 숲속 나무들 사이로 계속 울려 퍼졌다. 그러면 호수들은 잔물결을 일으켜 소리를 산 너머로 퍼지게 했고, 산들은 다시 메아리를 일으켜 온 사방에 소리를 나누어 주었다.

이렇게 노는 건 정말 재미있었다. 비록 한두 번은 도가 지나쳐서 위험할 뻔했지만 말이다.

해가 진 후에 우리는 서로 허리를 감싸 안고 천천히 거닐면서 감미로운 밤을 보냈다. 그럴 때면 별똥별이 밤하늘을 화려하게 수놓았고, 지평선 너머의 화산에서는 밤새 신비한 불이 뿜어져 나왔다. 또 덤불 속에 숨은 맹수들의 번뜩이는 눈빛과 발목 주변을 날아다니는 수많은 개똥벌레의 반딧불도 눈앞에서 줄곧 아름답게 반짝였다.

나는 그리젤다에게 우리가 함께 가서 살 동굴에 대해 자세히 얘기해주었다. 동굴 입구에서 끊임없이 타오르는 장작불, 누군가 그 불을 꺼뜨리면 터져 나오는 고함 소리, 우리 형제들이 창을 던지고 덫을 놓는 솜씨, 그리고 사냥 뒤의 진수성찬에 관해서도 이야기했다. 그러면 그리젤다는 앞으로 같이 살 시댁 식구들에 대해 이것저것 물어보았고, 문득 슬픈 얼굴로 그동안 자기가 겪은

---

* 마다가스카르에 살다가 멸종한 타조류의 거대한 새. 알 하나의 길이가 30센티미터가 넘을 정도로 컸다.

가혹한 생활에 관해 하소연하기도 했다. 그녀의 아버지는 워낙 엄하고 강압적인 사람이라 여자들에게 절대복종을 강요했고, 부족의 어린 아들들이 자라면 곧바로 집에서 내쫓았다고 했다.

이야기가 거의 끝나갈 즈음 그리젤다는 눈을 매처럼 반짝거리며 외쳤다.

"어니스트, 난 이제부터 행복한 인생을 살 거야!"

오, 그리젤다! 세상에 이렇게 사랑스러운 여자애가 다 있다니.

14

달콤한 우리의 신혼여행은 어느새 끝나버렸다. 이제 형제들을 만나러 가야할 시간이다. 나는 약속 장소에서 형제들을 만나 바로 집으로 돌아갈 생각이었다.

오스왈드 형은 능력이 있으니 분명 짝을 데려올 것이다. 하지만 윌버와 알렉산더는 과연 짝을 데려올 수 있을지 확신이 서지 않았다. 하지만 그리젤다는 그녀의 다른 세 자매가 기꺼이 '잡혀줬을' 거라고 믿어 의심치 않았다. 그녀는 우리가 만나기로 한 장소로 얼른 가서 누가 먼저 도착할지, 그리고 각각 누구와 짝을 맺었는지 숨어서 보자고 했다.

약속 장소에는 오스왈드 형만 와 있었다. 그런데 역시 형 옆에는 어떤 귀엽고 오동통한 여자가 붙어 앉아서 초롱초롱한 눈빛으로 형의 말을 귀 기울여 듣고 있었다.

"저 얼뜨기 클레멘티나!"

그리젤다가 깔깔거리며 웃었다.

"그러니까 말이야, 그때는 정말 긴박한 상황이었어."

형이 말했다.

"주변에 나무 한 그루 없고 창도 부러졌는데 내 앞으로 물소가 돌진해 온 거야! 심지어 옆에 있던 사자도 꽁무니를 빼고 도망가더군. 그 상황에서 할 수 있는 건 딱 한 가지뿐이었지. 그래서 쏜살같이 물소를 향해 달려가서 그놈의 뿔을 두 손으로 잡고 그대로 공중제비를 넘은 거야! 워낙 순식간에 벌어진 일이라 그 녀석은 아무런 반응도 못했다니까."

"어머나, 진짜 무서웠겠어!"

그녀가 놀란 표정을 지었다.

"그리고 말이야."

형이 다음 얘기를 꺼내려는 순간, 숨어 있던 우리는 환호성을 지르며 그들 쪽으로 뛰쳐나갔다.

우리는 얼싸안으며 서로 짝을 찾은 것을 축하해주었다. 그러고 나서 여자들이 잠시 먹을 것을 찾으러 간 사이에 나는 형에게 어떻게 구애를 했는지 물어보았다. 그러자 형이 호탕하게 웃으며 말했다.

"그거야 식은 죽 먹기였지. 사실 쟤 때문에 한바탕 달리기를 좀 했어. 너도 알겠지만 여자애들은 쉽게 마음을 주지 않잖아."

"그러면…… 얼마나 달렸는데?"

내가 물었다.

"음, 글쎄다."

형이 무심하게 말했다.

"한 보름 정도 달렸을 거야. 클레미가 순발력이 꽤 좋기도 했고, 나도 몽둥이를 들고 있어서 속도가 좀 떨어졌거든. 그래도 처음부터 끝까지 정말 재미있는 추격전이었어."

"중간에 등산도 좀 했고?"

내가 자연스럽게 물었다.

"한두 번 정도 했지, 한두 번."

형이 뒤통수를 긁으며 말했다.

"클레미는 새끼고양이처럼 장난기가 넘치는 애야. 그나저나 너는 좀 어땠어?"

"형하고 별반 다를 게 없었지 뭐."

내가 말했다.

"그런데 윌버와 알렉산더는…… 아직도 여자를 쫓아다니고 있는 모양이지?"

오스왈드 형이 진지하게 고개를 끄덕이며 말했다.

"걔들은 아마 더 기다려봐야 헛수고일 거야. 둘 다 워낙 숙맥이라 여자를 데려오려면 일 년도 넘게 걸릴 테니까."

바로 그 순간, 덤불 속에서 우지끈 소리가 나는 바람에 우리는 화들짝 놀랐다. 마치 멧돼지나 개미핥기처럼 흉측한 동물이 다가

오는 것 같았는데, 이내 모습을 드러낸 건 윌버였다. 윌버는 어떤 여자와 함께 침팬지처럼 허리를 구부린 채 땀을 뻘뻘 흘리며 걸어오고 있었다. 그런데 가만 보니 두 사람 모두 붉은색 바윗덩이를 등에 짊어지고 있었다.

"세상에, 호노리아잖아!"

새로 온 여자가 쿵 소리를 내며 바위를 내려놓자 그리젤다와 클레멘티나가 놀란 얼굴로 맞이했다. 그들은 반갑게 인사한 뒤 앵무새처럼 재잘거리기 시작했다.

"아니, 윌버."

오스왈드 형이 말했다.

"대체 뭘 가져온 거야?"

윌버가 자기 여자 친구가 내려놓은 바윗덩이 옆에 자기 것도 조심스레 내려놓고는 힘겹게 허리를 폈다.

"아, 형들이구나! 잘 있었어?"

윌버가 말했다.

"요즘 날씨가 꽤 덥지?"

"저건 대체 뭐야?"

내가 물었다.

"뭐긴. 엄청난 보물이지."

윌버가 씩 웃으며 말했다.

"저런 암석은 지금까지 본 적이 없거든. 그동안 저걸로 몇 가지 실험을 해봤어. 아마 아버지도 저걸 보면 쓸모가 많다면서 좋아하실 거야."

"아니, 그럼 저걸 집까지 가져가겠다고? 맙소사! 대체 어디서부터 들고 온 거야?"

"아, 꽤 멀리서 들고 오긴 했지. 이 근방에서는 이런 암석을 찾을 수 없거든. 아마 풍화작용으로 생긴 변성암이겠지. 쉽게 말해 화산의 먼지가 뭉쳐서 생긴 거야. 호노리아가 날 정말 많이 도와줬어. 정말 괜찮은 애야. 형들한테 소개해줄게. 호노리아!"

"아니, 그럼 설마 이런 집채만 한 돌을 짊어지고 이 여자애를 쫓아다녔다는 거야?"

형이 팔다리 근육이 발달한 호노리아의 몸을 힐끗 보면서 말했다.

"어휴, 쫓아다니긴 뭘 쫓아다녀."

호노리아가 불만이 가득한 목소리로 말했다.

"나 이 사람 관심을 끌어보려고 별짓을 다 했어. 그런데도 저놈의 돌덩이만 만지작거리는 데 정신이 팔려서 날 쳐다보지도 않더라고. 그래서 바로 코앞까지 가서 이렇게 말했어.

'저기요, 혹시 바쁘세요?'

그랬더니 이 사람이 뭐라고 했는지 알아?

'네, 좀 바쁩니다.'

이러는 거 있지? 진짜 토씨 하나 안 틀리고 그렇게 말했어!"

"진짜?"

그리젤다가 말했다.

"그래서 넌 뭐라고 했어?"

"그래서 이렇게 말했지.

'그럼 당신은 뭘 하는 사람인가요? 지질학자라도 되나요?'

그랬더니 이 사람이 뭐라고 했는지 알아?"

"뭐라고 했는데? 빨리 말해 봐!"

그리젤다가 신이 나서 말했다.

"이렇게 말하더라고.

'아뇨, 그냥 아마추어예요.'

딱 이 한마디로 끝이었어. 진짜 기가 막혀서! 그 말을 듣고 화딱지가 나서 그냥 가버릴까 했는데 이 사람이 말했어.

'괜찮으면 저 좀 도와주시겠어요? 조금만 힘을 쓰면 뺄 수 있을 것 같아요.'

돌을 빼내기 전까지는 날 쳐다보지도 않을 게 뻔하니까 일단 도와줬지. 그래서 돌이 빠지긴 했는데, 그게 하필 이 사람 발가락을 찧어버린 거야. 상황이 그렇게 됐는데 날 어떻게 쫓아오겠어? 쫓아오는 건 고사하고 황새처럼 한 발로 서서 비명을 지르더라고."

월버가 멋쩍은 얼굴로 말했다.

"호노리아는 정말 차돌처럼 강인한 여자야. 내 상처가 나을 때까지 내 곁에 붙어 있으면서 맹수들을 다 쫓아줬거든. 그러고 나서 내가 바위를 캐서 가져오는 데 정말 어마어마한 도움을 주었지."

"어휴, 그래. 어마어마했지!"

호노리아가 큰 소리로 외쳤다.

"그래서 우리는 짝이 된 거야."

월버가 담담하게 말을 끝냈다.

"우리도 그래."

뒤에서 누군가 수줍은 목소리로 말했다.

우리가 일제히 돌아보자 알렉산더가 팔오금에 몽둥이를 끼운 채 하마처럼 풍만하고 아름다운 여자와 다정하게 서 있었다.

"알렉산더!"

"페트로넬라!"

우리는 기뻐서 소리를 질렀고, 다시 한번 서로를 소개하며 축하 인사를 나누었다.

하지만 인사를 마치자마자 형과 나와 월버는 알렉산더를 옆으로 데리고 가서 저렇게 예쁜 페트로넬라를 어떻게 데려왔는지 묻기 시작했다. 왜냐면 그녀는 딱 봐도 알렉산더에게 푹 빠져 있었기 때문이다.

알렉산더는 의외의 질문을 들은 듯 놀란 표정으로 말했다.

"글쎄, 뭐 별거 없었어. 우리가 헤어진 다음 날에 나는 덤불 속에 숨어서 오리들을 관찰하고 있었지. 오리는 정말 재미있는 녀석들이거든. 그러다가 그놈들이 갑자기 물거품을 일으키면서 날아올랐어. 아, 참고로 오리들이 날아오르려면 날개를 퍼덕이면서 몇 걸음 달려가야 해. 그런데 그때 마침 페트로넬라가 바로 내 앞을 지나가더라고. 그래서 곧바로 뛰어나와 몽둥이 한 방으로 기절시켰지. 그런데 그렇게 하는 게 맞는 건가?"

알렉산더는 걱정스러운 표정을 지었다.

"그야 당연하지!"

형이 묘한 표정을 지으며 말했다.

"그럼 다행이네."

알렉산더가 안도의 한숨을 쉬며 말을 이었다.

"솔직히 좀 무식한 방법이 아닌가 싶었거든. 페트로넬라는 정신이 돌아오자 가엾게도 머리가 좀 아픈 것 같았어. 하지만 그녀가 기절해 있는 동안 내가 모래톱에 그려둔 오리 그림을 보여주니까 그걸 보고 웃으면서 금방 풀어졌지. 그러고 나서는 정말 행복한 시간을 보냈어."

알렉산더는 매우 흡족한 미소를 띠며 다시 말했다.

"역시 사랑의 힘은 참 놀라워. 그렇지?"

"놀랍고말고!"

우리는 일제히 외쳤다.

며칠 뒤, 우리는 집으로 출발했다. 그런데 윌버가 바위를 꼭 가져가야겠다고 우기는 바람에 시간이 좀 더 걸렸다. 윌버와 호노리아는 바위를 짊어지고 몇 발자국 간 다음 내려놓고, 다시 들고 가기를 끝없이 반복했다. 호노리아는 다른 자매들에게 몇 번 도움을 청했지만 그들은 매번 똑같은 말로 답했다.

"네 남편 일인데 네가 알아서 해야지!"

덕분에 시간이 많아진 우리는 가는 도중에 사냥도 하고, 주변 경치도 구경하고, 새들도 관찰하고, 심지어 알렉산더의 예술 작품을 감상하기도 했다.

마침내 우리는 어느덧 그리운 고향 땅에 도착했다. 우리는 아버지가 설치한 덫을 피해가며 조심스럽게 움직였다.

머지않아 저 멀리서 소용돌이 모양의 연기가 하늘로 솟아오르는 것이 보였다. 여자애들은 처음 본 광경에 놀라서 입을 다물지 못했다. 그 애들은 그게 화산 연기가 아니라 사람이 만든 연기라는 걸 잘 이해하지 못했다.

그런데 집에 점점 더 가까워질수록 우리는 불안한 눈초리로 서로를 바라보기 시작했다. 뭔가가 이상했다. 나뿐만 아니라 다른 형제들과 여자들, 그리고 심지어 돌을 들고 오느라 헥헥거리던 윌버도 뭔가를 눈치채고 표정이 굳어졌다.

마침내 오스왈드 형이 우리 모두를 대변하듯 말했다.

"도대체 이 소름 돋는 냄새는 뭐지?"

15

우리는 가던 길을 멈추고 코를 벌름거렸다.

"뭔가 익숙한 냄새 같기도 한데, 도대체 뭔지 모르겠네."

내가 말했다.

"일단 시체 냄새는 아니야. 그렇다고 화산 냄새도 아니고……"

오스왈드 형이 말했다.

"분명히 이건 뭔가 타는 냄새야. 혹시 무슨 사고가 난 게 아닌가 걱정되네."

"그런데 딱히 불쾌한 냄새는 아니야."

알렉산더가 말했다.

"냄새를 맡고 있으니까 왠지 모르게 군침이 도는데?"

그러고 보니 모두 약속이라도 한 듯 입안에 침이 고여 있었다.

"자자, 일단 직접 가서 보자고."

형이 말했다.

뒤에 처진 월버와 호노리아가 열심히 따라오는 동안 우리는 서둘러 동굴로 향했다. 그러는 중에도 식욕을 돋우는 의문의 냄새는 점점 강하게 우리의 코를 자극했다.

다행히 가족들은 한 명도 빠짐없이 동굴 앞 모닥불 주변에 모여 있었다. 그런데 불은 평소와 다르게 불꽃을 내뿜으며 지글지글 타오르고 있었다. 가만 보니 아줌마들이 이따금씩 일어나 고기를 꿴 나무꼬챙이를 장작불에 넣었다가 다시 빼내곤 했다.

"아니, 저건 말의 어깨살이잖아!"

형이 깜짝 놀라 말했다.

"사슴 목살도 보이는데?"

내가 말했다.

우리는 다 함께 전속력으로 달려서 가족들이 모여 있는 곳으로 뛰어 들어갔다.

"오, 어서 오너라, 애들아."

아버지가 우리를 반갑게 맞이했다.

"딱 저녁 먹을 시간에 맞춰 왔구나."

어머니가 말했다. 그리고 얼굴에 검댕이 묻은 채 기뻐하며 눈물을 흘렸다.

이윽고 온 가족이 서로의 이름을 부르고, 포옹하고, 냄새를 교환하면서 즐겁게 인사를 나누었다.

"넌 클레멘티나라고? 오스왈드가 역시 사람 보는 눈이 있구나!"

"이 갈색 눈동자의 아가씨는 누구지? 그리젤다라고? 넌 딱 봐도 어니스트하고 천생연분이구나!"

"페트로넬라라고? 세상에, 넌 마치 모델 같구나! 우리 알렉산더가 이렇게 예쁜 애를 데려올지 누가 알았겠어?"

"그리고 넌 호노리아라고? 윌버와 참 잘 어울리는구나. 아니, 그런데 옆에 가져온 건 뭐니? 오오, 아주 멋진 암석이구나! 이런 선물을 가져올 생각을 하다니 기특하기도 하지."

이렇게 모두 왁자지껄 이야기를 나누고 있는데 내가 불쑥 말했다.

"아니 어머니, 도대체 왜 맛좋은 고기를 땔감으로 쓰시는 거예요?"

"어머, 내 정신 좀 봐! 얘기하느라 정신이 팔려서 고기를 넣어둔 걸 깜박하고 있었구나. 너무 익으면 맛이 없을 텐데."

어머니는 불 속에서 연기가 나는 커다란 사슴고기를 황급히 꺼냈다.

"이런, 쯧쯧."

어머니가 고기를 살펴보더니 말했다.

"한쪽이 완전히 타버렸네."

"괜찮아, 여보."

아버지가 말했다.

"나 바삭한 부위 좋아하는 거 알잖아. 그러니까 그건 나 줘."

"아니, 도대체 무슨 얘기를 하시는 거예요?"

내가 혼란스러운 표정으로 물었다.

"무슨 얘기라니? 요리 얘기를 하고 있잖아!"

"요리? 그건 또 뭐예요?"

내가 성급하게 물었다.

"뭐긴, 밥 먹을 때 하는 거지."

아버지가 말했다.

"아, 생각해보니 너희가 집을 떠나 있는 동안 너희 엄마가 발명한 거라 모를 수도 있겠구나. 요리란 말이다, 너희가 잡아 온 짐승들을 먹기 좋게 손질하는 걸 말하는 거야. 아주 혁신적인 방법이지. 그러니까 힘줄처럼 질긴 부위를 부드럽게 만들어서 씹기 좋게 하는……."

아버지는 마땅한 단어가 떠오르지 않는지 잠시 얼굴을 찡그렸다가 이내 환하게 웃으며 다시 말했다.

"아 참, 내가 이걸 왜 설명하려는 거지? 일단 먹어보면 무슨 말인지 알 테니 다들 와서 맛을 보거라."

우리는 어머니가 불에서 꺼내 오묘한 냄새가 나는 고기 주변에 빙 둘러앉았다. 여자들은 불 자체가 익숙하지 않아서인지 쭈뼛쭈뼛 머뭇거리고 있었지만, 오스왈드 형은 과감하게 고기 한 덩이를 들어 크게 한 입 베어 물었다. 순간 형의 얼굴이 시뻘게졌다. 형은 캑캑거리다가 숨을 거칠게 내뱉으면서 침을 꿀떡 삼키더니 들고 있던 고기를 떨어뜨렸다(다행히 고기가 땅에 떨어지기 전에 어머니가 잽싸게 낚아챘다). 그러고는 이내 눈물을 줄줄 흘리면서 입가와 목 주변을 미친 듯이 문지르는 등 야단법석을 떨었다.

"어이쿠, 미안하다, 얘야."

아버지가 말했다.

"고기가 뜨겁다고 얘기해주는 걸 깜박 잊었네."

"강가로 가서 물을 좀 마시고 오렴."

어머니가 말했다.

오스왈드 형은 쏜살같이 밖으로 달려나갔고, 곧이어 첨벙거리는 물소리가 들렸다.

"우리야 몇 번 먹어서 익숙해졌지만, 너희는 처음이니까 조심해서 먹도록 해라."

아버지가 말했다.

"일단 고기를 후후 불고 가장자리부터 조금씩 뜯어먹어 봐. 그렇게 먹다 보면 금방 요령이 생길 거야."

주의사항을 듣고 나서 우리는 새로운 음식을 먹는 연습에 돌입했다. 처음에는 입을 좀 데기도 했지만 먹다 보니 점차 괜찮아졌다. 고기를 이렇게 먹으니 입안에서 살살 녹는 것 같았다. 부드러워진 살코기와 반쯤 녹은 비계에 은은한 나무 향까지 배어 있어 정말 천상의 맛이 났다. 특히 고기에서 나오는 그 육즙의 향긋한 맛이라니! 사실 거의 씹지 않고도 먹을 수 있었다. 한때는 커다란 들소의 몸속에서 초원을 누비던 탄탄한 근육질의 살덩이가 이제 내 혀끝에서 녹고 있었다. 그야말로 맛의 혁명이었다.

우리는 어머니가 어떻게 이런 엄청난 발견을 했는지 너무나 궁금해 한목소리로 물었다. 그런데 어머니는 말없이 싱긋 웃기만 했다. 대신 옆에 있던 윌리엄이 약간 볼멘소리로 말했다.

"내가 기르던 새끼 돼지 덕분에 발견한 거야."

이어서 아버지가 설명해주었다.

"그래, 이번 발견에는 윌리엄도 한몫 단단히 했단다. 사실 이제 막 발견한 거라 앞으로도 얼마든지 다양하게 발전할 가능성이 있지. 지난번에 윌리엄이 강아지 데려왔던 거 기억나지? 너희가 짝을 찾으러 간 동안에는 새끼 돼지를 잡아 와서 길렀단다. 이름은 '피기'라고 했지. 내 생전 그렇게 더럽고, 냄새나고, 미련하고, 말 안 듣는 동물은 처음 봤다. 윌리엄이 고무덩굴로 줄을 만들어 묶어두었는데도 그 녀석은 매번 사람들 다리를 들이받더라. 어떨 때는 줄에 묶인 채로 사람 주위를 빙글빙글 돌아서 몸을 꽁꽁 묶어 버리기도 했단다. 그뿐 아니라 심심하면 사람을 물어뜯기도 했지. 그러던 어느 날, 너희 엄마와 갓난아기들을 제외하고 다들 사냥하러 나갔는데, 그 돼지 녀석이 장작더미를 헤집고 다니다 그만 그 속에 갇힌 거야. 너희 엄마는 그것도 모르고 거기에 불을 붙여버렸지."

"엄마 말에 따르면 그렇죠."

윌리엄이 툴툴거리며 말했다.

"그래서 피기는 불에 타죽었단다."

아버지가 말했다.

"그런데 여기서 놀라운 점은 너희 엄마가 그걸 보고 그 녀석이 적당히 익었을 때 느닷없이 그걸 꺼냈다는 거야. 혹시 먹으면 맛이 더 좋지 않을까, 하고 기발한 생각을 해낸 거지. 이건 직관적인 아이디어로 문제의 핵심을 꿰뚫은 놀라운 경우야. 아마 일반적인 원숭이들이었다면 이렇게 빨리 생각과 생각을 통합하는 일 같은 건 절대 하지 못했을 거다."

"그렇지만 어머니."

내가 물었다.

"도대체 어떻게 불타는 돼지를 음식으로 먹을 생각을 하신 거예요?"

"그러니까 말이다."

어머니가 말했다.

"솔직히 지금 생각하면 좀 황당하긴 하지만 너희도 최근까지 너희 아버지가 속쓰림 때문에 무척 고생했던 거 기억하지? 특히 질긴 코끼리 고기를 먹고 상태가 더 나빠져서 너무 걱정됐단다. 그런데 마침 윌리엄의 불쌍한 돼지가 불 속에서 구워지는 걸 보니까 예전에 바냐 아주버님과 팜이 불을 밟았을 때와 아주 비슷한 냄새가 나더라고. 그때 불에 덴 부위는 아주 부드러워졌지."

그랬다. 이전에 한 번 맡아본 냄새여서 아까 집 근처에서 냄새를 맡았을 때 뭔가 익숙하다는 느낌이 들었던 것이다.

"천재적인 발상이야."

아버지가 존경스럽다는 듯 말했다.

"덕분에 우리 인류는 엄청난 발전을 하게 되겠지. 요리로 할 수 있는 일은 정말 무궁무진하거든."

"다른 동물들도 요리할 수 있어요?"

오스왈드 형이 물었다.

"아니면 돼지하고 사슴만 가능한가요?"

"뭐든지 할 수 있지."

아버지가 시원스럽게 대답했다.

"잡아 온 짐승이 크면 불을 더 크게 지피면 된단다. 별거 아니지? 너희들이 매머드를 잡아 온다고 해도 나는 그걸 요리할 수 있다. 그만큼 불을 더 크게 만들면 그만이거든."

"제가 꼭 잡아 올게요."

형이 말했다.

"그래, 역시 그래야 내 아들이지."

아버지가 말했다.

"매머드를 잡아 오면 부족 전체가 잔치를 벌여도 된단다. 안 그래도 조만간 할 생각이었어. 모두가 신나게 먹고 마신 다음에 내가 멋들어지게 기념 연설을 하는 거지."

아버지가 진지한 얼굴로 말을 이었다.

"이번에는 진짜로 꼭 기념 연설을 하고 말 거야."

오스왈드 형은 당장 역대 최대 규모의 사냥 계획을 세웠다. 이제는 아버지도 기꺼이 형에게 모든 일을 맡겼다.

그러는 중 아버지는 윌버와 알 수 없는 눈짓을 주고받으며 뭔가를 하러 수풀 속으로 들어가곤 했다. 우리가 무슨 일이냐고 물어보아도 끝내 아무런 대답도 해주지 않았다. 아버지와 윌버는 식사 시간에도 자주 늦었다.

여자애들은 여자애들대로 새 환경에 적응해서 나름대로 잘 지내고 있었다. 그들은 원숭이처럼 쉴 새 없이 수다를 떨고, 말다툼하고, 서로 귀여워하듯 쓰다듬으며 조금씩 친해졌다. 여자들의 언어에는 묘하게 숨겨진 의미가 많아서 비슷한 말을 하더라도 잘 구분해서 들어야 했다.

그런데 안타깝게도 나는 여동생 엘시가 예전 같지 않다는 느낌을 받았다. 사실 난 그리젤다와 신혼을 보낼 때도 문득문득 엘시가 보고 싶었고, 그녀에게 엘시 이야기를 하기도 했다. 그러면 그리젤다는 이렇게 말했다.

"진짜? 나도 얼른 엘시를 만나보고 싶어."

비록 아버지가 근친혼을 막기는 했지만 사실 집으로 돌아가야하는 상황에서 내가 굳이 이 두 사람과 같이 살지 못할 이유는 없었다. 그렇게 되면 나도 수컷 침팬지처럼 여러 명의 암컷을 거느릴 수 있지 않겠는가.

다행히 엘시는 그리젤다를 처음 만났을 때부터 아주 잘 따랐다. 날마다 둘이 같이 다닐 정도였다. 그리젤다가 엘시에게 동물 가죽을 목 주변에 둘러 장식하는 법이나 생선뼈로 머리를 묶는 법을 가르쳐주면, 엘시는 그리젤다에게 불로 요리하는 법을 알려주기도 했다.

그런데 이때부터 엘시가 나를 피하기 시작했다. 그동안 우리가 느꼈던 남매간의 우정은 온데간데없이 사라진 것 같았다. 내가 가서 말을 걸면 엘시는 퉁명스럽게 쏘아붙였다.

"나 지금 바쁘니까 귀찮게 좀 하지마."

예전처럼 내가 식사 시간에 콩팥 같은 맛있는 부위를 챙겨주면 엘시는 그걸 동생들이나 그리젤다에게 건네주며 이렇게 말했다.

"이건 너희가 먹어. 아무래도 어니스트는 식사 예절을 좀 더 배워야 할 것 같아."

특히 요즘 들어 엘시가 점점 더 예뻐지는 걸 보니 이런 말을 듣는 게 더욱 괴로웠다. 엘시는 그리젤다 못지않게 사냥할 때 순발력이 좋으면서도 몸매나 피부색은 많이 달랐기 때문에 그녀와는 또 다른 신선함이 있었다.

게다가 아버지가 요즘 이 둘과 유독 친하게 지내는 것을 보면 기분이 영 좋지 않았다. 아버지는 윌버와 어딘가 갔다가 돌아오면 피곤해서 지쳐 있었는데, 그때마다 꼭 엘시와 그리젤다와 같이 있으려고 했고, 셋이서 얘기하면 웃음소리가 끊이질 않았다.

한번은 아버지가 두 사람과 팔짱을 낀 채로 걸어가는 걸 본 적도 있었다. 아버지는 내가 옆에 불쑥 끼어들었는데도 전혀 당황하지 않고 말했다.

"오, 어니스트냐? 내가 비록 좀 늙긴 했지만 아직 미인 두 명을 양옆에 끼고 다닐 만큼 팔팔하단다!"

"아니, 언제는 과학적인 주제에만 관심이 있다면서요?"

나는 차갑게 말하고는 다른 곳으로 가 버렸다. 그런데 그 말이 뭐가 그렇게 웃긴지 셋은 깔깔대며 웃어댔다. 나중에 내가 그리젤다에게 불평하듯 말하자 그녀는 자기 코를 내 코에 들이대며 말했다.

"어휴, 뭘 그런 걸 가지고 질투해. 난 그저 가족들하고 친하게 지내는 것뿐이야. 나한테는 당신밖에 없는 걸 알면서 왜 그래."

하지만 그래도 언짢은 기분은 풀리지 않았다.

불로 조리한 음식을 규칙적으로 먹으면서 내 삶에도 큰 변화가 찾아왔다. 식사 시간이 훨씬 단축돼 그만큼 생각할 시간이 많아진 것이다. 오스왈드 형은 전보다 사냥을 자주 나갔고, 아버지는 더 많은 실험을 했다. 하지만 나는 그 시간에 되도록 나 자신을 돌아보며 자아 성찰을 했다.

그 무렵 나는 내 얼굴에서 턱 위쪽과 눈 뒤쪽 부분이 다른 부위에 비해 놀랄 만큼 빠른 속도로 변하고 있다는 충격적인 사실을 깨달았다*. 이런 변화는 내가 잠을 자는 동안에도 계속 일어났고 점점 더 뚜렷해졌다. 하지만 이를 내 맘대로 통제할 수는 없었다. 그것들은 마치 거울이나 물속에 비춰 보이는 또 다른 나의 모습처럼 바깥 세계의 내 모습과 대조를 이루었다. 하지만 나는 그쪽 세계에도 똑같은 육신을 가지고 있었다. 이 그림자 육신은 한 곳에서 다른 곳으로 눈 깜짝할 새에 이동하기도 했지만, 내가 사자를 보고 필사적으로 도망가려고 할 때는 그 자리에서 미동조차 할 수 없었다. 그렇다고 이걸 단순히 꿈으로 치부할 수도 없었다. 왜냐면 내가 들고 다니는 돌도끼처럼 너무나 생생하게 느껴졌기 때문이다. 그것은 틀림없는 현실이었다. 바깥 세계도 온통 무섭고 불확실한 것들로 가득했지만, 내면의 세계는 그보다 훨씬 더 무섭고 불확실하게 느껴졌다.

예를 들자면, 한번은 꿈속에서 사자에게 몇 시간을 쫓기고 있었다. 그러다가 결국 궁지에 몰린 나는 힘껏 창을 던졌는데, 다시 보니 그건 창이 아니라 갈대 줄기에 불과했다. 그런데도 그것은 가볍게 허공을 날아가 내가 어제 먹은 긴팔원숭이 고기를 꿰듯 사자의 몸뚱이를 쉽게 꿰뚫어버렸다. 게다가 이해할 수 없는 건 그 순간 사자가 긴팔원숭이로 보였다는 것이다. 그리고 사자는 갑

---

* 인간은 음식을 불에 익혀 먹으면서 이전보다 음식을 덜 씹고 더 많은 열량을 얻게 되었다. 그에 따라 머리로 가는 에너지가 많아져 뇌의 크기가 커졌고, 음식을 씹는 턱의 크기는 점차 작아졌다.

자기 아버지의 목소리로 말하기 시작했다.

"대단하구나, 어니스트여. 드디어 인류를 위해 뭔가를 해냈구나! 그대는 지상에서 가장 힘센 맹수를 이겼고, 앞으로의 가능성은 무궁무진하다. 네가 가진 능력을 잘 활용하면 너희 인류가 진화의 정점에 서게 될 것이다. 영광스럽도다. 이제 머지않아 홍적세의 종말이 올 것이다!"

나는 소스라치게 놀라 식은땀을 흘리며 잠에서 깨어났다. 여전히 아버지의 목소리가 귀에서 웅웅 울리는 것 같았다. 그날 이후로 나는 절대로 저녁에 긴팔원숭이 고기를 먹지 않았다.

16

오스왈드 형은 드디어 사냥 준비를 마쳤다. 어느 날 아침, 형은 정찰하러 나갔다가 돌아와서 엄청난 숫자의 매머드와 코끼리를 비롯한 초식동물들이 사냥하기 좋은 지형으로 떼를 지어 이동하고 있음을 알렸다. 이에 어머니와 밀드레드 숙모, 그리고 아기들을 제외한 모든 가족이 한 시간 내에 준비를 마치고 서둘러 초원으로 나갔다.

오스왈드 형은 사냥 작전을 총지휘했고, 아버지는 능숙하고 민첩한 솜씨로 형의 지휘에 따랐다. 형은 동물들이 먼저 냄새를 맡지 못하도록 맞바람이 치는 곳에 주력 부대원을 한 명씩 배치해 거대한 그물 같은 진형을 짰다.

여자들로 이루어진 소규모 파견대는 동물들의 뒤에서 함성을 질러 우리가 매복한 곳으로 몰아넣는 몰이꾼 역할을 했다. 어린 애들은 부대원들이 정해진 위치에서 공격 준비를 마치면 그걸 형에게 보고하는 전령 역할을 했다. 형은 참모들과 함께 높은 언덕 위로 올라갔다. 언덕은 작전 명령을 내리기도 좋았고, 증원군이 필요할 때 얼른 도와주러 가기도 편했다.

모든 일은 계획대로 순조롭게 풀렸다. 동물들은 몰이꾼들의 함성을 듣고 놀라 사냥꾼들이 매복한 곳으로 쏜살같이 달려갔다. 일부 사냥 분대에서는 매머드와 코끼리를 함정으로 몰아넣는 데 성공했고, 다른 곳에서는 얼룩말, 물소, 사슴 등의 동물들을 차례대로 창으로 쓰러뜨렸다. 그렇게 며칠간 사냥하자 도저히 집으로 가져갈 수 없을 만큼 어마어마한 양의 동물 고기가 확보되었다. 하지만 늘 그렇듯 몇 마리는 무전취식하러 몰려든 하이에나와 독수리들에게 양보해야 했다.

아버지는 대학살이 벌어진 현장을 흡족하게 둘러보며 말했다.

"햐, 우리도 한때는 맹수들이 잡은 고기를 주워 먹으며 살던 시절이 있었는데 이젠 저 녀석들이 우리를 졸졸 따라다니는구나."

그러더니 돌멩이를 어딘가에 겨냥해서 냅다 던졌다. 그러자 하이에나 한 마리가 정통으로 맞았는지 깨갱거리는 소리와 함께 다리를 절며 도망갔다.

우리는 엄청난 짐승 고기를 나누어 짊어지고 콧노래를 부르며 집으로 향했다. 동굴에 도착하자 어머니는 이미 불을 크게 피워 놓고 우리를 기다리고 있었다.

우리는 우선 마르지 않은 나무로 꼬챙이를 만든 다음 고기를 굽기 위해 바닥에 숯불을 고르게 깔았다. 타조와 코끼리새와 홍학의 알은 뜨거운 나뭇재 속에 묻어두었다. 해가 저물자 장작불이 휘황찬란하게 주변을 밝혔고, 얼마 후 바냐 삼촌이 우리를 찾아왔다.

"이야, 오랜만이야, 형."

아버지가 반갑게 맞이했다.

"잔치할 때 딱 맞춰서 왔네. 이렇게 와줘서 정말 고마워!"

바냐 삼촌은 뚱한 표정으로 주변을 둘러보다 고기 굽는 냄새를 맡고는 말했다.

"오랜만에 왔더니 집안 꼴이 말이 아니구나. 불에 익힌 음식을 먹으면 치아가 나빠질지도 모른다는 생각은 안 해봤냐? 아마 너희들 중 절반 이상은 충치가 생겼을 거다. 아무튼 이왕 왔으니 참여는 하겠다만 이건 나한테는 전혀 즐겁지 않은 행사야."

말은 그렇게 했어도 삼촌은 우리가 권하는 대로 다양한 음식을 맛보았다. 내가 보기에는 삼촌도 다른 누구 못지않게 풍족한 식사를 했다.

그날 고기를 굽는 광경은 정말 호메로스의 서사시에 나올 만큼 웅장했다. 기름기와 육즙이 가득한 온갖 종류의 고기가 숯불에 구워지는 모습은 그야말로 장관이었다. 메인 요리는 코끼리, 사슴, 들소의 허벅지살을 얇게 썰어서 비계로 두른 다음 그 위에 날고기를 얹은 모둠 고기구이였다. 그것들이 불에 충분히 구워지면 그 위에 짐승 피와 산딸기즙과 타조알 노른자를 뿌렸다. 그런 다음 고기를 불에서 꺼내 안쪽 부분은 바로 먹고 바깥쪽 부분은 잘게 잘라 꼬챙이에 꿰어 구워 먹었다.

마침내 식사가 끝나자 아버지가 자리에서 일어나 연설을 하기 시작했다.

"친애하는 형제, 자매, 아들, 딸들이여! 오늘은 정말 기쁘고 경사스러운 날이다. 그동안 우리가 얼마나 중요한 일을 했는지 돌아보고, 앞으로 해야 할 일을 머릿속에 그려볼 수 있으니 아주 큰 의미가 있는 날이다. 오늘 밤 우리는 내 아들들의 아내로서 한 식구가 된 네 명의 아름다운 아가씨들을 정식으로 환영하고자 한다. 그렇지만 그것보다 더 중요한 건 그들이 이곳에 옴으로써 인류가 최초로 족외혼을 하게 되었다는 것이다. 이제부터 한 부족의 남자들은 성인이 되면 다른 부족에 가서 결혼할 짝을 찾을 것이고, 그에 따라 여자들은 부모를 떠나 남자 쪽 부족의 일원이 될 것이다. 이미 설명했듯이 이 위대한 사회 제도는 우리가 더 빠르게 물질적으로 풍요로워지고 정신적으로 발전하게 되는 중요한 밑거름이 될 것이다. 물론 이런 낯선 실험에 참여한 사람들은 적응하느라 꽤 힘들겠지만 앞으로 시간이 지날수록 이를 통해 얻는 이점이 훨씬 크다는 것을 분명히 느끼게 될 것이다."

"맞아요! 맞아요!"

아버지가 잠시 말을 멈추자 우리 형제들과 여자들은 일제히 환호성을 질렀다. 아버지는 허리를 굽혀 답례하고 계속 이어서 말했다.

"기술적인 면에서 우리는 지금 비약적으로 발전하고 있다. 석기를 만드는 기술은 속도가 좀 더디긴 하다만, 그래도 꾸준히 좋아지고 있다. 그러는 와중에 불이라는 엄청난 무기를 다루게 되면서 이제 우리는 세계 정복을 위한 놀라운 발판을 마련하게 되었다."

"아니, 이런 괘씸한 놈이 있나!"

바냐 삼촌이 버럭 화를 냈다.

"윌버야, 이 망할 놈의 다리뼈를 좀 쪼개주겠니? 속에 든 골수를 도저히 빼 먹을 수가 없구나."

"난 또 형이 나한테 하는 말인 줄 알았네."

아버지가 씨익 웃더니 다시 말을 이었다.

"그런데 우리가 승리했다고 확실히 말할 수 있는가? 우리가 지난번에 곰들을 동굴에서 몰아냈으니 이제 더 싸울 필요가 없다고? 천만에. 그것은 우리가 앞으로 치러야 할 엄청난 전쟁의 서막에 불과하다. 지금도 원시인들은 날마다 맹수들에게 습격당해 잡아먹히고, 코끼리들과 하마들의 발에 짓밟히며, 코뿔소처럼 뿔이 있는 온갖 동물들에게 들이받혀서 죽고, 독이 있는 뱀들에게는 물려 죽고, 독이 없는 뱀들에게는 칭칭 감겨 질식사하고 있다. 다행히 그런 식으로 죽지 않는다고 해도 결국은 눈에 보이지 않는 수많은 적의 공격을 받아 죽음에 이르게 된다. 그놈들은 워낙 작고 수도 어마어마하게 많아서 아직은 우리가 물리칠 방도가 없다. 우리의 인생은 너무 짧고, 인류는 언제든 멸종당할 위기에 처해 있는 것이다. 이런 상황에서 우리가 해야 할 일은 과연 무엇인가? 당연히 그놈들에게 본때를 보여주는 것이다. 우리를 위협하는 놈들은 모두 죽일 것이고, 순순히 복종하는 녀석들만 살려둘 것이다. 지금부터 지구상 모든 동물에게 알리노라! 너희들은 우리의 노예가 되지 않는다면 지구상에서 영영 사라지게 될 것이다. 우리는 지구의 지배자가 될 것이다. 우리는 싸움에서도, 지능에서도, 번식에서도, 그리고 진화에서도 너희들을 완전히 압도할 것이다! 이것이 바로 우리가 지켜나갈 유일한 정책이다."

"아니, 하나 더 있어."

바냐 삼촌이 말했다.

"나무 위로 돌아가서 사는 거지."

"맙소사! 이제와서 또 마이오세로 돌아가자고?"

아버지가 어이없다는 듯 말했다.

"마이오세가 뭐 어쨌다는 거냐?"

삼촌이 화를 내며 말했다.

"그 당시 인간들은 제 분수를 지키며 모든 일에 만족할 줄 알았다."

"그 사람들이 지금 어떻게 됐는지 알아? 다 멸종해서 화석이

됐어!"

아버지가 매섭게 응수했다.

"인간은 과거로 퇴행할 수도 있고, 미래로 나아갈 수도 있지. 하지만 제자리에 가만히 있을 수는 없어. 분명히 말해두지만, 우리 원시인이 해야 할 일은 오직 하나뿐이야. 바로 앞으로 나아감으로써 진정한 인간으로 우뚝 서고, 역사를 창조하며 당당히 문명을 이끌어가는 거지! 그러니까 오늘 밤부터 우리는……."

쿵! 쿵! 쿵!

바냐 삼촌이 심기가 불편했는지 고릴라처럼 주먹으로 자기 가슴을 치기 시작했다.

아버지는 아랑곳하지 않고 더 크게 말했다.

"절대로 현실에 안주하지 않고, 항상 발전하고 더 나아지기 위해 끊임없이 노력할 것이다. 석기도 기존의 뗀석기에서 간석기로 바꾸게 될 것이고……."

그 말에 윌버가 함성을 지르며 들고 있던 주먹도끼 두 개를 서로 부딪쳤다.

딱! 딱! 딱!

"사냥터에서 쓰는 무기의 성능을 계속 개선할 것이며……."

그러자 이번에는 오스왈드 형이 창으로 바닥을 강하게 내리치며 탁탁 소리를 냈다.

"집에서 쓰는 가정용품도 개량하여 여자들이 힘든 가사노동에서 벗어날 수 있도록 할 것이며⋯⋯."

이번에는 어머니가 아버지를 보고 싱긋 웃으며 아기들에게 젖니를 빼는 법을 알려줄 때 쓰는 작은 뼈를 손가락 사이에 끼우고 딸깍거리는 소리를 냈다.

"예술을 더욱 발전시키고 자연을 관찰하며 꾸준히 탐구할 것이다."

이번에는 알렉산더가 숫양의 뿔을 입으로 불어서 뿔피리 소리를 냈다.

"그리고 공허한 논쟁만 일삼으며 지금까지 이 위대한 과업에 전혀 도움을 준 적이 없는 사람들도 앞으로는 더 분발해서 자기 재능을 발휘하도록 하자!"

나는 그런 사람을 비아냥거리듯 휘파람을 휘휘 불어댔다.

어느 순간, 저마다 내는 소음이 너무 커서 아버지의 말이 잘 들리지 않았다. 바냐 삼촌은 일정한 박자에 맞춰 가슴을 두드렸고, 다른 이들도 제각기 뭔가를 잡고 흔들거나 두드려 소리를 냈다.

그때 아버지가 다시 목청을 높여 말했다.

"그래, 바로 그거야! 계속해! 이거 흥미진진한걸! 오스왈드야, 더 빠르게! 어니스트야, 멈추지 말고! 형은 더 세게 두드리고! 윌버, 너는 좀 느리게! 알렉산더야, 뿔피리를 불어! 여보, 당신은 캐스터네츠 소리를 내! 형, 이번에는 박자를 좀 더 빠르게!"

아버지는 어느새 막대기를 쥐고 우리를 한 명씩 가리키며 지휘를 하기 시작했다. 아버지는 한 손으로는 소리를 높이라고 신호를 주고, 다른 손으로는 박자를 늦추라고 지시했다. 그러자 그저 소음에 불과했던 시끄러운 소리들이 조금씩 형태를 갖추며 흥겨운 연주로 변해갔다.

이제는 다른 사람들도 흥을 즐겼다. 자리에서 일어난 여자들이 리듬에 맞춰 손뼉을 치고 발을 구르며 신나게 몸을 흔들어댔다.

"계속해, 계속!"

여자들이 춤을 추며 불빛 속으로 들어오자 아버지가 큰소리로 외쳤다.

"좋아, 박자를 유지해! 약간 빠르게! 아주 빠르게! 형! 여보! 윌버! 셋은 더 흥겹게!"

저 아래 숲속에서는 사자들이 못마땅한 듯 으르렁거렸고, 늪지에서는 코끼리들이 짜증스럽게 코로 나팔 소리를 냈다. 밀림에서는 하이에나들이 일제히 짖어대기 시작했다.

우리가 이 땅에서 살아갈 날은 그리 많지 않을지도 모른다. 아직도 인구수는 너무 적고, 약육강식의 생존 경쟁은 냉혹하기 그지없다. 게다가 구석기시대가 끝나려면 한참 멀었다. 그런데도 우리는 모든 걸 잊은 채 신나게 춤을 췄다.

거의 무아지경으로 춤을 추자 얼굴과 겨드랑이에서 땀이 비 오듯 흘러내렸다. 바냐 삼촌은 하도 가슴을 두드려서 가슴에 퍼렇게 멍이 들었고, 아버지는 목이 쉬어서 쉿소리를 냈다. 하지만 여자들은 아직도 불빛 앞에서 앞뒤로 몸을 흔들며 환호성을 지르고, 제자리에서 빙글빙글 돌며 춤을 추었다. 아, 최초로 추는 춤! 그때의 그 강렬함이란!

하지만 춤은 갑작스럽게 끝났다. 예닐곱 명의 거대한 몸뚱이들이 느닷없이 동굴로 뛰어 들어와 여자들을 덮친 것이다. 여자들은 비명을 지르며 팔다리를 버둥거렸지만, 침입자들은 먹이를 낚아채는 독수리처럼 순식간에 그들을 들쳐메고 달아나버렸다.

엘시와 앤, 도라, 엘리스가 그렇게 어둠 속으로 사라졌고, 아줌마 몇 명도 잡혀갔다. 나는 휘파람을 부느라 조금 숨이 찼지만 그들을 추격하려고 재빨리 달려나갔다. 하지만 그리젤다가 발을 거는 바람에 그만 앞으로 고꾸라져 머리를 쿵 찧었다. 오스왈드 형은 번개 같은 솜씨로 그들에게 창을 던졌지만 아쉽게도 빗나가고 말았다. 윌버와 알렉산더는 어쩔 줄 모르고 멍하니 서 있었다. 밀드레드 숙모는 굴속으로 도망가는 토끼처럼 바냐 삼촌의 품으로 뛰어들었다. 아버지는 금방이라도 음악 연주를 다시 시작할 듯 지휘봉을 든 채 무심하게 구경만 하고 있었다. 우리는 눈앞에서 여동생들을 빼앗겼다.

나는 머리가 얼얼했지만 서둘러 형제들과 함께 그들을 추격하려고 나섰다.

"우리 오빠들이니까 그냥 가게 내버려 둬."

그리젤다가 말했다.

"데려온 사람이 있으면 떠나는 사람도 있는 법이지."

아버지가 말했다.

"여보, 드디어 딸아이들이 우리 품을 떠났어. 울지마. 저 애들은 요리 솜씨가 좋아서 새 가족들에게 사랑받는 아내가 될 거야. 아쉽지만 세상일이 다 그런 거 아니겠어?"

그 순간 갑자기 머릿속에 떠오르는 게 있었다. 나는 아버지와 그리젤다를 번갈아 쳐다보았다. 그랬다. 이런 계획을 짜려고 요즘 이 두 사람과 엘시가 줄곧 붙어다녔던 것이다! 아, 세상에 이렇게 배신감을 느낀 적이 또 있었던가!

"다 당신들이 짜고 벌인 일이지!"

나는 화가 나서 큰소리로 따졌다.

"오, 그게 아니란다, 애야."

아버지가 말했다.

"그냥 자연의 흐름에 맡긴 거지. 난 중간에서 살짝 다리만 놓아줬을 뿐이란다."

"그렇지만 난 안 데리고 갔다고!"

팜 아줌마가 울부짖으며 외쳤다.

"매기하고 안젤라하고 넬리도 데려갔으면서 왜 나만 버리고 간 거야!"

다시 보니 과부 아줌마 중 남아 있는 사람은 팜 아줌마밖에 없었다.

"괜찮아요. 아직 멀리 가지는 못했을 거야."

아버지가 말했다.

그 말이 끝나기도 전에 팜 아줌마는 긴 머리를 휘날리며 어둠 속으로 달려나갔다.

"나도 데리고 가요!"

아줌마가 필사적으로 소리를 질렀다. 그 소리는 밀림 속에서 점점 작아지더니 나중에는 아주 희미하게 들렸다.

"나도 데리고 가!"

17

그런 일이 있고 며칠이 지난 어느 날 오후에 아버지가 월버와 함께 동굴로 뛰어 들어왔다.

"드디어 해냈다!"

아버지가 기쁨에 겨운 목소리로 외쳤다.

"만세! 만세! 우리가 해냈다고!"

"뭘 해냈는데요?"

나를 제외한 모두가 일제히 물었다.

나는 체념한 목소리로 말했다.

"이번엔 또 무슨 짓을 하신 거예요?"

"궁금하면 와서 봐라."

아버지가 말했다.

"월버야, 말하지 마라. 이런 건 직접 봐야 하거든. 자자, 어서들 나오너라. 놓치기에는 너무 아까운 구경거리니까!"

우리는 우르르 몰려나가 아버지와 윌버를 따라 우거진 수풀로 들어갔다. 얼마쯤 걷다가 우리는 눈앞에 보이는 작은 언덕 위로 올라갔다.

"짜잔! 바로 저거야!"

아버지가 자랑스럽게 말했다.

언덕 밑에서 연기가 길게 피어오르고 있었다. 귀 기울여 자세히 들어보니 불이 타닥타닥 타는 소리가 들렸다.

"여기에도 불이 있었네요."

우리가 말했다.

"저건 우리가 직접 만든 불이다."

아버지가 한껏 뿌듯해하며 말했다.

"아니, 그 사이에 화산에 또 올라갔다 온 거야?"

어머니가 물었다.

"오늘 아침에 집에서 나갔잖아? 진짜 빠르네, 당신."

"아니, 화산에는 안 갔어."

아버지가 말했다.

"그 망할 놈의 화산에는 앞으로도 절대 갈 일이 없을 거야. 왜 냐면 불을 만들었거든! 아무것도 없는 상태에서 순수하게 창조 했다고. 뭐, 사실은 부싯돌의 도움을 받긴 했지. 지난번에 윌버가 가져왔던 붉은 돌 기억나지? 그게 아주 엄청난 물건이야. 그걸 우 리가 가진 부싯돌로 때리면 불꽃이 많이 튀거든! 일반 부싯돌하고 비교할 수 없을 정도로 말이야. 문제는 그 불꽃을 어떻게 잡느냐였는데, 여러 가지 방법을 시도하던 중 드디어 오늘 아침에 답을 찾았어. 바로 마른 나뭇잎 몇 개를 손에 놓고 가볍게 빻아서 가루로 만드는 거야! 대충 감이 오지? 처음 마른 잎에 불이 붙으면 그 다음에는 마른 가지를 놓고, 또 그 다음에는 장작을 놔서 불을 키우는 거야. 물론 처음에는 불씨가 워낙 작으니까 거기에 입김을 후후 불어서 불을 잘 살려야 해."

무슨 말인지 바로 이해할 수 있었다. 나는 고개를 끄덕이며 수긍했다.

"정말 대단한 발상이네요."

"이제는 어디를 가도 우리 맘대로 불을 피울 수 있다."

아버지가 기쁜 얼굴로 말했다.

"불이 필요할 때 이 빨간색 돌과 부싯돌만 있으면 얼마든지 만들어낼 수 있다고. 정말 엄청난 가능성을 가진 신기술을 발견한 거야."

"어? 저 불, 점점 커지는 것 같은데요?"

내가 말했다.

"괜찮아. 일부러 작은 불을 피웠거든."

아버지가 말했다.

"좀 있으면 알아서 꺼질 거야. 어차피 원하면 언제든 다시 만들 수 있으니까 상관없어. 월버야, 이제 여기서 시연을 한번 해보자꾸나. 지금은 아주 건조해서 불을 붙이기가 좋겠어."

"불을 새로 피울 거면 먼저 저 불이 꺼진 다음에 해야 하지 않을까요?"

내가 말했다.

하지만 이상하게 불은 꺼질 기미가 보이지 않았다. 꺼지기는커녕 아버지가 말하는 사이에도 엄청나게 커졌다. 이제는 불에서 쏟아져나오는 연기가 구름처럼 자욱해져서 언덕 위로 마구 올라오기 시작했다. 아이들은 콜록콜록 기침을 해댔다. 언덕 아래 초원에서는 짐승들이 울부짖는 소리가 들려왔다.

"이상하다. 금방 꺼질 줄 알았는데."

아버지가 불안한 어조로 말했다.

"우리가 너희를 데려오는 동안 불을 유지하려고 고작 통나무 몇 개를 두었을 뿐인데 왜 저러지?"

"고작 통나무 몇 개라고요?"

형이 말했다.

"지금 상황이 저렇게 됐는데요?"

불이 언덕 중반에 이르자 그곳에 있던 가시덤불이 순식간에 불길에 휩싸였다. 이내 바람이 거세지면서 불똥이 우리 머리 위까지 날아왔다.

"이러면 곤란한데."

아버지가 입술을 깨물며 말했다.

그때 아버지 발밑에 있는 마른 풀에 갑자기 불이 붙었다.

"진짜 곤란해."

아버지가 황급히 뒤로 물러나며 말했다.

"아무래도 집으로 돌아가는 게 좋겠다. 일단 가면서 불을 막을 방법을 생각해보지."

"뭐라고요? 생각해본다고요?"

내가 폭발해서 말했다.

"어느 세월에 생각을 한다는 거예요! 벌써 사방이 다 불길에 둘러싸였는데!"

여자들이 시끄럽게 떠들며 동요하기 시작했다. 이제 언덕 대부분이 불바다가 되었고, 맹렬한 불길은 꼭대기로 빠르게 치솟고 있었다. 주변의 초원 전체가 불타오르는 듯 계속 불의 경계선이 확장되고 있었다.

"저쪽에 빠져나갈 틈이 있다!"

오스왈드 형이 어린애 하나를 어깨 위로 올리며 말했다.

"각자 아이들을 데리고 죽기 살기로 뛰어!"

우리는 다함께 비탈길을 뛰어 내려갔다. 다행히 빈틈이 닫히기 전에 통과할 수 있었다. 하지만 그곳의 주변 공기는 이미 무척 뜨거웠고 나무들이 타오르는 소리도 요란했다. 연기가 어찌나 자욱한지 햇빛이 가려질 정도였다. 점차 숨쉬기가 힘들어졌고, 어느 쪽에서 불길이 다가오는지 분간하기도 어려웠다. 검은 연기 속에서는 계속 불꽃이 혓바닥을 날름거렸다. 발밑에서도 작은 불이 일어나는 바람에 우리의 발과 다리는 어느새 물집투성이로 변해 버렸다.

"저쪽 동굴로 가자!"

아버지가 외쳤다.

"거기 있으면 안전할 거야."

우리는 공포에 질려 울먹이는 아이들을 데리고 달리기 시작했다. 하지만 어느새 퇴로가 막히고 말았다. 불이 번지는 속도가 너무 빨랐던 것이다.

"늦었어요, 아버지."

형이 소리쳤다.

"이젠 못 지나가요. 다른 길로 가야 해요!"

그 순간 아버지의 표정이 어두워졌다. 유일하게 갈 수 있는 길목에는 동굴이나 강처럼 불이 번지는 것을 막아줄 그 어떤 방어막도 없었다. 만약에 불이 저곳까지 따라오면 우리는 모두 통구이가 될 판이었다. 하지만 이제는 선택의 여지가 없었다.

"서로 떨어지지 말고 붙어 있어!"

아버지가 외쳤다.

"오스왈드야, 네가 앞장서라. 나는 뒤에서 여자들을 몰고 갈 테니."

아버지는 대나무숲에서 나뭇가지를 꺾어 가장 뒤처져 있는 페트로넬라의 등을 쿡쿡 찔렀다.

"계속 가, 어서!"

"더 이상은 못 가요."

페트로넬라가 헐떡거렸다.

"전 이제 틀렸어요."

"아니, 할 수 있어."

아버지가 소리쳤다.

"어서 가라니까!"

페트로넬라는 비틀거리며 앞으로 나아갔다. 그때 이미 아기 둘을 메고 있던 알렉산더가 재빨리 다가와 페트로넬라를 부축했다. 아버지는 대열 뒤에 뒤처져 허둥거리는 사람들을 막대기로 사정없이 후려쳤다.

그런데 놀랍게도 우리만 불에 갇혀 있는 게 아니었다. 주변 덤불에서 사슴과 영양, 얼룩말, 흑멧돼지 몇 마리가 나와 바로 우리 옆으로 왔다. 그들은 눈을 휘둥그레 뜬 채 겁에 질려 있었다. 기린 몇 마리는 우리를 앞서 달리며 오스왈드 형의 정찰을 도왔지만, 대다수 동물들은 우리를 의지하기로 작정한 듯 옆에 딱 붙어서 이동하고 있었다.

그때 내 옆에서 누군가 숨을 헐떡이며 다가오는 소리가 들렸다. 돌아보니 젊은 암사자 한 마리가 갓 태어난 새끼를 입에 물고 있었다. 그 녀석은 새끼를 내 발밑에 내려놓고 애처로운 눈빛으로 나를 올려다보더니 다시 불 속으로 뛰어 들어갔다. 그러고는 이내 또 다른 새끼를 물고 왔는데 오가는 동안 암사자의 털은 까맣게 그을리고 말았다. 암사자는 이런 식으로 새끼 두 마리를 번갈아 옮기면서 우리를 따라왔다. 자기 바로 옆에 땀을 뻘뻘 흘리는 사슴이 있는데도 눈길 한번 주지 않았다.

이어서 새끼 한 마리를 입에 문 치타가 우리를 따라왔고, 그 다음에는 새끼들을 등에 업은 개코원숭이 가족이 피난 행렬에 동참했다.

마지막으로 수관樹冠에 불이 붙은 거대한 바오바브나무에서 누군가 쿵 소리를 내며 뛰어내렸다. 바냐 삼촌이었다.

"그러게 내가 뭐랬냐!"

삼촌이 격분해서 고함을 질렀다.

"세상의 종말이 왔잖아! 넌 대형사고를 친 거라고!"

"형, 일단 형수님부터 챙겨."

아버지가 말했다.

"진짜 필요할 때 딱 맞춰 왔네."

이때부터 바냐 삼촌은 밀드레드 숙모를 챙기느라 정신이 없었다.

한동안은 불에서 충분히 멀어진 것 같았다. 얼마 후 눈앞에 바위투성이 골짜기가 나타나자 우리는 일제히 그리로 달려갔다. 골짜기의 반대쪽에는 넓은 초지가 펼쳐져 있었는데, 만약 불이 거기까지 온다면 모든 게 끝장이었다. 주변의 동물들도 더는 도망칠 곳을 찾지 못해 이 최후의 피난처로 미친 듯이 몰려들고 있었다. 뱀들조차도 잔뜩 겁에 질려 급하게 풀숲을 헤치고 다녔다. 하늘 위로 떼 지어 날아다니는 새들만 유일하게 안전해 보였다. 솔개 같은 맹금류들은 혼란에 빠진 뱀이나 작은 동물들을 손쉽게 낚아채며 이번 사태에서 톡톡히 이득을 챙겼다. 우리는 너무 지쳐서 움직일 힘조차 없었다. 설사 움직인다 해도 이제는 아무런 소용이 없다는 걸 알았다. 왜냐면 우리보다 먼저 달려가던 기린들이 눈앞의 초원이 불길에 휩싸이는 걸 보고 다시 달음박질쳐서 돌아왔기 때문이다. 우리는 완전히 불에 포위되고 말았다.

나는 골짜기의 바위로 기어 올라갔다. 온갖 동물들이 바위 위에 나란히 누운 채 숨을 헐떡거리고 있었다. 사자와 숫사슴, 표범과 개코원숭이, 그리고 하이에나와 영양이 함께 누워서 지평선 너머로 불이 타오르는 걸 멍하니 바라보고 있었다. 불길은 두 개의 긴 뿔처럼 멀리까지 뻗어 있었는데, 두 뿔이 서로 만나는 건 이제 시간문제였다. 설상가상으로 풍향이 우리 쪽으로 약간 쏠리는 바람에 불길도 골짜기를 향해 점점 다가오고 있었다. 골짜기 입구로 빠져나가는 길은 용광로처럼 불타는 숲에 의해 완전히 막혀버렸고, 출구 쪽으로도 인접한 초원의 불길이 거세게 밀려오고 있었다.

"이젠 다 틀렸어요!"

내가 아버지에게 소리쳤다.

"빠져나갈 길도 안 보이는 데다 불이 점점 이쪽으로 오고 있다고요!"

"여기까지 오는 데 얼마나 걸릴 것 같아?"

아버지가 물었다.

"길어 봐야 30분이에요."

내가 말했다.

"그럼 일단 여기로 내려와서 날 좀 도와줘!"

아버지가 외쳤다.

아버지 쪽으로 달려가 보니 아버지는 날카로운 목소리로 사람들에게 명령을 내리고 있었다.

"아이들은 바위 옆에 숨어 있으라고 해. 그리고 너희 중 반은 윌버를 따라가고 나머지 반은 날 따라와."

아버지와 윌버는 서로 반대 방향으로 뛰어갔다.

나는 쏜살같이 아버지를 따라갔다. 아버지가 쭈그려 앉은 채 부싯돌로 마른 풀에 불을 붙이려는 걸 보고 나는 깜짝 놀라 뒤로 나자빠질 뻔했다.

"아니, 아버지 미쳤어요?"

내가 고함을 질렀다.

"주변 풀을 미리 태워버려 큰불이 건너오는 걸 막으려는 거야!"

아버지가 소리쳤다.

"월버와 내가 풀밭 여기저기에 불을 지를 테니 방어선이 될 만큼 충분히 타면 너희들이 막대기로 두드려서 재빨리 불을 꺼. 이게 우리가 살 수 있는 유일한 방법이야!"

잠시 생각해보니 무슨 말인지 이해가 갔다. 나는 성실한 일개 미처럼 작업에 착수했다. 저 앞에서는 불과 연기의 거대한 장막이 수천 마리의 붉은 코뿔소처럼 우리를 향해 돌진해오고 있었다. 처음에는 풀밭에 놓은 불이 답답할 정도로 번져나가지 않았다. 하지만 결국 적당한 크기의 불이 주변 풀을 활활 태우기 시작했고 우리는 기다렸다는 듯이 막대기로 두들겨 불을 껐다. 그러자 얼마 후 여자들과 아이들과 공포에 떠는 동물들이 모여 있는 우리의 피난처 주위로 검은 테두리 모양의 안전 방화 지역이 만들어졌다.

우리는 제시간에 작업을 마쳤고, 눈앞에서 거대한 불기둥이 우리를 덮쳐오는 것을 보며 황급히 후퇴했다. 곧이어 주변에 엄청난 열기가 느껴지자 우리는 이미 뜨겁게 달궈진 바위에 몸을 기댔다. 거대한 연기구름이 사방에 자욱하게 깔려 아무것도 보이지 않았다. 우리는 미친 듯이 풀잎을 뜯어내 아이들의 눈과 입을 가렸다. 불씨들이 날아다니며 살갗을 따갑게 쏘아댔고, 동물들은 고통에 몸부림치며 울부짖었다.

다행히 연기구름은 지나갔다. 우리가 있던 골짜기 주위를 돌아 원래 불이 났던 밀림 쪽으로 돌아간 것이다. 연기가 점차 걷히자

숨쉬기가 조금 편해졌다. 우리 일행과 동물들은 마치 약속이나 한 듯 심한 갈증을 느꼈다. 우리는 주변의 뜨거운 불씨와 잿더미를 밟으며 가장 인접한 강가로 향했다. 그러는 동안에도 동물들은 자기 새끼들을 챙기느라 바빠 서로를 공격하지 않았다. 그렇게 우리는 비틀거리며 물가로 나아갔다.

물가의 악어들은 갑자기 너무 많은 동물들이 몰려오자 당황한 것 같았다. 그들은 여태껏 본 적 없는 대규모 짐승 떼가 일제히 물에 뛰어들어 첨벙거리자 슬며시 꽁무니를 뺐다. 동물들은 안전한 물가에서 실컷 물을 마셔 갈증을 해소하고 화상도 어느 정도 가라앉혔다. 그러고 나서야 비로소 서로의 얼굴을 쳐다보았다.

다음 순간, 동물들은 순식간에 사방으로 흩어져 버렸다. 유일하게 남은 동물은 윌리엄의 품에 안긴 길 잃은 새끼사슴뿐이었다.

"자, 어떠냐!"

아버지가 의기양양하게 말했다.

"정말 엄청난 발명이라는 걸 분명히 알겠지? 만약에 윌버와 내가 원하는 때에 자유자재로 불을 피울 수 없었다면 어떻게 되었을까? 아마 너희들은 지금쯤 모두 숯불구이가 되었을 거다."

바냐 삼촌은 기가 막힌 듯 한마디 하려고 했지만, 도저히 할 말이 떠오르지 않는지 체념하고 입을 다물어버렸다. 삼촌은 자포자기한 것처럼 하늘 높이 두 손을 쳐들고, 잿더미가 된 땅에 먼지구름을 일으키며 터벅터벅 걸어가버렸다. 나는 옆에 있는 그리젤다를 돌아보았다. 그리젤다는 눈썹과 머리카락이 거의 다 타고 온몸이 새까만 그을음투성이인 채 충혈된 눈으로 나를 쏘아보고 있었다.

"당신 아버지는 진짜 구제불능이야."

그리젤다가 투덜거리며 말했다.

18

동굴에 돌아오기까지는 오랜 시간이 걸렸다. 주변의 거의 모든 지역은 아직까지도 하얀 재로 뒤덮인 채 잔불 연기가 풀풀 피어오르고 있었다. 가족들은 다들 온몸 여기저기에 화상을 입었고 상처 자리마다 물집이 생겨 꽤 힘들어했다. 아이들은 돌아오는 내내 어른들의 등에 업혀 훌쩍거리며 칭얼거렸다.

그리젤다는 기분이 영 좋지 않아 보였다. 하지만 적어도 아버지가 위험할 정도로 급진적인 사람이라는 건 제대로 알아챈 것 같았다. 나는 이것만으로도 충분한 수확이라고 보고 그리젤다에게 내가 생각한 꿈의 의미에 대해 말해주면서 되도록 기분을 풀어주었다. 나는 꿈이 우리의 육체가 잠에 빠졌을 때 잠시 방문하는 또 다른 세상이고, 나중에 죽으면 그 세상으로 영영 떠나가게 되는 것 같다고 말했다.

"꼭 철학자 같은 말을 하네."

우리가 지나가고 있던 물웅덩이에 비친 자기 모습을 우울하게 바라보며 그리젤다가 말했다.

"타버린 이쪽 부분 머리가 다시 자랄까? 아니면 나머지 머리도 다 빠져서 평생 대머리로 살아야 할까?"

사실상 아버지를 제외한 우리 모두는 기분이 영 언짢은 상태였다. 그러거나 말거나 아버지는 흥미로워 죽겠다는 듯 잿더미 사이를 막대기로 쑤시며 이리저리 돌아다니고 있었다. 그러다가 불에 타 통구이가 된 뱀과 다람쥐, 너구리, 심지어 사슴을 발견하면 우리에게 넉넉히 나누어주며 즐거워했다.

"이런 공짜 밥은 날마다 얻어먹을 수 있는 게 아니지."

하지만 우리는 너무 지쳐서 밥을 먹을 기분이 아니었다.

우리가 동굴에 도착했을 때 역시나 불은 이미 꺼져 있었다. 아버지는 불타버린 숲에서 마른 풀과 잎사귀, 숯 조각 몇 개를 가져왔다. 그러고는 부싯돌과 철광석을 들고 손을 바삐 움직이더니 금세 다시 불을 피워냈다.

"자, 이것 보거라."

아버지가 의기양양하게 말했다.

"비록 꽤나 힘들고 위험한 경험을 했지만 그게 얼마나 가치 있는 일이었는지 이제 알겠지? 시간과 장소를 가리지 않고 자유자재로 불을 피울 수 있다는 건 정말 대단한 거다. 이 부싯돌보다 더 좋은 도구는 쉽게 나오지 않을 거야. 나온다 해도 아마 시간이 엄청 많이 걸릴 거다.”

“흠.”

오스왈드 형이 말했다.

“아무래도 아버지의 불 피우기 실험은 그렇게 대단한 가치가 있는 것 같지는 않아요. 졸지에 이사를 가게 생겼으니까요.”

“이사라고! 갑자기 이사는 왜?”

아버지가 소리 질렀다.

“이사를 한다고?”

어머니도 놀라서 말했다.

“듣기만 해도 당황스럽구나. 그런 얘기는 두 번 다시 꺼내지도 마라.”

“뭐, 뭐, 이사?”

밀드레드 숙모도 외쳤다.

“안 돼, 안 돼, 난 여기서 한 발짝도 못 움직여.”

“어쨌든 우리는 이사를 가야 돼요.”

형이 말했다.

“다들 잊으셨나 본데, 아버지가 한 실험 때문에 숲은 물론이고 동서남북 수백 리에 걸친 지역의 풀들이 몽땅 타버렸다고요. 풀이 없으면 사냥할 동물도 없고, 사냥할 동물이 없으면 밥을 굶어야 해요. 쉽게 말해 지금 우리가 딱 그런 상황이라고요.”

“내일 새로운 목초지와 숲이 있는 곳으로 이사합시다.”

내가 담담한 어조로 말했다.

"내일이라고요!"

여자애들이 비명을 질렀다.

"말도 안 돼. 지금 농담하는 거죠?"

"이사를 하게 되면 이 동굴과도 작별하는 거네."

어머니가 아버지를 돌아보며 무겁게 말했다.

"걱정 마, 여보. 내가 다른 동굴을 찾아줄게."

아버지가 말했다.

"어차피 우리 애들도 각자 가정을 꾸려야 할 텐데 이 동굴은 모두를 수용하기에는 좁잖아. 안 그래?"

아버지는 점점 신이 나서 말했다.

"우리에게 필요한 건 한 개의 동굴이 아니라 한 곳에 서로 붙어 있는 여러 개의 동굴이야. 쉽게 말해 연립 동굴 같은 거지. 석회암 지대로 가면 금방 찾을 수 있을 거야. 어떻게 생각하니, 윌버야?"

"어, 제 생각에는……."

윌버가 막 대답하려는데 오스왈드 형이 끼어들었다.

"우리에게 필요한 곳은요."

형이 말했다.

"충분히 넓은 사냥터가 있는 곳이에요. 이제는 저희도 식구가 점점 늘어날 테니 그만큼 식량이 더 많이 필요하다고요. 그러니까 괜히 뜬구름 잡는 소리 하지 마세요. 우리는 사냥감을 찾아가는 거지 연립 동굴인지 뭔지를 찾아가는 게 아니에요. 일단은 사냥이 최우선이라고요."

"오스왈드 말이 맞아요."

그리젤다가 말했다.

"그런데 그건 그렇고, 나를 포함한 여자들은 이제 곧 아기를 낳을 거야. 당신이 말한 넓은 사냥터가 있는 곳까지 가려면 얼마나 가야 하는 거야?"

"나도 모르지, 이 바보야."

형이 짜증을 내며 말했다.

"내가 그걸 어떻게 알아? 당장 내일부터 돌아다니면서 찾아보는 방법밖에 없어."

"그럼 며칠이나 돌아다녀야 하는데?"

그리젤다가 끈질기게 물었다.

"나도 모른다니까. 열흘 만에 찾을 수도 있고, 한 달이 걸릴 수도 있고, 재수 없으면 3개월 넘게 돌아다닐 수도 있겠지. 그래서 뭐?"

"그러면 아기는 어디서 낳아?"

"어디서는 뭘 어디서야! 덤불 속에서 낳은 다음에 이동할 때는 노련한 엄마처럼 등에 업고 다니면 되지. 그러니까 이제 바보 같은 질문은 그만해!"

클레멘타나가 울먹이며 말했다.

"그치만 여보, 나는 이 동굴에 살면서 아기를 낳고 싶었는걸. 여기는 조개무지도 있고 물가도 가까워서 정말 편하단 말이야. 그냥 여기서 계속 살면 안 돼?"

"조용히 해!"

형이 버럭 소리를 질렀다.

"이곳을 떠날 거니까 더 이상 이러쿵저러쿵하지 마. 애초에 이렇게 된 게 누구 잘못인데? 우간다 초원의 절반을 내가 태워 먹기라도 했냐, 응?"

"솔직히 여보."

어머니가 말을 꺼냈다.

"내가 봐도 당신은 며느리들에 대한 배려가 부족한 것 같아. 저 애들은 다들 임신했는데 이번 사태를 겪고도 무사한 게 정말 기적이라고. 그런데 어떻게 이런 상황에서 밖으로 내몰아서 고생시킬 수 있어?"

아버지와 어머니가 말다툼하는 건 드문 일이었다. 생각해보니 아버지는 어머니를 때린 적도 거의 없었다. 그렇지만 이 말을 듣자 아버지도 참을 수 없는지 버럭 화를 냈다.

"이봐, 밀리센트!"

아버지가 고함을 질렀다.

"누가 들으면 내가 가족들을 나 몰라라 하고 살아온 엉터리 가장인 줄 알겠군. 내가 그 애들을 배려하지 않을 리가 없잖아! 부싯돌로 불을 피우는 게 며느리들이나 우리 손자들에게 아무 쓸모가 없을 것 같아? 왜, 그냥 예전처럼 불이 꺼질 때마다 화산에 올라가서 구해오라고 하지? 임산부 건강에 퍽이나 좋을 테니 말이야. 그리고 만약에 화산이 멈추기라도 하면 어쩔 거야, 응? 너희들은 그럴 가능성도 전혀 생각 안 해봤지? 그래, 화산의 불은 크니까 한동안 꺼지지는 않겠지. 그렇지만 그것도 언젠가는 다른 불처럼 다 타서 꺼져버린다고. 윌버와 내가 이런 대접을 받으려고 이 고생을……."

"알았어, 여보."

어머니가 말했다.

"그런데……."

"이 고생을 해가면서 말이야."

아버지가 계속 말을 이었다.

"불을 최대한 개량하려고 얼마나 노력을 했는지……."

"알았다니까. 그런데 저 애들은 저런 상태로는 절대로 장거리 여행을 할 수 없어."

"뭐? 장거리 여행?"

아버지가 다시 언성을 높였다.

"어차피 여행하면서 위험할 일도 없는데 무슨 상관이야. 물론 예전에는 여행하는 게 쉽지 않았지. 사자나 표범한테 쫓기는 경우도 많았고, 먹을 걸 구하기도 어려운데다 잠도 나무에서만 자야 했으니까. 그런데 이제는 그럴 필요가 없어. 중간에 멈춰서 쉴 때마다 불을 피워두면 되거든. 그러면 맹수들도 쉽게 접근하지 못하지. 중간에 비를 맞아도 불을 쬐면 금방 말릴 수 있고. 그뿐이냐? 사냥하기 전에 창끝을 벼릴 수도 있잖아? 한 손에는 창을, 다른 손에는 횃불을 들고 사냥감을 쫓아갈 수도 있다고. 그리고 또……."

"사냥터 전체를 불태워버리는 것도 가능하죠."

내가 은근히 비꼬는 투로 말했다.

"불을 즉석에서 피울 수 있다는 건 말이야."

아버지가 내 말을 무시하며 말했다.

"우리 인류를 만물의 영장으로 승격시킬 만큼 엄청난 능력이야. 인류는 불과 석기로 무장하고 세계 지배를 향해 나아가고 있고, 우리 가족은 그 흐름의 선두에 있어! 그런데 당신은 당장 눈앞의 며느리들 얘기만 한단 말이지! 난 말이야, 우리가 상상한 것 이상으로 살기 좋은 세상에 태어날 우리 후손들을 생각하고 있어. 이렇게 미래를 위해 열심히 살고 있는데, 당신은 고작 동굴에서 떠나는 것 때문에 투덜거리는 거야? 그 망할 놈의 풀은 몇 년이면 다시 자란다고. 언젠간 지구상의 모든 인류가 저마다 동굴을 가지고, 거기서 불을 피우고 고기를 구우면서 편히 쉴 수 있는 날이 올 거야. 그때쯤 되면 여행도 지역민들의 환대를 받으며 한 지역에서 다른 지역으로 이동하는 즐거운 경험이 되겠지……."

아버지가 이렇게 본인만의 구석기 유토피아에 대해 떠들고 있을 때, 나는 아버지의 발언에 심각한 문제가 있음을 눈치챘다. 윌버와 알렉산더, 그리고 여자애들은 바보같이 아버지의 그럴싸한 말에 홀랑 넘어가 넋을 잃고 있었다. 평소에 눈치가 빠른 오스왈드 형조차도 아버지의 말이 뭐가 잘못되었는지 잘 모르는 것 같았다. 나는 말할 기회가 생기자마자 비판적인 어조로 아버지의 말에 끼어들었다.

"아니 아버지, 그렇다면 불을 만드는 비법을 이 세상 모든 사람에게 알려줄 거라는 말인가요?"

아버지가 날 쳐다보며 말했다.

"그야 당연하지. 그런 건 왜 묻는 거야?"

나는 대답하기 전에 잠시 뜸을 들였다. 그러고 나서 입술을 깨물며 조용히 말했다.

"우리 부족의 비법을 우리가 알지도 못하는 인간들에게 부당하게 공개하려는 아버지 계획에 결사반대하기 위해서죠."

그 순간 고요한 침묵이 흘렀다. 다행히 나머지 사람들도 내 말을 알아듣고 충격에 휩싸인 것 같았다.

아버지는 주위를 돌아보고 천천히 말을 꺼냈다.

"오호라, 내 말에 반대한다고? 왜 그런지 그 이유나 좀 들어보자."

"이유야 충분하죠."

내가 단호하게 말했다.

"아마 다른 분들도 제 말을 들으면 동조하지 않을 수 없을걸요. 일단, 그 비법은 우리가 공개하기로 결정하기 전까지는 '우리 거'예요.

아버지는 이미 한 번 우리가 불의 사용을 완전히 독점할 기회를 날려버렸어요. 그때는 제가 너무 어려서 아버지가 화산에서 불을 얻는 방법을 사람들에게 알려주는 걸 막지 못했고, 요즘 주변 지역 곳곳에서 연기가 피어오르는 거로 보아 저의 처가댁 식구들을 포함해서 사실상 모든 사람이 불을 쓴다는 걸 알 수 있죠.

그런데 그런 엄청난 걸 알려주었는데 우리 집 사정은 그때보다 별로 나아지지 않았어요. 아버지, 그 사람들한테 대가를 받으셨나요? 아니잖아요! 그냥 길바닥에 내버리듯이 공짜로 줘버렸잖아요! 이젠 저도 알 건 다 아는 나이예요. 그러니 앞으로는 아버지가 우리 가족의 공공 재산을 남들에게 거저 주는 걸 그냥 내버려두지 않을 거예요."

"무슨 말인지 알겠다."

아버지가 말했다.

"일정한 대가를 받고 불을 피우는 방법을 알려주라는 거지? 부싯돌과 철광석을 부딪치는 방법을 알려주는 데 얼룩말 여섯 마리, 불쏘시개로 무슨 재료를 쓰는지 알려주는 데 다시 얼룩말 여섯 마리, 그리고 마지막으로 작은 불을 크게 키우는 방법을 알려주는 데 또 얼룩말 여섯 마리, 이런 식으로 매번 수강료를 받으라는 거냐?"

"그게 도덕적으로 잘못된 건 아니잖아요."

내가 말했다.

"오히려 얻어가는 거에 비하면 엄청나게 저렴한 거죠. 하지만 저는 아직 비법을 팔기에는 이르다고 생각해요. 그깟 얼룩말 몇 마리쯤은 아무것도 아니에요. 불을 만드는 비법만 독점해버리면 엄청난 이득을 볼 수 있으니까요. 사람들은 우리가 자기들보다 우월하다는 걸 인정할 수밖에 없겠죠. 솔직히 이건 포기하기에는 너무 아까운 특권이에요. 전 미래를 내다보고 있는 거라고요. 불을 만드는 비법을 우리만 알고 있어야 남들에게 대접받을 수 있어요. 예를 들어 다른 사람들이 불을 피우고 싶으면 우리 가족 중누군가를 불러 불을 피워 달라고 부탁해야겠죠. 물론 정당한 대가를 치르고 말이에요."

"뭐가 어쩌고 어째!"

아버지는 얼굴이 붉으락푸르락해질 정도로 화를 냈다.

"그런 얘기는 듣기 싫으니 두 번 다시 꺼내지도 마라!"

"듣기 싫어도 들으셔야 해요."

나도 화가 나서 말했다.

"왜냐면 아버지만 이 일에 관련된 건 아니거든요. 후손들이 어떻게 될지 생각해보셨나요? 저뿐만 아니라 오스왈드 형이나 알렉산더의 자식들 생각도 해주서야죠! 월버, 네 자식들도 마찬가지야! 저는 뜬구름 잡는 소리를 하는 게 아니라 진지하게 후손들의 미래를 생각하고 있는 거예요. 그 아이들이 미래에 불 전문가가 될 수도 있는 절호의 기회라고요. 형, 혹시 오해할까 봐 말하는데 나는 직업으로 사냥이 별로라고 주장하는 건 아니야. 그러니까 내 말은, 우리 중 육체적으로 좀 불리한 사람은 다른 직업을 가질 수도 있다는 거지.”

“일리가 있는 말이군.”

형이 말했다.

“생각해보니 우리가 왜 다른 놈들에게 우리 비법을 아무런 대가도 없이 알려줘야 하는 거죠?”

“인류의 발전을 위해서지.”

아버지가 말했다.

“아직 인류가 되지 못한 녀석들에게는 진화의 원동력을 주기 위해서고. 그리고 또……”

“그건 궤변일 뿐이에요!”

내가 냉정하게 말했다.

“어니스트!”

어머니가 화를 냈다.

“어떻게 아버지한테 그런 심한 말을 할 수 있니?”

“아버지가 아버지답게 행동하시면 저도 아들답게 말을 할 겁니다."

내가 조용히 말했다.

"그런데 아버지가 그렇게 하고 있나요? 인류를 위한다느니 뭐니 하면서 우리가 출세할 기회를 내던지려고 하시잖아요?"

"네 아버지는 젊을 때부터 이상주의자였어. 그저 아버지의 성향일 뿐이야."

말은 그렇게 했지만 어머니도 내 말에 조금 흔들리고 있다는 것을 알 수 있었다.

"난 과학자야."

아버지가 조용히 말했다.

"과학자라면 모름지기 연구 결과를 전 인류, 그러니까 모든 지역에서 자연 현상을 연구하는 사람들에게 공개해야지. 그런 식으로 모두가 얻은 연구 결과들을 서로 공유하면서 하나의 거대한 지식의 집합체로 만들면 인류의 발전에 큰 도움이 될 거야."

"물론이죠, 아버지."

윌버가 말하자 아버지는 윌버에게 고맙다는 눈빛을 보냈다.

"저도 아버지의 원칙은 존중해요."

내가 말했다.

"진심으로요. 하지만 거기에 대해 짚고 넘어갈 게 두 가지 있어요. 첫 번째는, 우리가 단 한 번이라도 다른 '과학자'들에게 도움을 받은 적이 있었나요? 설사 그런 사람이 있었다고 해도, 아마 연구 결과를 공개하지 않고 자기들끼리만 쓰고 있을걸요. 그걸 얻어내려면 우리도 그것과 교환할 수 있는 뭔가를 가지고 있어야죠."

"그건 그래."

윌버는 시무룩하게 내 말에 동의했지만 아버지는 여전히 요지부동이었다.

"두 번째는요."

내가 계속해서 말했다.

"뭐 대단한 건 아니지만, 우리는 아직 우리의 기술에 대해 모르는 게 많다는 거예요. 그런데 벌써 대형사고까지 한 번 터졌죠. 인류를 위해 우리 기술을 공개한다 하더라도 일단은 그걸 안전하게 다루는 능력을 터득해야 하지 않을까요? 그래야 우리뿐만 아니라 그 사람들에게도 좋겠죠. 어제는 거의 숯불구이가 될 뻔했잖아요. 물론 아버지의 엄청난 창의력 덕분에 아슬아슬하게 목숨을 건지기는 했지만……."

"그걸 알아주니 고맙구나."

아버지가 중얼거렸다.

나는 천천히 말을 이어갔다.

"이런 사실을 잘 모르는 사람들에게 대형 참사가 날 수도 있는 기술을 가르쳐주는 게 과연 현명한 걸까요? 그리고 또 이런 기술을 원숭이보다 나을 게 없는 녀석들한테도 알려주는 게 정말

인류를 위한 걸까요? 겨우 한 번 산불이 난 것만으로도 이렇게 피해가 엄청난데, 여러 곳에서 동시다발적으로 불이 나면 어쩌려고요?"

형이 무릎을 탁 치며 말했다.

"백번 맞는 말이야! 생각만 해도 정말 끔찍하구만!"

이제 아버지는 완전히 궁지에 몰려버렸다. 가족들 모두가 내 편을 들기 시작한 것이다. 그리젤다는 나를 바라보며 열렬하게 박수를 쳤다. 심지어 어머니도 나를 두둔하며 말했다.

"여보, 내가 보기에는 어니스트도 정말 많은 생각을 한 것 같아. 그러니 우리가 충분히 자리 잡을 때까지는 비법 공개를 좀 미루는 게 어떨까?"

아버지는 어머니를 노려보고는 벌떡 일어나더니 말없이 나를 쳐다보았다. 나도 지지 않고 아버지를 쳐다보았다.

"흠."

아버지가 말했다.

"정말 그런 식으로 나오겠다는 거냐, 어니스트?"

"저는 제 생각대로 해나갈 겁니다!"

내가 말했다.

아버지는 잠시 나를 매섭게 쏘아보다가 애써 분노를 가라앉혔다. 그러고는 돌출된 눈썹 한쪽을 치켜들고 아버지 특유의 우스꽝스러운 표정을 지었다.

"그렇다면 네 뜻대로 해라."

아버지가 말했다.

아버지는 돌아서서 곧장 동굴 안으로 들어갔고, 몇 분 후에 어머니도 뒤따라갔다. 그날 밤에는 두 분이 소곤소곤 얘기하는 소리가 한참 동안 들려왔다.

19

나는 아버지의 기분이 어떨지 궁금해하며 기대 반 우려 반으로 하룻밤을 보냈다. 아직도 화가 안 풀렸을까? 아니면 이제 좀 누그러졌을까? 분명 어제보다는 가라앉았을 것이다. 약간 못마땅해 할 수는 있겠지만 적어도 심하게 화를 내지는 않겠지. 아버지가 어떤 반응을 보이든 간에 나는 계속 내 입장을 고수할 생각이었다. 나는 아버지에게 도전했고, 논쟁에서 이겼으며, 나머지 가족들을 내 편으로 만들어 아버지를 고립시켰다. 아버지는 머리가 좋고, 임기응변에 능하며, 엄청난 영향력을 가지고 있지만 그동안 가족들의 신뢰를 바탕으로 얻은 가장으로서의 권위에 너무 의존했다. 이번만큼은 우리도 아버지의 무책임한 방침에 따를 수 없었다. 나는 결심했다. 이번 일을 계기로 앞으로는 모든 게 달라질 것이다. 이제 아버지의 독재는 끝났다. 이제부터 중요한 사안들은 가족회의를 통해 결정할 것이다.

그리젤다는 내가 취한 입장을 극구 칭찬하면서 다른 가족들을 내 편으로 열심히 포섭했다. 그녀는 밤늦게까지 다른 여자들과 대화하며, 아버지가 이런 위험천만한 세상에 불 피우는 법을 공개해버리면 결국 자녀들이 큰 위험에 빠질 거라고 주장했다. 그러자 다른 여자들도 불 제조법을 엄격히 통제하는 데 전부 찬성하게 되었다.

"절대 외부에 공개하지 않을 거야."

그리젤다가 말했다.

"호노리아가 지금 윌버를 설득하고 있어. 윌버도 과학자라 아버님과 생각이 비슷하지. 내가 보기에 그 사람은 아버님 못지않게 영리해. 그렇지만 아버님만큼 완고하지는 않아서 훨씬 더 말이 잘 통하지. 윌버에게 부탁하면 분명 불을 안전하게 만드는 법을 곧 찾아낼 거고, 그러면 우리는 그때부터 본격적으로 그걸 상업화할 수 있을 거야. 굳이 아버님께 의존하지 않아도 얼마든지 할 수 있는 일이야."

그런데 놀랍게도 다음 날 아버지는 여전히 쾌활했고, 마치 어제 일은 아예 없었다는 듯이 행동했다. 아버지는 모두에게 기분 좋은 인사를 건넸고, 새로운 사냥터를 찾아 떠나는 장거리 원정 준비를 앞장서서 지휘했다. 아이들은 어른들이 교대로 업도록 지시했으며 언제나 오스왈드 형과 함께 행렬의 선두에 섰다. 형이 이동 방향을 정하면 아버지는 임산부와 아이들, 그리고 화상 입은 사람들의 다리 상태를 배려해 걷는 속도를 느리게 조율했다.

아버지는 일찌감치 야영 준비를 해야 한다며 신중하게 야영할 곳을 찾았다. 하지만 위험할 때 대피할 나무는 찾을 필요가 없다고 말했다. 어차피 나무들이 죄다 불타버려서 올라갈 수도 없었다. 아버지는 노출된 곳에서 야영해도 불만 있으면 맹수들이 우리를 덮치지 못할 거라고 했다. 그걸 실험하기 위해 야영지 주변에 원형으로 불을 피웠다. 사실 대다수 맹수들이 이미 초식동물들을 쫓아 다른 지역으로 가버렸기 때문에 별로 의미 있는 실험은 아니었다. 그래도 주변 늪지에서 우리를 노리는 듯한 맹수 몇 마리의 눈빛이 보였고, 으르렁거리며 냄새를 맡는 소리도 들렸지만 맹수들은 감히 우리에게 접근하지 못했다.

주변 지역은 이미 다 불타버렸고 여자들은 장시간 행군에 지쳐 먹을 것을 구하러 가지 못했다. 그 바람에 다들 허기진 상태였다. 우리는 그나마 주변에서 찾은 불에 탄 도마뱀과 악어알 몇 개로 배고픔을 달랬다. 모두가 맥 빠진 얼굴로 앉아 있자 아버지가 우스갯소리를 했다. 이어서 우는 아이들에게는 옛날이야기를 들려주었다.

"이런, 얘들아, 울지 마라."

아버지가 말했다.

"내가 재밌는 이야기를 해줄게. 옛날 옛적에 아주 커다란 사자 한 마리가 살았는데, 이 녀석은 사냥의 명수였단다. 살면서 한번도 사냥에 실패한 적이 없었고, 못 잡는 동물이 없을 정도로 힘 세고 날렵했지. 이 녀석은 워낙 사냥을 좋아해서 하루에 두세 마리쯤 잡는 건 일도 아니었단다. 그런데 사자는 다른 동물들이 자기 사냥 실력에 빌붙어 덕을 보는 걸 아주 싫어했어. 자기가 남긴 고기를 다른 사자들이 먹는 것도 싫어했는데, 하이에나와 독수리들까지 한입 얻어먹으려고 몰려들자 머리 끝까지 화가 났어. 물론 인간들도 싫어했어. 왜냐면 이때는 우리도 남이 사냥한 고기를 얻어먹는 처지였거든.

어느 날, 사자가 투덜대며 말했어.

'아니, 일은 내가 다 하는데 저놈들은 아무 도움도 안 주면서 숟가락을 얹고 있잖아? 앞으로는 저놈들에게 한입도 주지 않을 테다.'

그런데 사자가 원체 사냥을 많이 해서 매번 잡은 걸 혼자 먹기엔 너무 많았단다. 아무리 배가 큰 사자라도 절대 불가능한 양이었지. 처음에 사자는 얌체 같은 동물들을 모두 죽이려고 했지만, 그럴수록 처리해야 할 고기가 더 많아질 뿐이었어. 결국 고기를 독차지하려면 사자 혼자 다 먹는 수밖에 없었지. 그래서 사자는 그렇게 했단다. 배가 터질 듯이 불러도 계속 꾸역꾸역 먹었지. 머지않아 사자는 극심한 소화불량으로 고통 받았단다. 살도 엄청나게 쪄서 사는 게 너무 우울해졌지. 그런데 혼자 고기를 다 먹어버릴 때마다 빌붙으러 온 동물들이 보고 깜짝 놀라 당황하는 모습이 너무 재밌는 거야. 그래서 계속 그 짓을 하다가 건강이 나빠져서 오래 못 살고 결국 죽고 말았지. 죽었을 때 사자는 엄청나게 뚱뚱한 상태라 다른 동물들은 오랜만에 포식을 했단다. 그때만큼은 사자도 예전처럼 남들에게 고기를 나눠준 셈이 되었지."

"뭐 때문에 죽은 거예요?"

아이들이 물었다.

"극심한 지방간으로 간경화 상태였는데 우울증까지 겹쳐서 죽었단다."

아버지는 그렇게 말하고는 텅 빈 배 위에 두 손을 올려놓고 평화롭게 잠들어 모두에게 모범을 보였다.

여행하는 동안 아버지는 나와 그리젤다에게 유난히 친절했다. 아버지는 우리에게 어떻게 하면 불을 피울 수 있고, 어떤 종류의 암석을 써야 불이 잘 붙는지 알려주었다. 그러면서 사람은 언제 어떻게 죽을지 모르니 우리에게 유산으로 남길 만한 것은 올바른 교육밖에 없다고 했다.

"너희들도 나처럼 말이다."

아버지가 말했다.

"너희 후손들에게 지금보다 더 살기 좋은 환경을 물려줄 수 있도록 노력하거라. '남들이 나 대신 해주겠지' 하고 기대하지 마라. 마치 전 인류의 미래가 너희들에게 달려 있다고 생각하고 행동하거라. 어찌 보면 정말 그럴 수도 있거든! 지금은 역사적으로도 정말 중요한 시기란다. 불을 다루게 된 건 시작에 불과해. 이를 기반으로 인류가 발전하려면 체계적인 구상을 통해 지금보다 복잡한 사회 구조를 만들어야 해. 자연과학과 사회과학을 바탕으로 해서 말이다!

우리 중 누가 인류의 잠재력을 최대한 끌어내 인류를 진정한 인간의 길로 인도하는 뛰어난 선구자가 될지는 아무도 모른다. 이 점을 꼭 명심하거라. 나는 너희 둘에게 가장 큰 기대를 걸고 있단다. 내가 살아서 그 성과를 볼 수 있을지는 모르겠지만 너희는 아마 가능할 거야. 바로 진정한 인간인 호모 사피엔스가 출현하는 역사적인 순간을 보는 거지! 나야 보다시피 늙어가는 몸이지만, 나의 자그마한 노력이 너희들을 그런 길로 인도했다는 것만 알아준다면 죽어도 여한이 없을 것 같구나."

아버지는 어제의 논쟁에서 보여주었던 것처럼 우스꽝스럽지만 도전적인 눈빛으로 우리를 바라보고는 천천히 다른 곳으로 가버렸다.

잠시 후에 그리젤다가 말했다.

"아무래도 불 제조법을 우리가 독점하는 건 어려울 것 같아. 지난번처럼 아버님이 다른 사람들에게 공개해버릴 테니까."

"아니야. 온 가족이 반대하는데 쉽사리 그럴 수는 없을걸."

내가 말했다.

"아니, 분명히 하실 거야!"

그녀가 통렬하게 말했다.

"아버님은 의사결정에서 가족들의 의견을 반영할 생각이 없으셔. 틀림없이 우리를 배신할 거라고. 조금 전까지 한 얘기가 딱 그거잖아. 아직도 모르겠어? 아버님은 사실상 당신 고집대로 밀어붙일 거라고 우리에게 예고하신 거라고."

나는 열심히 머리를 굴렸다. 아무리 생각해봐도 그리젤다의 말은 일리가 있었다. 아버지가 겉으로는 우리를 살갑게 대하면서 한편으로는 이야기에 빗대어 은근히 조롱하고 또 저렇게 의미심장한 말을 남기는 이유는 딱 하나밖에 없었다. 아버지는 우리의 의견을 무시하고 본인 생각대로 할 작정인 것이다. 차라리 아버지가 우리에게 크게 화를 냈다면 우리의 결정에 따르겠다는 뜻이므로 걱정할 필요가 없었을 것이다. 하지만 아버지는 그러지 않았다. 이건 아버지가 우리를 배신할 거라는 의미였다.

"일단 지금 상황에서는 아버지를 어떻게 막아야 할지 모르겠어."

내가 말했다.

그리젤다는 한동안 아무 말도 하지 않았다. 가끔씩 아기가 움직이는 걸 느낄 때마다 가볍게 숨소리를 냈을 뿐이다. 그녀는 이제 만삭이라서 아주 천천히 걸어 다녔다.

이윽고 그리젤다가 다시 입을 열었다.

"어니스트, 지난번에 우리가 잠들면 꿈이라는 세계에 간다고 했잖아. 당신은 정말 우리가 죽으면 그곳으로 떠난다는 걸 믿어?"

"그냥 가설일 뿐이야."

내가 말했다.

"우리의 육신은 사라져도 그림자는 어딘가로 가겠지."

"그림자?"

"굳이 말하자면 내면의 그림자랄까. 우리가 잠들어도 그 그림자가 온갖 모험을 떠나는 걸 보면 우리 내면 어딘가에 존재하는 게 분명해. 내가 전에도 말했잖아."

그러자 그리젤다가 말했다.

"그렇지만 우리의 꿈속에서 벌어지는 일들은 정말 이상해. 현실 같지가 않아."

"그래도 꿈꾸는 동안에는 현실처럼 느껴지잖아."

내가 말했다.

"그러니 실재하는 게 분명해. 우리가 호숫가에 서 있을 때 물속에 비치는 우리의 모습 같은 거지. 현실과는 달리 뭔가 공허하고 불분명하잖아. 하지만 어쩌면 그쪽 세상에서는 오히려 현실의 육체가 공허하고 불분명하게 보일지도 모르지.

우리가 죽고 육체가 누군가에게 먹혀서 그 녀석의 일부가 되면 우리의 그림자에도 분명 변화가 생길 거야. 그렇게 되면 그림자는 대체 어디로 가는 걸까? 우리가 아는 곳은 잠에서 깰 때 어렴풋이 기억나는 꿈의 세계뿐이야. 그러니까 그곳으로 가지 않을까 싶은 거지. 물론 이건 가설일 뿐이야."

"가설이라도 나름 중요한 의미가 있는 것 같아."

그리젤다가 천천히 말했다.

"무슨 의미가 있는데?"

"바꿔 말하면 누군가를 그곳에 보내는 게 별로 나쁜 일이 아니라는 거잖아. 다른 세계에서 계속 살 수 있다면 딱히 뭔가를 잃는 것도 아니니까."

"그렇지."

내가 말했다.

"물론 악몽이 아니라 행복한 꿈을 꾼다는 조건에서 말이야."

"그럼 예를 들어……."

그리젤다가 넌지시 물었다.

"아버님은 행복한 꿈을 꾸실까?"

심장박동이 빨라졌다. 하지만 너무나 명확해서 딱히 생각할 필요가 없었다. 평소에 아버지가 사냥하고, 실험하고, 바쁘게 돌아다니던 모습이 떠오르면서 대답이 자연스럽게 나왔다.

"응, 아버지는 행복한 꿈을 꿀 거야."

20

지난번의 엄청난 산불은 넓은 불모지에 이르러서야 꺼졌다. 그곳은 화산암 지대였는데 흙이 너무 얇게 깔려있어서 식물이 거의 자라지 않았다. 그리고 이런 곳에서 잡히는 사냥감으로는 우리 가족처럼 많은 인원은 절대로 먹여 살릴 수 없었다.

그 와중에 나는 잘생긴 아들을 낳았고, 오스왈드 형도 득남했으며, 알렉산더는 쌍둥이 딸을 돌보느라 정신이 없었다. 윌버의 아이도 머지않아 태어날 예정이었고, 밀드레드 숙모도 배가 잔뜩 불러 있었다.

"그날 즐겼던 음악 덕분이야."

숙모가 행복해하며 말했다.

"그리고 여자애들이 잡혀갔던 것도 한몫했지. 그걸 보더니 바냐가 우리가 젊었을 때도 저랬다면서 과거를 회상하더라고. 그러고는 아무도 없는 풀숲으로 날 데리고 간 거야.”

아버지는 새로 태어난 아기들을 보고 기뻐하면서 그 애들의 머리를 손가락으로 조심스럽게 살펴보았다.

“아직 머리가 너무 작군.”

아버지가 말했다.

“정말 부드럽고 연해. 그렇지만 머지않아 점점 커지겠지. 아이를 낳는 게 날이 갈수록 힘들어져도 너무 괴로워하지 말거라*. 고통 없이는 얻는 것도 없는 법이지. 그것도 다 진화의 일부란다.”

우리는 날마다 걷고 또 걸으며 힘겹게 앞으로 나아갔다. 그러다가 마침내 초목이 무성한 언덕들이 이어져 있는 산맥 꼭대기에 도달했다. 거기서 아래를 내려다보니 기복이 완만한 평야가 보였고 강이 그 중심을 관통해 지나가고 있었다. 주변 호수에는 때마침 햇살이 눈부시게 반사되고 있었다. 일부 지역은 짙은 녹색의 늪지대였고, 다른 쪽에는 사냥감을 찾기에 적합한 평원이 드넓게 펼쳐져 있었다. 그뿐 아니라 큰 나무와 바위들도 여기저기 꽤 많았다. 그리고 평원 너머에는 또 다른 바위투성이 산맥이 보였다.

“사냥감이다!”

형이 환호했다.

“드디어 녀석들이 있는 곳까지 왔군!”

---

* 인간은 육식을 하면서 머리 크기가 커졌고, 직립보행을 하면서 과거보다 골반이 좁아졌다. 이 때문에 출산의 고통도 훨씬 커졌다.

형은 신이 나서 금방이라도 날려버릴 듯 창을 휘두르기 시작했다.

"그리고 저기 석회동굴도 보여."

월버가 언덕 너머를 가리키며 말했다.

"그야말로 약속의 땅이군."

내가 말했다.

아버지는 말없이 씩 웃더니 눈을 찡그리며 저물어가는 눈부신 햇빛을 바라보았다. 그러고는 드디어 결심한 듯 한숨을 내쉬며 말했다.

"자, 그럼 이제 내려가볼까?"

그곳에는 정말 우리가 기대했던 게 다 있었다. 슬슬 날이 저물자 우리는 최고급 사슴 구이로 저녁을 든든하게 먹었다.

그런데 이른 새벽에 잠에서 깼을 때 뭔가 느낌이 이상했다. 벌떡 일어나 보니 다른 사람들도 나처럼 잠에서 깨어 창을 잡으려고 손을 더듬거리고 있었다. 하지만 어느새 사라졌는지 창이 하나도 없었다.

그 순간 나는 우리가 정체 모를 인간들에게 포위되었다는 걸 알고 가슴이 철렁 내려앉았다. 그들은 이미 우리의 창을 전부 가져갔고, 머릿수도 훨씬 더 많았으며, 우리를 매우 경계하고 있었다. 그때 아버지가 무리의 우두머리처럼 보이는 노인에게 가서 열심히 말을 걸기 시작했다.

"혹시 불어는 할 줄 아세요?"

아버지가 최대한 비위를 맞추며 말했다. 하지만 그 사람이 고개를 젓자 계속해서 물었다.

"못 한다고? 그럼 독일어? 아니면 힌디어? 그것도 아니면 라틴어? 젠장, 당연히 할 리가 없지. 일단 손짓 발짓으로 대화해보죠."

두 사람이 우리가 가져온 창이나 어제 먹은 사슴뼈, 그리고 서로의 몸 등 주변의 온갖 사물들을 번갈아가며 가리켰기 때문에 대화는 아주 느리게 진행되었다. 하지만 오후가 되자 대화에 어느 정도 진전이 있어 보였고, 긴장감도 많이 풀어져 있었다. 이윽고 밤이 될 때쯤에는 둘이 꽤나 친해졌으며, 비록 날고기였지만 우리에게 약간의 음식을 주기도 했다.

우리가 피워 놓은 모닥불은 거의 꺼져 있었다. 우리는 그 부족 사람들이 흥미롭게 지켜보는 가운데 불씨를 다시 살려 그들이 준 너구리 몇 마리와 커다란 거북 한 마리를 불에 구웠다. 아버지는 우두머리 노인에게 구운 고기 몇 점을 먹어보라고 권했는데, 그 사람의 표정으로 보아 음식이 입에 잘 맞는 것 같았다.

부족민들은 드디어 경계를 풀고 조금 물러났지만 그 와중에도 우리의 창을 가져가는 걸 잊지 않았다.

아버지가 우리를 돌아보며 말했다.

"오래 기다리게 해서 미안하구나. 하지만 몸짓 언어를 쓰면 이럴 수밖에 없단다. 했던 말을 또 하게 되고 전달하기 힘든 표현도 많아서 대화 속도가 아주 느리거든. 저들의 메시지를 정리해보면 간단해. 자기들 영토를 침범하면 가차 없이 우리를 공격하겠다는 거야."

"아니, 이 넓은 지역이 다 자기들 거라고요?"

형이 깜짝 놀란 표정을 지었다.

"뭐 저런 건방진 놈들이 다 있지?"

"저들은 이 넓은 곳을 차지하고 있기는 하지만 얻는 게 별로 없다고 하는구나."

아버지가 말했다.

"보다시피 우리처럼 사냥 기술이 발달하지 않았으니까 말이다. 그런데 먹여 살려야 할 부족민은 우리보다 훨씬 많지. 그러니 우리더러 이곳을 떠나든지 공격을 감당하든지 하라는 거야."

"떠나는 건 말도 안 돼요."

내가 말했다.

"모두가 먹고 살 만큼 자원은 충분하다고요. 그나저나 저놈들이 그 정도로 식량이 부족하다면 그냥 버텨보는 게 어떨까요? 어차피 공격할 힘도 없는 것 같은데?"

"아직 얘기가 끝나지 않았어."

아버지가 말했다.

"내일부터 협상을 재개할 거야. 어쩌면 양측 모두 만족할 만한 조건으로 타협이 이루어질지도 모르지. 내가 너희들을 대표해서,

여기에 중대한 문제가 걸려 있다는 걸 명심하고, 모든 방법을 동원해보마. 그러는 동안에는 절대로 도망가면 안 돼. 벌써 곳곳에 파수꾼들이 배치되어 있어."

"더러운 야만인 놈들."

형이 투덜거리며 말했다.

우리는 심란한 마음을 가라앉히고 간신히 잠자리에 들었다.

다음 날이 되자 어제 했던 일이 또 되풀이됐다. 어제와 마찬가지로 두 명의 부족장은 서로 마주 보고 자리에 앉았다. 두 사람은 손짓으로 서로를 가리키며 소통했고, 가끔 자리에서 펄쩍 뛰었으며, 손등으로 목을 긋는 시늉을 하는 등 특정 상황을 표현했다. 우리는 불이 꺼진 잿더미 주위에 앉아 상황을 침울하게 지켜보았다. 그럴 수밖에 없던 것이, 우리가 땔감 구하러 가는 걸 그들이 절대 허락하지 않았기 때문이다. 형은 땔감을 가지러 간다는 구실로 몰래 몽둥이를 구해오려고 했지만, 그들이 창을 들이밀며 위협하자 하는 수 없이 그냥 물러서고 말았다.

"더러운 야만인 놈들."

오스왈드 형이 말했다.

이때부터 이 말은 형이 즐겨 쓰는 표현이 되었다.

그날은 먹을 것을 거의 얻지 못했지만, 아버지는 해가 질 무렵에 회담을 마치고 어제보다 밝은 표정으로 돌아왔다.

"분위기가 아주 좋아."

아버지가 말했다.

"협상이 잘 마무리될 것 같아."

"우리가 여기서 사는 걸 허락할까요?"

내가 물었다.

"공식적인 성명은 회담이 끝난 후에 발표될 거야."

아버지는 뭔가 거창한 표현을 쓰며 말했다.

"그 순간까지는 결과가 어떨지 장담할 수 없어."

하지만 다음날이 되자 협상이 성사되는 게 분명해졌다. 두 부족장은 웃고, 농담하고, 서로의 등을 두드리는 등 화기애애한 분위기를 보였다. 그러고는 드디어 자리에서 일어서더니 둘이 함께 수풀 속으로 사라졌다.

한참 지나도 두 사람이 나오지 않자 우리는 매우 초조해졌다. 그렇게 몇 시간이 흘렀는데도 두 사람은 코빼기도 비치지 않았다. 순간 나는 상대방이 비겁한 짓을 한 게 아닌가 걱정되었다. 하지만 배가 너무 고파 힘이 빠져 있었고, 무장한 파수꾼들이 우리를 감시하고 있었기 때문에 어찌할 도리가 없었다. 얼마 후 풀숲에서 연기가 피어오르는 것이 보이자 나는 가슴이 철렁 내려앉았다.

우리는 완전히 절망해서 모든 게 끝인 것처럼 체념하고 있었다. 그런데 그 순간, 아버지가 혼자서 우리를 향해 힘차게 걸어오는 게 보였다.

"괜찮다, 애들아."

아버지가 말했다.

"모든 일이 잘 풀렸어. 양측 모두 합의문에 서명했고, 내일 두 부족이 함께 성대한 잔치를 하면서 정식으로 조약이 체결될 거야. 아, 그리고 여보."

아버지가 어머니를 돌아보며 말했다.

"내일 잔치 때 솜씨를 발휘해서 당신 특기 요리인 보헤미안식 거북 등딱지 구이를 해주면 정말 고맙겠어. 이 어려운 협상을 하는 와중에도 그것만큼은 꼭 먹고 싶다는 생각을 하며 버텼거든. 그 요리가 없었다면 내가 이 일을 제대로 해내지 못했을지도 몰라."

"좋네요. 그런데 조약 내용은 뭔가요?"

내가 물었다.

"첫째."

아버지가 엄숙하게 말했다.

"우리 부족은 평원의 절반을 사냥터로 갖는다. 정확한 경계 측정은 차후에 경계획정위원회를 구성해서 진행할 것이다."

"절반이나 줬어요? 잘됐네요."

형이 말했다.

"둘째."

아버지가 말을 이었다.

"양측 모두 다른 부족의 사냥터를 침범해서는 안 된다. 셋째,

우리 부족은 서쪽 끝자락에 있는 산지의 일부를 차지한다."

"석회동굴이 있는 곳이네요."

월버가 말했다.

"꽤 좋은 곳인데 왜 우리에게 넘겨준 거죠?"

"거기는 동굴마다 곰이 득시글거리거든."

아버지가 기쁜 표정으로 말했다.

"부족장은 우리가 제발 그 지역으로 가기를 바라는 눈치였어. 저들은 반대쪽 산의 절벽 아래에 있는 동굴에서 살고 있지. 꽤 안전한 곳인데도 종종 아이들이 표범에게 물려가는 사고가 발생한다는구나. 아, 물론 저들은 우리가 곰을 물리칠 수 있다는 걸 전혀 몰라."

"영리하게 이득을 보셨네요."

내가 만족스럽게 말했다.

"괜찮은 조건이지."

아버지가 말했다.

"사실 저쪽에서는 오히려 자기들이 이득을 봤다며 좋아하고 있단다. 넷째, 두 부족 사람들은 친구처럼 지낼 것이고, 각자의 방식대로 살아갈 것이며, 부족 간에 결혼할 것이고, 평화와 발전과 번영을 위해 협력할 것이다. 이게 끝이야! 원래 이런 합의문은 마지막 부분이 좀 거창한 법이지."

"그런데 다섯째는 왜 말하지 않죠?"

그리젤다가 날카롭게 물었다.

"아니면 그것만 비공개로 하신 건가요?"

"다섯째라니?"

아버지가 물었다.

"갑자기 무슨 말을 하는 거냐?"

"다섯째!"

그리젤다가 말했다.

"아마도 다섯째는 불을 만드는 법을 아는 부족이 다른 부족에게 모든 기술을 넘겨주기로 하는 내용이겠죠."

"그건 조약에 포함되는 내용이 아니라 우리가 어차피 해야 하는 일……."

역시 아까 괜히 풀숲에서 연기가 난 게 아니었다! 우리는 바보같이 그것도 모르고 아버지가 위험에 처했다고 생각했던 것이다.

"기어코 불 제조법을 알려줬군요!"

내가 고함을 질렀다.

"우리하고 아무런 상의도 하지 않고 말이에요. 역시 합의 조건이 괜히 좋은 게 아니었어. 하여간 아버지는, 아버지는……."

"너희와 상의하지 않았다는 건 인정한다."

아버지가 조용히 말했다.

"그렇지만 알다시피 우리는 상황이 굉장히 불리했어. 여기서 살려면 그에 맞는 대가를 치러야 하는데, 마침 딱 쓸 만한 게 있었던 거지."

"진짜 미치겠네."

내가 화가 치밀어서 말했다.

"아무리 그래도 그걸 알려주면 어떡해요? 이제는 저놈들도 우리한테 꿀릴 게 하나도 없다고요! 그게 아니라도 아버지는 어차피 비법을 넘겨줬겠죠. 원래부터 줄 생각이었을 테니까요."

"그게 아니라 어쩔 수 없이 줘야 할 상황이었다."

아버지가 말했다.

"저희가 그걸 어떻게 알아요?"

그리젤다가 화를 내며 따졌다.

"불을 안 주면 위험한 상황이었다는 걸 저희가 어떻게 아냐고요? 우릴 속이려고 아버님이 지어내신 거죠?"

아버지가 어깨를 움츠리며 말했다.

"터무니없는 소리 하지 마라. 어차피 그런 걸 언제까지나 비밀로 감춰둘 수는 없어. 머지않아 불은 누구나 다룰 수 있는 도구가 될 거다. 이제 우리가 할 일은 불 외에 아직 사람들이 다루지 못하는 도구를 새로 고안하는 거야. 그렇게 해야 성공할 수 있어."

"아버지는 우리가 가진 가장 소중한 재산을 날려버렸어요."

내가 말했다.

"아버지는 위험천만한 무기를 저런 미개인들의 손에 쥐어준 거라고요! 아버지는……"

"저들이 불을 안전하게 다룰까?"

어머니가 물었다.

"물론이지."

아버지가 진지하게 말했다.

"내가 사용법을 아주 자세하게 알려줬거든. 물론 아프리카 최고의 사냥터라는 훌륭한 대가를 받고 말이지. 아이고, 배고파 죽겠다. 다들 어서 사냥이나 나가자꾸나."

21

우리는 이번에도 아버지의 술수에 놀아났다. 하지만 이미 엎질러진 물이라 어쩔 도리가 없었다. 다행히 사냥터는 아주 훌륭했고, 동굴도 여러 개가 이어져 있으면서 볕이 잘 들었기 때문에 우리가 살기에 안성맞춤이었다. 하지만 미개한 이웃 사람들이 온 사방에 불을 피워대고, 우리 동굴에 아무 때나 불쑥 들어와서 특제 사슴 구이 요리법을 알려달라고 하고, 또 제멋대로 자기들 저녁 식사에 오라고 초대하는 걸 보면 괜히 짜증이 났다.

그런데도 아버지는 그들이 아주 친절한 사람들이라고 말했다. 심지어 그들이 큰불을 내서 자기들 평원을 홀랑 태워 먹는 걸 보고도 누구나 실수는 하기 마련이라며 감싸주었다. 그러면서 그들이 우리 쪽 사냥터를 일 년 동안 이용하게 해주자고 말하기까지 했다. 아버지는 우리 같은 위치에 있는 사람들이 누려야 할 권리에 대해서는 전혀 고려하지 않았다.

그리젤다는 아버지의 이런 처사를 매우 못마땅하게 여겼다. 그녀는 우리가 이곳에 처음 왔을 때 저쪽 부족과 갈등이 있었던 것도 다 아버지가 꾸민 연극이었을 거라고 말했다.

"아버님이 평소에 일을 처리하시는 걸 보면 그러고도 남아."

그녀는 험악한 얼굴로 말했다. 예전에 엘시가 잡혀갔던 일을 떠올려보면 충분히 일리가 있는 말이었다. 그리젤다는 설령 그게 실제 상황이었어도 아버지가 대처를 잘못한 거라고 말했다.

"우리는 처음부터 불을 만드는 마법사처럼 행세해야 했어. 그랬으면 저 바보 같은 미개인들도 겁에 질려 우리를 공격하지 못했겠지. 그렇게 한번 서열정리를 해놓았으면 우리가 저놈들을 하인처럼 부릴 수도 있었을 거야. 그리고 저 흉측한 여자들이 맛있는 음식을 먹고 싶을 때마다 나를 찾아오게 만들었다면 아마 나는 동굴에서 가사노동을 할 필요도 없겠지."

그리젤다는 내게 아버지를 철저히 감시하라고 누누이 당부했다.

"장담하건대 머지않아 또 사고를 치실 거야. 이제 저 노인네는 우리 부족에게 완전히 위험인물이 된 거라고."

표현이 좀 지나친 것 같았지만 나중에 벌어진 일을 생각해보면 틀린 말이 아니었다.

새집에 정착하자마자 아버지는 실험 활동을 재개했다. 실험은 한동안 아무런 성과가 없었고, 아버지도 본인이 뭘 연구하는지 말해 주지 않았다. 그보다는 당장 눈앞에 보이는 재미있는 일들에 사람들의 관심이 쏠렸다.

월버는 대규모 석기 공장을 운영하게 되었다. 공장에서는 수십 명의 숙련공이 일하고 있었는데, 월버의 달걀모양 주먹도끼가 워낙 수요가 많아 일꾼들은 쉴 틈이 없었다. 알렉산더는 새로 개발한 황토색 염료로 동굴 내부에 상당히 큰 벽화를 그리면서 시간을 보냈다. 이 무렵 볼라*가 처음 고안되어 사냥감을 더욱 쉽게 생포할 수 있게 되었고, 창끝에는 돌날 대신 짐승 뿔을 매달아 사냥감을 죽이기가 훨씬 수월해졌다. 하지만 나는 사람들과 얘기할 때 이런 물리적인 도구보다 알렉산더의 동굴 벽화가 사냥에 더 도움이 된다고 주장하곤 했다.

이런 와중에 개를 길들이려는 윌리엄의 시도는 번번이 실패로 돌아갔다. 하지만 녀석이 계속 소란을 피우는 바람에 우리는 심심할 틈이 없었다. 한번은 윌리엄이 개한테 물린 상처를 나뭇잎으로 동여매면서 말했다.

"반드시 길들이고 말 테니 두고 봐. 평소에는 잘해주면서 필요할 때 엄하게 가르치면 분명 성공할 수 있을 거야."

우리는 윌리엄에게 그런 건 현실적으로 불가능한 일이라고 몇

---

* 선사시대에 자주 사용하던 사냥 도구. 줄 양끝에 돌멩이를 매달아서 던지는데 사냥감을 죽이기보다는 줄에 묶어 생포하는 데 널리 쓰인다. 우리말로는 사냥추 혹은 사냥돌이라고 한다.

번이나 말했지만 윌리엄은 아랑곳하지 않았다.

그에 비하면 어머니가 만든 얼룩말 가죽 핸드백은 더 실용적인 발명품이었다. 이때부터 여자들은 온갖 짐승 가죽을 몸에 걸치고, 서로의 동굴을 쉴 새 없이 드나들면서 수다를 떠는 버릇이 생겼다. 그들은 "이것 좀 봐. 요즘은 이렇게 입는 게 유행이래!"라는 말을 하거나, "얘들아, 내 표범 모피가 갑자기 뻣뻣해졌어. 원숭이 모피도 갑자기 털이 빠지고 있는데 이럴 땐 어떡하지?"라며 호들갑을 떨기도 했다.

때마다 이런 모임을 주도하는 건 그리젤다였다. 나와 오스왈드 형은 여자들이 수다를 떨 때마다 조용히 좀 하라고 핀잔을 주었다. 하지만 여자들은 우리의 말을 완전히 무시했다. 오히려 우리가 여자들을 나무랄 때마다 "바냐 영감처럼 굴지 말라"고 응수하며 비웃었다. 하지만 우리는 그런 저속한 옷차림이 어떤 결과를 가져올지 잘 알고 있었다. 당장 요즘 세대만 봐도 그렇다. 멋 좀 부린다는 애들은 천박하게도 죄다 무화과 잎사귀를 달고 돌아다니지 않는가.

그렇게 세월이 흘러가던 중 어느 날 아버지가 내게 와서 말했다.

"아들아, 내가 너한테 보여주고 싶은 게 있단다."

아버지의 얼굴에 엄청난 기쁨이 담긴 것을 보고 나는 또 골치 아픈 일이 생겼음을 직감했다.

나는 아버지를 따라 숲속으로 한참 들어갔다. 중간에 빈터가 나오자 아버지는 그 자리에 우뚝 멈춰 섰다.

"여기가 나의 작업실이란다."

아버지가 자랑하듯 그곳을 손으로 가리키며 말했다.

거기에는 사람 키보다 조금 작은 나무토막들이 가지런히 쌓여 있었다. 그리고 각각의 나무 부더기에는 서로 다른 잎사귀로 만든 라벨이 정교하게 붙어 있었다.

"정말 손이 많이 가는 작업이란다."

아버지가 말했다.

"보다시피 녹나무로 첫 실험을 했고, 그 다음에는 올리브나무, 천선과나무, 누리장나무, 백단목, 동백나무 등 다양한 나무로 시도해봤지. 심지어 흑단목이나 마호가니를 써보기도 했단다. 물론 내게 실험에 대한 영감을 준 건 대나무지만 그 나무는 도저히 써먹을 수가 없더구나. 뭐, 미래에는 건축 재료로 쓰일지도 모르겠지만 지금은 보기만 해도 지긋지긋해. 그 외에도 무화과나무, 황철나무, 밤나무, 심지어 아까시나무까지 써봤지. 하지만 처음으로 괜찮다고 생각했던 건 주목을 재료로 썼을 때였어. 그때부터는 주목으로만 실험을 진행했기 때문에 지금 눈앞에 보이는 나무 잔해들은 다 주목에서 나온 거야. 그런데 주목의 생가지는 탄력성이 없어서 잘 안 구부러지고, 그렇다고 죽은 가지를 쓰면 뚝 부러지기 일쑤지. 그래서 딱 그 중간 상태의 나무를 구해야 해. 생나무를 건조시키면 좀 괜찮아지는 것 같다만 나도 아직 정확한 요령은 잘 모르겠다.

이번에는 활시위에 관해 얘기해줄게. 일단 주변에 있는 모든 재료를 시험해봤지만 가장 좋은 재료는 코끼리 다리 힘줄이었고, 두 번째로 좋은 건 바닐라 난초의 뿌리였어. 화살로 쓸 재료는 그냥 곧고 단단한 나무면 다 괜찮아. 특히 백단향이 아주 좋지. 크고 무거운 나무는 관통력은 좋지만 사정거리가 너무 짧으니까 되도록 쓰지 마라."

"대체 무슨 말씀을 하시는 거예요?"

나는 도무지 이해할 수 없는 이야기를 한참 듣고 나서야 그렇게 물었다.

"뭐긴, 활 얘기지."

아버지가 담담하게 말했다.

"물론 아직 활이 등장할 시대가 아니기는 하지만 난 꼭 한번 이걸 만들어보고 싶었거든. 월버는 너희들에게 볼라를 만들어줬고, 오스왈드도 나처럼 하지정맥류가 생겨 사냥이 힘들어지면 부메랑의 원리를 알아낼지도 모르지. 하지만 활은 그 두 가지에 비하면 정말 엄청난 무기야. 한번 볼래?"

아버지는 당신이 최초로 만든 활을 집어 들었다. 1미터가 조금 넘는 활은 다소 투박하게 생긴 물건이었다. 활의 양쪽 끝부분은 가운데보다 더 굽어 있었고, 중간중간에는 긁어내지 않은 나무 혹이 툭 튀어나와 있었다. 게다가 활시위도 매우 엉성하게 매여 있었다. 그런데 활은 생각보다 쉽게 당겨졌다! 아버지는 시험용으로 만든 화살을 활에 끼운 다음 재빨리 활시위를 놓았다. 그러자 화살은 30미터 앞까지 날아가 땅에 떨어졌다.

"사실 이것보다도 훨씬 더 멀리 쏠 수 있단다."

내가 놀라는 표정을 짓자 아버지가 미소를 지으며 다시 말했다.

"활시위가 자꾸 늘어지지만 않는다면 말이지. 자, 너도 한번 쏴보렴."

나는 몇 번 실패한 끝에 아버지가 쏜 것보다 조금 가까운 곳으로 화살을 날렸다.

"자, 어떠냐?"

아버지가 말했다.

"다시 말해두지만 이건 아직 실험 단계에 불과해."

"정말 엄청난 가능성을 가진 물건이네요."

나는 침울하게 말하며 슬픈 얼굴로 늙은 아버지를 바라보았다. 아버지도 이제는 끝장이구나.

"그렇지? 성대한 잔치를 열어 자축해야겠다."

아버지가 말했다.

"그래야죠."

내가 무거운 어조로 말했다.

"원래는 오스왈드한테 먼저 보여줄 생각이었단다."

아버지가 말을 이었다.

"사냥은 너보다 그 녀석의 전문 분야니까. 그런데 마침 사냥을 나갔다기에 너한테라도 먼저 보여주고 싶었지."

"형한테는 제가 말할게요."

형이 사냥터에서 돌아오자 나는 우선 형에게 말을 전했다. 그러고 나서 그리젤다에게도 똑같이 얘기했다.

사실상 우리가 해야 할 일은 명확했다. 내가 활과 화살을 들고 가서 시범을 보이자 형은 내 말을 단박에 이해했다. 형은 그 당시 주변 지역 최고의 사냥꾼이었다. 형의 달리기 속도나 투창 솜씨는 그 누구도 따라올 수 없었다.

"사람들이 이 물건을 손에 넣게 되면 누구나 형처럼 사냥을 손쉽게 하게 될 거야. 체력이나 기술은 더 이상 중요하지 않아. 사냥 솜씨에서 우열이 사라져버릴 테니까."

이렇게 말하는 것만으로도 형을 설득하기에는 충분했다.

"온갖 어중이떠중이들도 활과 화살로 큰 사냥감을 잡을 수 있게 되면 진정한 사냥꾼의 정신과 기술은 다 물거품이 되겠군."

형이 말했다.

"도대체 아버지는 무슨 생각으로 이런 걸 만들었을까? 아무튼 이제 우리는 어떻게 해야 하지?"

"뭘 하든 간에 일단 빨리 손을 써야 해."

내가 말했다.

"안 그러면 지난번처럼 다른 놈들에게 다 말하고 다니실 거야."

"이런 젠장, 상상만 해도 끔찍하군! 빨리 어떻게든 대책을 좀 세워 봐."

"이미 생각해 둔 게 있어."

내가 말했다.

"그래? 어떻게 할 생각인데?"

"다음번에 활을 시험 발사할 때 안전사고가 일어나야 해."

내가 말했다.

형의 얼굴이 하얗게 질렸다.

"설마, 너 정말 진심으로 하는 말이냐?"

"그럼 더 좋은 생각이라도 있어?"

"아니 그래도⋯⋯."

"무슨 말인지 알아."

내가 말했다.

"그렇지만 아버지는 이제 늙었어. 어차피 앞으로 사실 날이 얼마 남지 않았다고. 아버지는 이미 오래 전에 은퇴했어야 했어. 내가 보기에는, 그냥 내 생각대로 하는 게 아버지한테도 더 좋을 것 같아. 아버지가 꿈속 사냥터로 가신다면 더 행복하게 지내실 거야. 활과 화살은 거기 가져가서 마음껏 쏘면 되잖아! 물론 가족들은 좀 충격을 받긴 하겠지. 그렇지만 앞으로 남은 인생을 보내실 걸 생각하면 아버지는 절대로 손해 볼 게 없어. 형도 알다시피 아버지는 하지정맥류가 심해져서 잘 걷지도 못하시잖아."

"무슨 말인지 알겠다."

형이 천천히 말했다.

"우리가 죽어도 다른 세계로 간다는 말이지? 그게 사실이라면 죄책감을 좀 덜어낼 수 있을 것 같다. 별로 내키지는 않지만 그래도 네 말이 맞는데 어쩌겠냐. 우리는 사람들을 위험한 기술로부터 보호해야 해."

"맞는 말이야, 형."

내가 친근하게 말했다.

형은 그동안 장남으로서 많은 인생 경험을 해온 터라 이런 상황을 자연스럽게 잘 받아들였다.

"형이 아버지를 불러오면 나머지는 내가 알아서 할게."

내가 말했다.

"좋아. 그럼 이 위험한 물건을 안전하게 숨길 수 있겠지."

형이 고개를 끄덕이며 말했다.

"일단은 우리끼리 비밀로 해두자고."

내가 여유롭게 말했다.

형은 아버지에게 신무기를 약간 개량해보자고 제안했다. 정확한 내용은 기억이 안 나지만 아마 화살에 깃털을 달자는 얘기였을 것이다. 그러자 아버지는 매우 기뻐하며 말했다.

"역시 발명은 여럿이서 해야 잘 되는 법이지."

첫 번째 발사는 성공적으로 이루어졌다. 그런데 내 차례가 오자 화살에 문제가 생겨 발사가 조금 지연되었다. 화살 깃털이 빠졌거나 화살대가 구부러져서 그랬을 것이다. 아버지는 그것도 모른 채 자기가 쏜 화살을 집으려고 앞으로 달려나갔다. 그 순간, 화살이 발사되었고 아버지는 비명조차 지르지 못한 채 그대로 고꾸라졌다.

그날 잔치가 끝날 무렵, 아버지의 연설이 없으니 영 허전하게 느껴졌다. 그때 나는 아버지가 지켜보고 있다면 내가 대신 한마디쯤 해주길 원할 거라는 생각이 들었다. 그래서 내가 대신 연설을 했다.

나는 우리가 진정한 인간이 되기 위해 꼭 해야 할 일과 아버지가 우리 모두에게 보여준 모범적인 본보기, 그리고 신중하게 발전 속도를 통제해야 할 필요성에 대해 자세히 설명했다. 나는 내 몸속에 들어온 아버지가 나와 하나가 되어 한바탕 열변을 토하고 마침내 연설을 마무리하는 것을 그대로 느낄 수 있었다. 내가 박수갈채를 받으며 자리에 앉자 어머니가 눈물을 펑펑 쏟으면서 말했다.

"어쩜 너는 아버지와 말하는 게 그렇게 똑같니. 다만 나는 네가 평소에 아버지보다는 좀 조심하면서 살았으면 좋겠구나."

아들아, 내 아버지의 육체적 삶은 이렇게 끝이 났단다. 그리고 아마 아버지도 이렇게 돌아가시기를 바랐을 거야. 본인이 개발한 신무기로 생을 마감하게 해드리고, 아주 문화적인 방식으로 먹어 드렸거든. 결국 아버지는 육체적으로나 영적으로나 계속 우리와 함께 존재하는 거야. 아버지의 육체는 우리 몸의 일부가 되어 살아 숨 쉬고 있고, 아버지의 내면 그림자는 꿈의 세계에서 코끼리를 사냥하고 있겠지. 네가 이미 꿈속에서 아버지를 만나 그분을 보고 깊은 감명을 받았다고 해도 전혀 이상한 게 아니야. 물론 너도 알다시피 아버지는 참 자상하신 분이었단다.

아버지는 홍적세에서 가장 위대한 원시인이었어. 물론 말로만 하는 소리가 아니야. 우리가 지금 누리고 있는 편리한 기술들은 다 아버지 덕택에 생겨난 것이거든. 아버지는 철학보다는 실용을 추구하는 사람이었지만, 그럼에도 항상 밝은 미래를 내다보며 사셨다는 걸 잊지 말자꾸나. 그리고 아버지가 돌아가시면서 '아버지 죽이기'와 '아버지 먹기'라는 중요한 사회제도가 생길 수 있었다는 점도 명심해야 한다. 이 제도 덕분에 개인과 공동체는 비로소 연속성을 가질 수 있게 된 거야. 우리 아버지는 정말로 저 숲을 지키는 나무 같은 사람이었단다. 나중에 한번쯤 그 나무 옆을 지나가게 되면 잠시 서서 아버지를 생각해보거라. 그러면 아마 아버지도 널 생각하실 거야.

물론 그렇다고 해서 아버지가 이 세상을 만들었던 건 아니야. 그럼 대체 누가 만들었을까? 아쉽지만 이건 전혀 별개의 문제라

지금 당장은 얘기할 수 없단다. 워낙에 말도 많고 탈도 많은 주제거든. 자, 오늘은 밤이 깊었으니 그만 자자꾸나.

에볼루션 맨

초판 1쇄 인쇄 2019년 11월 25일
초판 1쇄 발행 2019년 12월 2일

지은이 로이 루이스
펴낸이 박숙정 김동규
펴낸곳 코쿤아웃(주)

편집 전유진 손영미 | 마케팅 김형준 송경훈 | 디자인 씨오디
출판등록 2019년 4월 8일 제2019-000041호
주소 서울시 성동구 성수이로89, MG빌딩 9층
전화 02-465-2200 | 팩스 02-465-0060 | 이메일 coeditor@cocoonout.com

포스트 post.naver.com/cocoonout 페이스북 facebook.com/cocoonout
인스타그램 @cocoonout_books

ⓒ Estate of Roy Lewis, 1960
ISBN   979-11-968080-1-3 03840

이 도서의 국립중앙도서관 출판예정도서목록(CIP)은 서지정보유통지원시스템
홈페이지(http://seoji.nl.go.kr)와 국가자료종합목록시스템(http://www.nl.go.kr/kolisnet)에서
이용하실 수 있습니다.(CIP제어번호: CIP2019045451)

깨어남, 공감, 성장하는 삶_ 코쿤아웃(주)의 책대문冊大門은 활짝 열려있습니다.
단단한 틀을 깨고 함께 새로운 세계로 걸어 나갈 독자 여러분의 귀한 아이디어와 원고를 기다립니다.
＊ 책 출간 기획 제안 및 원고 모집 coeditor@cocoonout.com